さよならのない国で

高遠琉加

キャラ文庫

この作品はフィクションです。
実在の人物・団体・事件などにはいっさい関係ありません。

目次

口絵・本文イラスト／葛西リカコ

バスがカーブを曲がった瞬間、燃えるような赤い色彩に包まれた。

森崎康は息を吞んだ。まるで山火事の中に放り込まれたみたいだ。山が燃えている。熱もなく、音もなく。

さっきまでは常緑樹と黄色くなった木々が続く単調な山道で、少しぼんやりしていた。バスの中は暖かく、エンジンの低音とカーブのたびに体にかかる重力が眠気を誘う。乗客はみんな疲れたように無言で、車内にはけだるい空気が澱んでいた。

そこに、この色だ。乗客もみんな身を乗り出して窓の外を見ている。紅葉に染められた谷は橙色と茜色の複雑なグラデーションをなしていて、谷底で火が燃えているみたいだった。静かで、それでいて鮮やかで激しい。地上から見た時は、この山がこんな色彩を内側に隠していたなんて気づかなかった。

「春希さん」

康は隣に座る男の肩に手をおいた。さっきからずっと窓の方に体を傾けたまま動かなくて、眠っているのかと思ったのだけど。

「春希さん、紅葉がすごいよ」

返事がない。康は春希の顔を覗き込んだ。

春希は目を開けていた。ぽっかりと、子供がめずらしいものを見つめるみたいに、ほとんど瞬きもせず。彼にはこういうところがあった。普段は眠そうにしていたり、しかめ面をしていたりするくせに、いったん何かにとらわれると全神経を集中する。まっすぐすぎて時々怖くなるくらいだ。まっすぐなものほど、ポキリと折れそうで。

春希が手を伸ばして車窓の鍵を開けた。腰を浮かせて窓を開けようとするが、固いらしくなかなか開かない。

「開けると寒いし、風が入って迷惑だろ」

「少しだけ」

止めても春希は聞かない。窓枠を引く手の甲に骨が浮いていた。春希がそんなふうに手に力をこめるのは、普段だったらピアノを弾く時くらいだ。ピアノに覆い被さって——まるですがりつくようにして、激しい曲や難しい曲を弾く時。

やっと少しだけ窓が開いた。春希はそこから顔を外に出す。晩秋の冷たい風が彼の髪を巻き上げた。康の顔にも吹きつけてくる。ふもとよりもさらに冷たい風だ。

「危ないだろ」

康は立ち上がって春希の肩を引こうとした。が、バスが大きく揺れて、手が肩をつかみそこねる。よろけて座席の背につかまった。

「ずいぶん揺れるな」

もともとバスはカーブの続く山道を走っている。うねうねと蛇行しながら山頂を目指しているところだ。右手側——春希が窓から顔を出している側は、重機で削り取ったような切り立った崖になっている。その下は、赤く燃える谷。

しばらく前から対向車は見かけない。カーブは多いが、天気は良好で見晴らしはよく、路面の状態も問題ないはずだ。なのに、車体がやけにふらついている。立ち上がった康が窓から見ると、時おりセンターラインをはみ出していた。

変だなとは思ったけれど、春希が窓をさらに大きく開けて身を乗り出そうとしているので、そっちに気を取られた。引き戻そうとすると、またバスがゆらりと大きく車体を振る。

「わっ」

康はバランスを崩してたたらを踏み、持ちこたえられずに通路に尻もちをついた。

「いって」

「ちょっと……運転手さん？」

バスの前方で男の声がした。

運転がおかしいと思ったんだろう。乗客の一人が座席から立ち、運転席に近づいていく。山の上のリゾートホテルに向かうにしてはお堅いスーツにトレンチコートのサラリーマンスタイルで、なんとなく目についていた男だった。

「おい……うわ、ちょっとあんた！」

その男が慌てた声を出す。乗客たちもざわつきだし、何人かが立ち上がった。中に小さな女の子がいて、「ママ、どうしたの?」と訊ねる声がアンバランスに無邪気だった。

「運転手さん！　おい！　しっかりしてくれ！」

男の声はひどく切迫していた。康はジグザグに揺れる車内で苦労して立ち上がり、そちらに向かった。

「…っ」

一瞬で血の気が引いた。

帽子をかぶった運転手の頭が、座席でぐったりと仰向けになっていた。何か発作でも起こしたのか、明らかに意識がない状態だ。運転していない。

「きゃあああ！」

誰かの悲鳴が上がった。

（まずい）

康は急いで運転席に行こうとした。けれど運転手の足はアクセルを踏んだままなのか、バスは山道を走るにはあり得ないスピードで加速していく。見る見るカーブが迫ってきて、心臓がぎゅっと縮んだ。

「危ない！」

スーツの男が、運転席に乗り出してステアリングをつかんだ。今にもガードレールに突っ込みそうなところで、ぎりぎり方向を変える。だが急な方向転換をしたせいで、乗客たちはいっせいに座席や通路になぎ倒された。男自身も運転席から振り落とされる。

「きゃあ！」

「止めろ！　誰か早く止めろ！」

「ママ！　ママ！」

「紗彩（さあや）！」

少し前までは車内は凪（な）いだ湖のように静まっていたのに、今は乗客全員がパニックの渦に巻き込まれていた。康は首をひねって春希の姿を探したが、椅子（いす）の背に隠れているのか見つからない。

スーツの男は必死で立ち上がろうとしていた。髪が乱れ、かけていた眼鏡がどこかに行ってしまっている。ポールにつかまって体勢を立て直しているその間にも、次のカーブが迫ってくる。

運転手の体は制御をなくした人形みたいにぐらぐらと揺れていた。康は床を這（は）ってそちらに近づいた。

「ブ、ブレーキ…」

今やバスは完全に暴走状態だった。まったくスピードがゆるまない。蛇行しながら、死の淵（ふち）ぎりぎりをひた走っている。

「くそっ」

康とスーツの男は同時に運転席にたどり着いた。康は片手でステアリングを握り、どうにかカーブを回避した。もう片方の手で運転手を引きずり出しながら、ブレーキペダルを踏もうとする。その間も、バスは左右に車体を揺らしながら猛スピードで走っている。「いやああ！」「止めて！　止めて！」乗客の悲鳴が響く。

「サ、サイドブレーキを」

スーツの男が運転席の左側にあるレバーに飛びついた。が、普通の車と違う操作方法にとまどったのか、動きが止まる。誰かが「神様！」と叫んだ。

「――」

息が止まった。

前面の大きなガラス窓いっぱいに、紅葉とガードレールが迫っていた。急カーブだ。赤い風景を背に、白いガードレールがくっきりと浮き上がっている。それがどんどん近づいてくる。迫ってくる。ガードレールの錆(さび)だらけの傷が、なぜかやけにはっきりと目についた。

「ママ！　パパ！」

女の子の悲鳴が聞こえた。

「紗彩！」

女性の金切り声が聞こえた。

「ちくしょう！」

スーツの男がレバーを引いたのと、康がブレーキペダルを踏んだのと、どっちが先だったのかわからない。

その瞬間、バスの車体が大きくスピンした。

「うわっ」

「きゃあ！」

ぐるりと大きく視界が回る。赤い風景と白いガードレールもぐるりと回る。

「ぐっ」

強い遠心力がかかり、康はしたたかに背中を叩きつけられた。衝撃でつぶった目を開けると、視界は一面の赤だった。

赤い火が燃えている。緑と黄色と岩肌の世界を、今にも赤い炎で埋め尽くそうとしている。

「――――！」

ドン、と世界が割れたような大きな衝撃があった。

次の瞬間、ぐっと胃が持ち上がる嫌な感じがした。体が床方向に押しつけられる。背中がふうっとそそけ立った。遊園地のフリーフォールで落下する時のように。

（落ちる）

視界は赤ばかりで、周りの状況も自分がどうなっているのかもわからないのに、ただ直感で、落ちる、とわかった。バスごと、乗客ごと、まっさかさまに谷に落ちていく。

（……春）

世界は奇妙に静かだった。さっきまで聞こえていた乗客たちの悲鳴も、エンジン音も、何も聞こえない。

（春希さん）

目に映る景色は赤く燃えるようなのに、まるで水の中にいるみたいだ。音は遠く、すべてがスローモーションで、もどかしいほどに体が動かない。春希がどこにいるのかわからない。春希のところに行かなくちゃ。もがいて手足を動かすけれど、重い水の膜に阻まれて思うように動けない。

赤。目に入るのは、ただ赤ばかりだった。山の奥深くで人知れず静かに激しく燃えている火。その火の中に、まっさかさまに落ちていく。

「康！」

春希の声が聞こえた。

声の方を向くと、春希が床にうつぶせに倒れ、こちらに手を伸ばしているのが見えた。康も這ってそちらに行こうとした。春希の指先が赤く染まる。体も赤く染まる。世界が赤い渦を巻いている。

春希さん――

赤。火。落ちる。赤い渦に巻き込まれ、目の裏が真っ赤になる。伸ばした手に何かが触れた気がして――そこから先は、何もわからなくなった。

■

旅行に行こうと言い出したのは、康だった。

「旅行?」

水川春希はしかめ面で答えた。低血圧なので、朝はうまく頭が働かない。面倒なことは考えたくない。なのに。

うつむいて目玉焼きにフォークを入れる。黄身はきれいに丸く、ちょうどいい焼き加減の白身の真ん中にきちんと収まっていた。康はいつのまにかずいぶん料理がうまくなった。初めて会った頃は、卵もうまく割れない学生だったのに。

「無理だよ。そんなに休み取れないし」

言いながら、黄身の周囲をフォークで丸く切り取る。黄身と白身を分け、黄身をフォークで刺して向かいの康の皿に落とした。

「あっ、また」

康は怒った顔をした。

「黄身、いらない」

「卵は栄養あるんだから、食わないとだめだって言ってるだろ。これ一個でひよこができあがるんだぜ」

「だからだよ。黄身ってまさにひよこの素って感じじゃないか。たまに血管とか目玉っぽいのとかついてるし」

「オムレツとか炒り卵は食べるじゃないか」

「だから原形をとどめていなければ食べられるんだよ。いつもそう言ってるだろ。卵はオムレツかスクランブルにしてくれって」

「そういうこと言って、骨付きの肉や丸ごとの魚も食わないだろ。春希さんはもっとタンパク質を取らないと。わがまま言わずにさ」

「……」

　むっとしながら、春希はバターとジャムを塗ったトーストをかじる。わがままという言葉が気に入らない。子供扱いされているみたいだ。

　いつのまにか料理がうまくなったのと同じに、いつのまにか康は生意気な口をきくようになった。年下のくせに。

「それで、旅行」

「だから休み取れないって言ってるだろう」

「でも、小学生の子たちが校外学習に行くから、その間はピアノ教室を休みにするって言ってただろう」

「……」

「それって十一月の最後の週なんだろ？　カレンダー見るとほかの仕事も入ってないみたいだし。連休を合わせれば、五日間の休みになる」

春希はサラダボウルの中のプチトマトにフォークを刺そうとした。丸くつやつやしたプチトマトはつるんとフォークから逃げて、なかなかうまく刺さらない。カチカチとフォークがボウルにあたった。

「康もそんなに休み取るつもりなのかよ」

「俺は夏休みが取れなかったから、今の仕事が終わったら代休取れってチーフに言われてて」

大学の建築学科を出た康は、設計事務所に勤めている。店舗や商業施設の設計、施工管理を行うところで、現場に足を運ぶことも多いらしい。ここしばらくは大きな仕事が入っているとかで残業や休日出勤も多かったが、ようやく一段落つくようだった。

「俺がここに来てから、春希さん旅行したこと一度もなかっただろ。たまにはどこか遠くへ行くのもいいんじゃない？」

「……遠くってどこだよ」

「春希さんの行きたいところでいいよ」

「別に行きたいとこなんてない」

「だから、考えておいてくれよ。秋だから、紅葉の綺麗なとことか……それとも春希さん寒がりだから、あったかいとこの方がいいかな。沖縄とか、いっそ海外とか」

「飛行機乗りたくない」

「またそんなわがまま言う」

康はこれ見よがしに大きなため息をつく。気に入らない。プチトマトはあいかわらずフォークから逃げるし、カチカチ鳴る音が気に障る。

「秋はうまいものもたくさんあるし。でも春希さん偏食だからな。のんびり温泉ってのもいいかもね。今日、会社の帰りにパンフレットやガイドブック探してみるよ」

康はマグカップのコーヒーを飲み干した。春希がプチトマトに苦戦している間に、朝食をほぼ食べ終えている。黄身がふたつ分の目玉焼きも。でも皿にウインナーがひとつだけ残っていて、「タンパク質」と言いながら春希のテーブルに落とした。

「じゃあ、俺もう行くから。行き先考えておいて」

「行くなんて言ってないだろ！」

康は春希の抗議を無視して立ち上がる。部屋を出ていくかと思ったら、春希の方に来た。横に立って、サラダボウルからプチトマトをつまみ上げる。

「あ」

康がそれを自分の口に持っていったので、思わず声が出た。すると康は、春希の開いた口にすばやくプチトマトを放り込んだ。

指先が軽く唇に触れた。

「んっ」

「行ってきます」

指先を舐めて、にっと笑う。いつのまにか大人になった、ふてぶてしい顔で。

春希はプチトマトを噛み潰した。酸味が口いっぱいに広がって顔をしかめる。

気に入らない。


音がスキップをしている。

目を閉じると、春希にはひとつひとつの音が小さな球に見える。丸かったり、ちょっとトゲトゲしていたり、白やオレンジや、青みがかった灰色や。形も色もさまざまだ。澄んだ音は光を帯びているものだけど、きらきらしているのもあれば、濁っているのもある。それがビーズのように連なって旋律になり、空間を飛び回る。

「…あっ」

ピアノの前の少女が小さな声をあげた。同時に音がつまずいて勢いをなくし、床にぽとんと落ちる。

「あっ、また。あん、もう」

ひとつつまずくと連鎖反応式に崩れ、どんどん狂い始める。それまで連なって部屋の中を駆け回っていた音が、糸がほつれてばらばらになる。いったん崩れた音はぼとぼとと床に落ち、光をなくす。光をなくした音は、死んだ音だ。

「はい、そこまで」

　春希が止めると、生徒は腕を下ろし、ふうと息をついた。

「堀田（ほった）さん、練習サボっただろう」

「えー、サボってないよ。ちゃんとやったもん」

　少女は勝気に言い返す。相手は小学生だが、春希は名前に「ちゃん」や「くん」をつけて生徒を呼ばない。子供を子供扱いするのが苦手だからだ。加えて春希は無愛想だし、たまにしか笑わないし、めったに褒めないと文句を言われ放題だが、なぜかそれなりに生徒たちには好かれていた。

「昨日とおとといくらいはしただろうけど、ピアノをまったくさわらない日もあったはずだ」

「……わかるの？」

「当然」

　堀田ちかはしゅんとうつむく。彼女は小学四年生で、カンがよくて覚えも早いが、ちょっとむら気なところがあった。

春希は自宅でピアノ教室をひらいている。生徒は近所の小中学生が多かった。ほかに、恩師や音大時代の友人のツテで作曲や伴奏などの仕事もしている。

「上手になりたかったら、もっとたくさんピアノにさわらないとだめだ。体の一部になるくらいに」

「こんな大きくて冷たいの、体の一部になんてならないよ」

「大きくて冷たいって思ってるうちはうまくならない。たとえば喉は体の一部だけど、楽器にもなるだろう？　ピアノは体の外側にあるけど、繋がることはできる。たくさんさわって、撫でて、かわいがっているうちに、喉を使うのと同じように歌えるようになる」

「撫でてかわいがるって、ペットみたい」

ちかは笑った。春希は目元をちょっとゆるめる。

「動物とそんなに変わらない。体は別々だけど、時々わかりあえるし、気持ちが繋がることもある」

「んー、よくわかんないけど」

ちかは首をかしげて、くるんと生意気に目を動かした。

「先生はピアノとはわかりあえるのに、人間相手だとわかりあえないよね。こないだママがスーパーで会って声をかけたのに、そっけなかったってがっかりしてたよ」

「……それは、ごめん」

今度は春希がうつむく。子供に教えるのは好きだが、保護者と接するのは苦手だった。

「気にしなくていーよ。ママ、冷たくされると燃えるって言ってたから。今度差し入れにクッキー焼くって。先生、甘いもの好き？」

「いや、差し入れなんて」

「ねー、だからさ、もう次の曲行こうよ。あたしこれ苦手。好きな曲だったら毎日弾けるもん」

「だめだ。この曲で使うテクニックができないと、ほかの曲も弾けないよ。ほら、もう一回最初から」

「えー」

ちかはしかたなさそうにピアノに向き直る。今度は真面目な顔になって、鍵盤に指を下ろした。春希は窓際に立った。音を聴きながら、外に目をやる。

武蔵野は昔は雑木林と畑ばかりだったそうだが、今は農家も減り、ありきたりな住宅地になっている。だが、この家にはわずかばかりの屋敷林が残っていた。屋敷というほど大きな家ではないが、庭もあって周囲は木々に囲まれている。

春希と康が暮らしているのは純日本風の家だが、敷地内に離れがあって、グランドピアノはそこに置かれていた。離れは洋風の小さな平屋で、母屋よりも新しい。この窓からは母屋は見えないが、家の門と、門から続く石畳の小道が見えた。

小道は途中で枝分かれして離れに続いている。枝分かれしたところに、大きな金木犀の木があった。十月の今は枝いっぱいにオレンジの花をつけ、百メートル先からもわかるような甘い香りをふりまいている。

その金木犀の下に、ぽつんと女の子が佇んでいるのが見えた。

（あれ）

ピアノ教室の生徒の小路さゆみだ。ちかの同級生で、次にレッスンが入っている。でもまだ時間が早いし、前のレッスンが終わっていない時は、廊下にある椅子で待つことになっているのに。

「……泣いてる」

無意識に呟いたのがちょうど曲が終わったところで、ちかが「え？」と顔を上げた。

「なに、先生、なんか言った？」

「いや、小路さんが…」

「え？　さゆみ？」

ちかが椅子を立ってこっちに来た。窓から見ると、うつむいたさゆみの顔は見えない。でも肩を震わせてしゃくり上げているのがわかった。腕に何か白いものを抱いている。

「うさぎだ」

呟いたかと思うと、ちかはくるっと踵を返してドアに向かって駆け出した。

「あ、こら」

止めようとしたが、敏捷な小学生には勝てない。春希が追いついた時には、ちかはさゆみの肩を抱いて慰めていた。

活発なちかと比べて、小路さゆみはおとなしい女の子だ。でも二人はとても仲がいい。レッスンも同じ日で、ちかはいつもさゆみを待って一緒に帰っている。

「小路さん、どうした？」

「せんせい……」

顔を上げたさゆみの目は涙でいっぱいだった。近づくと、その腕に抱かれた白いものがうさぎだとわかる。

「ナナが…」

そう言うのがやっとで、あとは嗚咽で言葉にならない。ちかが説明した。

「この子、学校で飼ってるうさぎなの。さゆみは飼育係なんだ。ナナ、死んじゃったんだね」

さゆみは肩を震わせて頷く。

「学校の先生には言った？」

さゆみはまた頷く。嗚咽をこらえながら懸命に話した。

「あ、あ、明日、みんなでおわ、おわかれして、それからお寺に行こうって」

「お寺？」

春希が訊くと、ちかが答えた。

「ペットのお葬式をしてくれるお寺があるの。学校で飼ってる動物が死んじゃうと、そこへ行くんだ」

「で、でも、そこに行くと火葬にされて灰になっちゃうの。ナナが燃やされちゃうなんてやだ」

うさぎの体をしっかりと抱きしめて、さゆみはいやいやと首を振る。それで連れてきてしまったらしい。ちかがうさぎを撫でながらなだめるように言った。

「でも……お葬式ってそうするんだよ」

「い、田舎のおじいちゃんちのワンちゃんが死んだ時は、庭にお墓作って埋めたもん。そしたら生まれ変わってきてまた会えるよっておばあちゃん言ってた。ちかちゃん、一緒にナナのお墓作って」

「どこに埋めるの？」

「学校……」

「きっと見つかっちゃうよ。先生に告げ口されるかも」

「じゃ、じゃあ、ここに埋めちゃだめ？」

うさぎみたいに真っ赤な目をして、さゆみは春希を見上げた。

「え」

「金木犀の木の下だったら、お花も咲くし、いい匂いもするし、ナナも喜ぶと思う。いつでも会いにこられるし」

「え、うーん…」

「ナナは学校で生まれた子なの。いっしょうけんめいお世話したの。あたしにいちばんなついてたんだよ。ナナを燃やしちゃうなんてやだ」

　春希は困って髪をかき上げた。

「そうだなあ……木の下に埋めることは俺はいいと思うけど、ここは先生の家じゃないから。誰かの土地に勝手に埋めたりしちゃだめなんだ」

「先生のおうちじゃないの？」

「じゃあ、持ち主に訊いてみるか」

　春希は二人を連れて離れに戻った。ちかと、うさぎを抱いたままのさゆみをキッチンの椅子に座らせ、康にあててメールを書く。

〝仕事中に悪い。生徒が学校で死んだうさぎを連れてきてて、金木犀の下に埋めたいって言ってるんだけど、だめか？〟

　メールを送信すると、とりあえずミルクを温めた。今日はレッスンにならなそうだ。砂糖を入れたホットミルクでさゆみが落ち着いた頃、康から返信が来た。

〝かまわないよ。そこは叔父貴も子供の頃に飼ってた猫や亀を埋めたって言ってたから〟

「――」

メールの文面を見て、一瞬、呼吸が止まった。

康とこの家にいると、過去はそこかしこに散らばっている。燃えて灰になったり、土の中に埋まったりしていない。ごく自然に、ずっとある家具のように、そこにある。

こういう時は、急に感情を動かしちゃいけない。ずっと使っていない筋肉を急に使うと痙攣を起こすみたいに、奥深くに押し込めていた感情を急に動かすと、心が引き攣る。制御できなくなる。春希はなるべく何も考えないようにして、スマートフォンの画面を消した。

「埋めていいって」

言うと、さゆみはやっと顔をほころばせた。

三人で庭に出て、庭仕事をする時のためのスコップを持ち出した。しゃがんで金木犀の根元に穴を掘る。庭仕事をするのは、主に康だ。肉体労働は苦手だし、土は硬く、大きな根もあって掘るのは大変だった。

「……こんどの合宿で……」

「だけど場所わかんないんでしょ?」

「でもでも」

ふと気づくと、女の子二人は顔を寄せて小声で何やらこそこそ話していた。スコップが止まっている。

「こら。俺にばっかやらせてないで、ちゃんと掘りなさい」

二人は顔を見合わせる。代表のようにちかが言った。

「先生、はさみかカッター貸して」

「はさみ？　そんなの何に使うんだ」

「いいから」

ちかは教室でもきっと男子を顎で使うタイプだろう。やれやれと腰を伸ばして、春希は家に戻ってはさみを持ってきた。

ちかに渡す。何をするのかと思ったら、ちかはさゆみが抱いているうさぎの毛を、はさみで少しだけ切り取った。

「何をしてるんだ？」

昔見た古い映画のお墓を作る子供たちのように、二人は真剣な顔だ。さゆみは通学バッグから財布を取り出すと、中の小銭をポケットに入れ、切り取ったうさぎの毛を大事そうに財布にしまった。

「形見か？」

二人はまた顔を見合わせる。春希を見上げたさゆみの目は、もう泣いていなかった。何か強い光を帯びている。おとなしいけど意志が強く、こつこつとがんばることのできる子だ。大事な秘密を打ち明けるような真剣な顔で、口をひらいた。

「――あのね、先生。天国ホテルって知ってる?」

「は?」

耳慣れない言葉に、春希はつい顔をしかめた。

「てんごくホテル?」

「あのね、天国ホテルは山の上にあるの」

「でもどこにあるかはわかんないんだよ」

「誰も知らないの」

「すごくすごく行きたいって思ってる人だけ行けるんだって」

「ネットで見たんだ」

「だからうさぎの毛を」

「そんなのよくあるネットの噂だってあたしは思うんだけど。だってありえないよね? 死んだ人に会えるなんて」

「でもでも、行ったって人いるって聞いたもん」

「ホントに行った人の書き込みはなかったでしょ」

「きっと夢を見たって思ってるんだよ。そう書いてあったもん。天国ホテルから帰ってくると、夢を見てたって思うんだって」

「ちょ、ちょっと待って」

「だいたい、どこにあるかわかんないのに、どうやって行くの？」

「だからうさぎの毛を持って合宿に」

「合宿で行く山にあるかどうかわかんないじゃん」

「違うの。天国ホテルは天国だから、きっとどこからでも行けるんだよ。でも空にうんと近いところまで行って、強く願わないとだめなの」

「そんなの作り話だよ」

「でもでも」

「ちょっと待てって！」

二人が春希そっちのけでどんどんヒートアップしていくのを、春希は声をあげてようやく止めた。

「なんだって？」

無意識に、乾いた喉にこくりと唾を呑む。

——死んだ人に会える？

二人はまた交互に説明する。女の子のお喋りをきちんと順序立てるのは大変だったが、要約すると、こういうことらしい。

どこかの山の上に、天国ホテルという建物がある。

どこにあるかは誰も知らない。行き方もわからない。地図にも載っていない。

そこに行くと、死んだ人に会える。そこでは死者は普通に生活していて、一緒に暮らすことができる。

死者に会うためには、死者がずっと身につけていたものを持っていく。もしくは、髪や爪など死者の体の一部を持っていく（噂によってまちまち）。

「そんな……」

本当は大人として、何か常識的なことを言ったり、逆に子供のファンタジーを守ってやらなくちゃいけないのかもしれない。だけどとっさに何も言えず、春希はさゆみの腕の中のうさぎを見つめた。

死んでまだそんなに時間はたっていないんだろう。見た目は、生きているうさぎと何も変わらない。真っ白でやわらかそうで、きっと少し前まではぴょんぴょん飛び跳ねていたんだろうと想像できる。

でも、死んでいるとわかった。どこがどう違うのかうまく言えない。言葉では説明できない。だけど、わかる。このうさぎはもう生きていない。

たぶん触れれば硬くて、体温も失われているんだろう。けれど触れなくてもわかった。何か決定的なものがなくなっている。

決定的なもの。

「今度、校外学習があるでしょ。あたしたち四年生は山に行って合宿するの。ハイキングしたり、ごはん作ったりするんだって」

「だからナナの毛を持っていこうって思って……そうしたら、ナナに会えるかもしれないから」

「だからそんなの作り話だよ」

「いいもん。ちかちゃんが信じなくたって、あたしは信じてるもん」

「……」

春希は死んだうさぎから目を逸らした。スコップを握り、土に突き立てる。

「先生、信じないの？」

「ほらね」

「俺にはわからないよ。でも、とにかくちゃんと埋葬してあげよう」

二人はこくんと頷くと、今度は真面目に穴を掘った。うさぎを横たえられる深い穴ができると、さゆみは散った金木犀の花を集めて、穴の底に敷きつめた。金木犀のベッドだ。きっといい夢が見られるなと言うと、さゆみはにこりと笑った。

オレンジ色のベッドにうさぎを横たえる。土をかぶせる瞬間、見たくないというように目をつぶったのはちかの方だった。さゆみは大きな目をしっかりと開けて、うさぎの体が土に埋もれていくのをじっと見つめていた。

〝今日は早く帰れそう。晩メシはハンバーグが食いたいな。かわりに土日は春希さんの好きなものを作るから〟

「俺はおまえのお母さんじゃないんだよ」

ぶつぶつ文句を言いながら、パックからひき肉をボウルに放り込む。炒めた玉ねぎ、パン粉、塩、こしょう、ナツメグ。それから、ボウルの端で卵を割った。

（うっ）

生卵は苦手だ。調理前の肉も苦手だ。でも意を決して、手袋をした手で混ぜ始めた。直接肉にさわりたくないので、肉や魚を調理する時は使い捨てのビニールの手袋を使う。親の仇（かたき）のように力をこめてぐちゃぐちゃと混ぜているうちに、原形をとどめないピンク色のペーストになった。

朝が弱いので朝食は康の分担だが、平日の夕食は春希が作ることになっている。康は帰宅時間がまちまちで、それを知らせるメールのついでにこうやってリクエストを送ってくることがあった。たいてい、肉だ。

肉も魚も卵も、最初はさわるのが嫌だった。手袋をしてもさわれなかった。けれど康がだんだん料理がうまくなったように、いつのまにか、春希もいろんなことができるようになった。できないと思い込んでいたことが。

ボウルの中でタネを四つに分け、手に取って丸くする。両手でキャッチボールをして、空気を抜く。こういうテクニックも、料理本を見ながら作るうちに覚えていった。

「こんなもんかな」

少し気持ち悪かったピンク色のペーストも、焼くと食欲をそそる焼き色がついて、おいしそうな匂いになる。ハンバーグで力尽きたので、あとは付け合わせのにんじんとグリンピースのグラッセと、サラダと、スープで終わりだ。

「ただいま」

ハンバーグを焼いたフライパンでソースを作っているところで、康が帰ってきた。スーツ姿で台所に入ってきて、ハンバーグの皿を覗いて「うまそう」と笑う。

「着替えてくる」

母屋は日本建築だが、ダイニングは板張りで、ダイニングテーブルを置いている。普段着に着替えた康と向かい合って座った。

「いただきます」

康のハンバーグは大きく作ってある。康は大口を開けてそれを頬張り、「うまい」とまた笑った。

「これでうずら卵の目玉焼きがのってたら完璧」

「お子様ランチか」

「いいだろ。俺、ハンバーグに目玉焼きがのってるの好きなんだよ」

康はよく食べる。なにしろ身長百八十センチ超のしっかりした体格だ。高校ではバレーボールをやっていたらしい。初めてこの家に来たのは高校を卒業したばかりの時で、牛か馬のような食べっぷりに春希は驚愕(きょうがく)したものだった。本人は社会人になって落ち着いたと言っているが、偏食で小食の春希からするとブラックホールのような胃袋を持っている。

「明日の夕飯は何がいい？」

自分でごはんのおかわりをよそいながら、康が言う。休日の夕飯は康の担当だ。いま夕飯を食べているのに、翌日の夜に何を食べたいのかなんて思いつかないと春希は思う。

「別になんでもいい」

「そろそろ寒くなってきたから、シチューなんていいな。そうだ。明日は午後から雨になるそうだから、早めに雨樋(あまどい)直しておかないと」

「雨樋？」

「こないだの台風ではずれちゃったんだよ。雨が降るとザーザー下に落ちるんだ」

「ふうん」

母屋は築五十年近い古い家だ。趣のある日本建築だが、さすがにあちこちガタがきている。水回りや屋根などはリフォームしていたが、簡単な修理や造作なら、康は自分でやってしまう。もともと器用な上に今は仕事で建築現場に出入りしているから、ＤＩＹはお手の物だ。気が向くと、壁や天井を塗り替えたりもしていた。

「離れの方は不具合ない？　雨漏りとか」

「大丈夫。あ、でも、今度五歳の子がレッスンに来ることになったから、廊下に小さい椅子が欲しいんだよな。ないかな」

「椅子か。物置になかったかな。明日探してみよう」

春希はテレビが嫌いなので、ダイニングには置いていない。だからいつも、その日あったことやなんでもないことを話しながら食事をした。そんな二人きりの食事にも、いつのまにか慣れてしまった。

おかわりをたいらげたあと、康がまた旅行の話を持ち出した。

「やっぱり暖かくてのんびりできるところがいいよな。ニューカレドニアなんてどう？」

「ニューカレドニア？」

春希はしかめ面を作った。新しいことや耳慣れないことが苦手で、ついしかめ面を作ってしまうのは癖だ。

「会社の人が去年行って、よかったって言ってたから。フランス領だから食べ物がおいしいし、治安も悪くないって。アジア圏だと春希さんは腹壊しそうだし、ハワイみたいなにぎやかなところも嫌だろう」

「……遠そうだから嫌だ」

ハンバーグに箸を入れながら、春希はぼそぼそと答えた。ニューカレドニアがどこにあるかも知らないが。

「遠いところの方が気分が変わっていいじゃないか。いいところみたいだよ。ほら、古い映画にあっただろ。天国にいちばん近い島、って」

「天国にいちばん近い島……」

ぼんやりと呟く。さゆみの言葉を思い出した。それまでむりやり意識の下に閉じ込めていたのに。

——天国ホテルは天国だから、きっとどこからでも行けるんだよ。でも空にうんと近いところまで行って、強く願わないとだめなの。

「あ、いや」

まずいことを言ったと思ったのか、康がしまったという顔をした。

さゆみの言葉と一緒に、春希は死んだうさぎの姿を思い出していた。もう動かない、ただの肉の塊。

「……」

ハンバーグの断面から目が離せなくなった。ボウルの中でぐちゃぐちゃになっていたピンク色の肉塊が脳裏に蘇(よみがえ)る。それから、焼いた時の匂い。

「——うっ」

急に、苦いものが喉元にこみ上げてきた。

ガタンと椅子を鳴らして、春希は立ち上がった。片手で口を押さえて洗面所に駆け込む。

「春希さん！」

「ぐっ、……げほっ」

洗面台に覆い被さってえずく。今食べたばかりのものを吐き出した。でも吐き気は治まらず、洗面台のへりをつかんで何度も咳き込む。苦しくて、涙が滲(にじ)んだ。

「ごほっ、…う、…ッ」

「春希さん、大丈夫？」

康の手が背中に置かれる。何度も何度も背中をさすられた。

「……は……」

吐き気も呼吸も、徐々に落ち着いてきた。蛇口をひねり、冷たい水で顔を洗う。背後から心配そうに康が覗き込んできた。

「大丈夫？　具合悪いのか」

春希はタオルを手に取って顔をうずめた。くぐもった声で答える。

「なんでもない。ちょっと、昼間のうさぎのこと思い出しただけ」

「……」

背後からは納得していなさそうな沈黙が返ってくる。ぐいぐいとタオルで顔をこすっていると、康が言った。

「旅行、どうしても行きたくない？」

「……」

「少し気持ちを切り換えた方がいいと思うんだよ。春希さん、家でも仕事でもピアノ弾いてばかりだろ。この世にはいろんな景色があるんだからさ、見たことのない景色を見たら、きっと気分も変わるよ」

見たことのない景色。

春希は顔を上げた。鏡の中から、血の気の引いた青白い顔が見返してくる。俺の方が死人みたいだ、と思った。

康がそんなことを言い出した理由はわかっていた。もうすぐ五年だ。十一月二十四日は命日だ。

もうすぐ、彼が死んで五年になる。

■

溺れる――

康は必死で手足を動かした。生まれ育ったのは海の近くで、泳ぎは得意だ。なのに今、自分は溺れている。溺れた時は無理にもがかず、浮いて待つというのが鉄則だ。仰向けになって肺に空気をためれば、人間の体は自然に水に浮く。

けれど今は浮かなかった。自分を呑み込んだ水は重く、重油のようにねっとりと全身にまとわりついてくる。しかも、赤い。真っ赤だ。赤いねっとりとした水――まるで血だ。

血の色をした水の中で、康は溺れていた。息が苦しい。水は重くからみつき、底へ底へと康を引きずり込もうとする。怖かった。水の中でこんなに恐怖を感じたのは初めてだった。必死で浮かび上がろうとしても、どうしても上に行けない。

水の中で目を開けると、視界は真っ赤だ。赤以外、何も見えない。血の赤。燃えるような赤。苦しい。苦しい。空気が欲しい。

（うっ）

苦しさに耐えかねて開けた口に、ガボッと赤い水が入り込んできた。

本能的に、嫌だ、と思う。血みたいな水を飲み込みたくない。けれど赤い水はどんどん体の中に入ってきて、かわりに空気が泡になってゴボゴボと逃げていった。

（嫌だ嫌だ嫌だ――）

が、体のすみずみまで赤い水が行きわたると、ふうっと呼吸が楽になった。まるで赤い水が空気で、空気が水だったみたいに。あべこべだ。

水の中で普通に呼吸ができるようになる。視界はやっぱり赤かった。まとわりつく重さもなくなり、今はふわりと浮いているように感じる。浮いていて、地上に向かってすうっと下りていく。さっきまでは、水面に向かって必死で浮き上がろうとしていたのに。

ふっと、足がどこかに着いた。地面だ、と思った。

思ったところで、目が覚めた。

「――……」

しばらくの間、康は目を開けたままぼんやりしていた。見えていても何も見ていなかった目に、徐々に世界が映り始める。

空。一面の、青い空だ。

澄んだ広い空だった。雲ひとつない。太陽は中天にはなく、すでに傾いている。夕方の空だ。陽が沈む少し前、空の青さはいっそう深みを増している。太陽がどこにあるかは見えなかったが、光はわずかに橙色を帯びていた。

──空。

どうして空が見えるんだろう。自分はどこで寝ていたんだっけ……そこまで考えた時、唐突に脳裏に赤い視界が蘇った。

赤。赤い水。いや、違う。紅葉だ。

「っ…」

短く息を吸って、目を見ひらいた。

そうだ。春希と一緒に旅行に出て、バスに乗った。うねうね曲がる山道を走るバス。谷を染めた、見事な紅葉。だけどバスがふらふら揺れて──運転手が意識を失っていて──燃える紅葉──渦を巻く赤──悲鳴──目前に迫ったガードレール──

（春希さん）

康はがばりと身を起こした。

起き上がった瞬間、康の中で渦を巻いていた赤が、ぴたりと静まった。世界の焦点が合った、という気がした。

行動と意識が繋がるまでわずかなタイムラグがあって、それから康は左右に目を走らせた。

「えっ…」

とっさに、どこにいるのかわからなかった。

視界は緑だ。緑の壁に塞がれている。緑の葉を茂らせた木でできた──生け垣だ。

生け垣はかなり高く、てっぺんも側面もまっすぐ刈り込まれている。明らかに人が作ったものだ。それが両側にそびえて道を作っている。道幅は人が二人並んで歩けるほどで、すぐそこで直角に折れ曲がっていた。うしろを振り向くと、そこでも道は折れて壁が立ち塞がっている。右も左も前もうしろも、緑の壁。まるで緑でできた迷路だ。

「……なんだ、これ」

混乱しながら、立ち上がった。立ち上がっても壁の向こうは見えない。見えるのは、緑と空ばかりだ。

康は自分の体を見下ろした。手も足も普通に動くし、どこも痛くない。どこにも怪我はないようだった。それに、服が汚れたり破れたりもしていない。地面に寝ていたから背中側に少し土がついているが、それだけだ。

信じられない気持ちで、自分の手のひらを見つめた。バスは崖から落ちたはずなのに。ガードレールに激突した時の衝撃と、そのあとの心臓が冷えるような落下の感覚は、とても夢とは思えないのに。

（――春希さん）

はっとして、あたりを見回した。春希はどうなったんだろう。

「春希さん」

声を出して呼んでみる。返事はない。声は高い空と生け垣に吸い込まれ、あたりはしんと静まり返っていた。

「春希さん！」

康は大きな声で名前を呼びながら歩き始めた。ここはどこなのか、バスはどうなったのか、何もわからないが、まずは春希を探すのが先だ。

迷路。正真正銘の、迷路だった。明らかに人を迷わせる目的で作られている。道は曲がったり枝分かれしたり行き止まりになったりで、自分がどこにいるのか、どちらから来たのか、すぐにわからなくなった。こういうの、映画で見たことがあるなと思った。ジャック・ニコルソンが斧を持って追いかけてくるのだ。

(ぞっとしないな)

見通しの悪い緑ばかりの中を歩いていると、次第に不安と切迫感が増してくる。いったいどのくらいの広さがあるのか、見当もつかなかった。

「――！」

やみくもに曲がった道の先に人が倒れているのを見つけて、康は息を呑んで駆け寄った。

「春希さん！」

春希だった。仰向けに横たわり、目を閉じている。

かがみ込んで、顔を覗き込んだ。どこにも異常はないように見える。目に見える怪我はないし、やっぱり服も汚れていない。口元に耳を寄せてみると、落ち着いた呼吸の音が聞こえた。

普通に、ただ眠っているように見えた。

（よかった）

深く息を吐いてから、康は春希の肩を揺すった。

「春希さん」

「……んー……」

「春希さん！」

大きな声を出すと、春希は身じろぎをして顔をしかめた。熟睡しているのを邪魔されたかのような、ごく自然な目覚めだ。ぼんやりと目を開けて、康を見た。

「春希さん、大丈夫？」

「……何が」

とりあえず不機嫌そうなのは春希の常だ。

「俺たち、旅行に出てバスに乗っただろう。で、バスが事故ったよな。覚えてる？」

「——」

目を大きく見ひらく。思い出したらしい。

ぱっと上体を起こして、春希はきょろきょろとあたりを見た。たぶんさっきの康がそうだったように、状況を把握できていない顔をしている。何度も瞬きして、「何？　ここ」と呟いた。

「怪我はない？」

「ない…と思うけど。ここ、どこだ？　バスは？」

「それが、わからないんだ。俺もさっき気づいたばかりで」

春希が立ち上がろうとするので手を貸したが、やっぱり怪我はなさそうだ。奇跡的だ。あれだけの大事故に巻き込まれて、まったくの無傷なんて。

「なんだ、ここ？　まるで迷路じゃないか」

「迷路なんだ。今のところ、出口がわからない」

「えっ。でも……バスは崖から落ちただろう？　崖の下にこんな迷路が？」

「さあ。でもバスが近くにないし、事故の形跡も見あたらないし」

「……」

春希は眉をひそめて、怯えたように数歩下がった。背中が生け垣の緑に触れると、あわてて離れる。そこから何か出てくるんじゃないかと思っているみたいに。

「気味が悪いな」

「そうだ。電話」

康はジャケットのポケットからスマートフォンを取り出した。壊れた様子がないことに、ほっとする。が、電源を入れようとしても入らなかった。どこをいくら押しても画面は暗いままだ。

「春希さんのは？」

春希もブルゾンのポケットからスマートフォンを取り出した。操作をしてみて、顔をしかめて首を振る。どちらも損傷したようには見えないし、電池も足りているはずなのに、揃って真っ暗に沈黙していた。

「くそ、どうなってるんだ」

あきらめきれずに康がスマホをいじっていると、春希がふっと顔を上げた。空中の一点をじっと見つめている。空には鳥の一羽もおらず、あいかわらず世界は静まり返っているように康には思えた。

「……水」

「え？」

「水の音がする」

「え」

呟いたかと思うと、春希はくるっと踵を返して速足で歩き始めた。康は慌ててそのあとを追った。

康には何も聞こえないが、春希は確信を持った足取りで進んでいく。本当は音に向かってまっすぐに進みたいんだろうが、何しろ迷路なのであちこちで曲がったり行き止まりになる。苛立ったように春希は足を速めた。すると徐々に近づいているらしく、康にも音が聞こえてきた。

春希の言うとおり、水の音だ。川の流れる音やシャワーのような音ではなく、蛇口から一定の水量で水が流れるような。ちょうど、壊れた雨樋からジャバジャバと水が落ちるような。

「――あっ」

緑の角を曲がったとたん、ぱっと視界がひらけた。

けれどそれほど広い場所じゃない。出口じゃない。だって、周囲を生け垣に囲まれているから。その中央に、石で造られた人工の泉があった。

泉の真ん中に噴水があり、そこから水が湧き出ている。だが真っ先に意識を引きつけられたのは噴水ではなく、その前に倒れている人影だった。

「人だ」

康と春希は急いで人影に駆け寄った。

人影はふたつあった。二人だ。一人は子供で、折り重なって――いや、大人が子供を守るように抱きかかえて倒れている。見覚えがあった。一緒のバスに乗っていた母娘連れだ。

「大丈夫ですか⁉」

二人で母娘を挟むように膝をつく。康は母親の肩を揺すって呼びかけた。やっぱり異常はないように見える。春希と同年代か、少し上くらいの人だ。康の呼びかけに睫毛を震わせた。

「……う、…ん」

春希は向かい側から子供の様子を確かめている。五、六歳くらいの女の子だった。母親の腕の中で眠っているように見えたが、その口が小さく動いた。

「……パパ」

その声に反応したように、女性が目をひらいた。瞬きをして康の顔を見て、ぎょっとした様子で上体を起こす。

「大丈夫ですか？」

「――え、あの、私……あ、紗彩⁉」

自分のすぐそばにいる子供に気づき、女性は血相を変えて娘を引き寄せた。「紗彩！　紗彩？」と頬や腕をさすりながら呼びかける。女の子はうーんと身をよじり、ぱちりと目をひらいた。

「あ、ママ」

「……紗彩」

女性はほうっと息を吐く。その目が涙ぐんでいた。

「紗彩、大丈夫？　怪我はない？」

「うん」

「ほんとに？　どこか痛いところはない？」

「だいじょぶだよ」

「あの」

母親が娘の無事を確認するのを待って、康は声をかけた。女性ははっとして康と春希を見て、それから周囲に目を向ける。その顔にありありと困惑が広がった。

「あの……ここはどこですか？　バスは…」

「あのバスに乗っていた人ですよね？」

「は、はい。あなた方もそうですか？」

状況がわからないからだろう。娘の肩を抱いて身構えている。美人だが化粧気は少なく、落ち着いた感じの人だ。

「俺たちも、さっき目を覚ましたばかりなんですよ。気がついたらここに寝ていて」

「だって、でも……バスは事故を起こしましたよね？　ほかの人は？　怪我人はいないんですか？」

「わかりません」

「ここはいったい……あ、ひょっとして山の上のリゾートですか？　誰かが私たちをここに運び込んだんですか？」

「だから、わからないんですよ」

女性は眉をひそめ、しげしげとあたりを見る。女の子はきょとんとした顔をしていたが、母親の服を引っぱって、口をひらいた。

「ねえ、ママ」

「え、なに？」

「あのね、パパが助けてくれたんだと思う」

「えっ？」

女性は瞬きしてから、じっと娘の顔を見た。

女の子はまだ小学校に上がる前くらいだろう。赤いリュックを背負って、髪をふたつに結んでいる。かわいらしい子だった。

「さあやね、夢みてたの」

「夢？」

「うん。あのね、赤い水の中でおぼれる夢」

康ははっとした。同時に、こちらに横顔を向けた女性にも、春希にも、小さな衝撃が走ったように見えた。

「さあや泳げないもん。とってもくるしくて、とってもこわかったの。そしたらね」

子供はきらきらした瞳で母親を見上げた。

「パパが助けてくれたの！」

「えっ」

「パパがさあやの手をぎゅっとしてくれてね、くるしくないよ、息してごらんって言ったの。そしたら息ができたの！　水の中なのにくるしくないの。それでね、パパがここまで連れてきてくれたの」

「そ…、そう」

「パパが助けてくれたんだよ」

子供は自信満々の口調で言う。康の見た限りでは、母娘は二人連れで、父親は一緒じゃなかった。子供は無邪気に喜んでいるが、母親は動揺しているように見える。

赤い水。さっき目を覚ます前、康も赤い水で溺れる夢を見ていた。偶然だろうか。バスは紅葉で真っ赤に染まった谷に落ちたから？　そんな偶然があるだろうか。

「春希さん？」

ふと気づくと、春希が紙のように真っ白な顔をしていた。

「大丈夫？　どうかした？」

「……なんでもない」

ふいと目を逸らす。康は思わず春希の肩をつかもうとした。

「もしかして、春希さんも…」

その時、泉の向こう側で声が上がった。

「誰か！　誰かいないのか？」

康と春希は、顔を見合わせて立ち上がった。泉の反対側に向かって駆け出す。

ちょっとしたプールくらいの大きさがある泉だった。縁は大人の腰ほどの高さがあり、クリーム色の花崗岩（かこうがん）らしき石でできている。中央にワイングラスを重ねたような形の噴水があって、先端から絶えず水が湧き出ていた。水は一番上の杯からあふれてその下の杯に落ち、またその下に落ちる。古いものらしくところどころ割れたり欠けたりしていたが、精緻な装飾が施されていて、神殿を思わせるような荘厳さがあった。

（……なんだ？）

縁を回り込みながら水面を覗き込むと、水の色が暗かった。それほど深いはずはないのに、底が見えない。水面には空も映っていない。水際を見るとたしかに透明なのに、ただただ暗かった。星のない夜みたいに。

「あ、あの人」

春希が指差す。ちょうど反対側の迷路から人が出てくるところだった。スーツにトレンチコートを着た――康と一緒にバスを止めようとした男だ。

「あ、君！」

安堵と焦燥が入り混じった顔で、男はこちらに駆け寄ってきた。

「君、君たち、あのバスに乗っていたよな？」

男はせっぱつまった口調で、食ってかかるように話しかけてくる。その顔を見て、康は何かが引っかかる気がした。何かはわからない。ほんの小さな違和感だ。

「ここはどこだ？　どうしてこんなところにいる？　バスは――バスはどうなったんだ？」

まただ。どうやら彼も事情はわからないらしい。

康は春希や親子連れを見つけた時と同じやり取りを繰り返した。交換するほどの情報はない。ただ混乱を共有するだけだ。

「倒れてたって――どういうことだ？」

「俺たちにもわからないんですよ」

「他の乗客や運転手は？」

「見あたらないんです。俺も変だなって」

四十前後くらいだろう。きちんとした髪型と服装で、シルバーフレームの眼鏡をかけている。細めの目が怜悧（れいり）そうで、仕事のできる大人の男、という感じだ。スーツもコートもそこそこ値が張りそうに見える。それがリゾート地に向かうバスには不似合いで、印象に残っていたのだ。

仕事はできそうだが、ひそめた眉や神経質そうな目の端に少し険を感じた。あまり融通がきかなそうで、仕事相手にはしたくないタイプだなと康は内心で思った。

「だいたい、崖から落ちたのにどうして怪我ひとつしてないんだ？」

男の口調はどんどんきつく、問いつめるものになっていく。腹を立てたように怒鳴った。

「ありえないだろう！」

彼はおそらく仕事ではそれなりの地位についていて、部下もいるんだろう。康が年若いせいか部下を叱（しか）る態度になっていて、つられて康も声を荒らげた。

「だから俺にもわからないって言ってるじゃないですか！」

「あれ」

　春希が小さな声を上げた。

　康とサラリーマン風の男は、揃って春希を見た。「なに?」と訊くと、ちょっとばつが悪そうに答える。

「いや、眼鏡が」

「え?」

「あなた、バスが揺れた時に眼鏡を落としませんでしたか?　たしか最後に見た時に眼鏡がかった気がしたから。でも、ちゃんとかけてるんだなって思って」

「――」

　虚を衝かれたように、男は瞬きをした。片手を持ち上げ、自分の眼鏡のフレームに触れる。そうだ。そういえばそうだった。あの混乱の中、運転席から振り落とされた時に彼は眼鏡を落としていた。それが、今はきちんと顔に収まっている。小さな違和感の正体はそれだったのだ。

「眼鏡、どこで拾ったんですか?」

「……拾ってない」

「え?」

「気がついた時から、かけていた」

「……」

なんとなく三人で黙り込む。おかしい。おかしいといえば、この状況すべてがとてつもなくおかしいが。ただ、眼鏡が戻っているということは彼の顔にそれをかけた人物がいるわけで、その姿が見えないのが不気味だった。

「あの」

背後から遠慮がちな声がかかった。

女性が娘の手を引いて立っている。康は男に、この人たちは泉のそばで倒れていたと説明した。サラリーマンの彼は向こう側の迷路の中で目を覚まし、ここまでやってきたらしい。途中、誰にも行き会わず、迷路の中には何もなかったと言った。

「……ええと、じゃあ」

回答のない疑問と混乱が渦巻く中で、康はとりあえず口をひらいた。問題を解決するためには、まず動くことだ。

「とにかくここから出ないと。この迷路の出口を探しましょう」

「迷路って、片手を壁につけながら歩けば出られるんだよな?」

春希が言うと、サラリーマンが答える。

「その方法は、迷路が平面で、なおかつゴールとスタートが外側の壁にないと使えない。迷路の出口が内側にあるとだめだ」

「ああ、それは知ってます。俺、建築学科卒で、迷路の模型を作って遊んだこともあるんで。えーと、その場合は壁に目印をつけながら歩いて、一度通った分岐点に来たら仮想壁を作ってたどればいいんですよね？」

「そうだな。時間はかかるが、それが一番確実だろう。見たところ立体通路などもないようだし」

サラリーマンが頷く。春希と母娘はよくわかっていなさそうだが、かまわず話を進めた。

「じゃあ、まず目印をつけながら歩いてみましょうか。えーと、何か印つけるのに使えるものあるかな」

康は服のポケットを探った。持っていたバッグは倒れていた場所になかったし、見たところ、女の子が背負っているリュック以外はみんな荷物を持っていないようだ。康のジャケットはミリタリー風のものでポケットがたくさんあったが、出てきたのは財布と家の鍵、ハンカチ、電源の入らないスマートフォンくらいだった。春希は財布もバッグに入れたままだという。

「そういえば、俺たちのスマホは両方とも電源が入らなかったんですが、携帯、使えますか？」

サラリーマンは苦々しげに首を振った。

「私のも電源が入らなかった。ノートパソコンはバッグの中だし……いったいどうなってるんだ」

「私の携帯はバッグに入れていて……あの、生け垣に目印をつけるんですか？」

「はい。何かありますか？」

「これ、どうでしょうか」

と言って女性が娘のリュックの中から出したのは、クレヨンだった。

「娘がお絵描きが好きなので、旅行先で描けるように持ってきたんです」

「いいですね。葉っぱに描けるといいんだけど」

康は赤いクレヨンを取って、手近な生け垣の葉に丸い印をつけてみた。木の種類はわからないが、あまり光沢のない葉なので描くことはできる。試してみると黄色が一番よく目立ったので、黄色いクレヨンで進んだ方向に矢印をつけていくことにした。

「これからみんなで、迷路を脱け出すゲームをするんだ。このクレヨン、借りるね」

かがんで女の子に言うと、女の子はこくんと頷いた。

「ゲームなの？」

「そう。迷路で遊んだことある？」

「うん、ある。ゴールについたら勝ちなんだよね」

「そうだよ」

まだ怖がっていないからゲームだと思わせた方がいいだろうと、康は微笑(ほほえ)んで頷いた。そうしながら、思った。勝ち。迷路から出たら、誰に勝つんだろう？

「はぐれないように、みんなで一緒に行きましょう」

出発点は噴水のある泉だ。とりあえず、自分たちが目を覚ました方向に戻ることにした。康を先頭に全員で歩き出す。片側の壁から離れないように、黄色いクレヨンで等間隔に矢印をつけながら歩いた。

圧倒的な緑の中で、黄色い小さな印はいかにも無力に思えた。山は赤やオレンジや黄色に染まっていたが、ここは息詰まるほど、緑一色だ。

「――さっきこちらの方が言っていたんですが」

康の隣には春希が、うしろにサラリーマンと母娘がいる。歩きながら、時々振り返って話した。

「ここ、山の上のリゾートの施設なんでしょうか。こんな迷路があるなんて、ガイドブックにもホームページにも載ってなかったけど」

そもそも康たちは、山の上のリゾートホテルに行くためにバスに乗っていたのだ。

数年前にできた、まだ新しいリゾートだった。ホテルのほかに小規模な牧場、農園、ハーブ園などがあり、その収穫物を使った料理と美しい景観が売りだという。牧場や農園ではさまざまな体験もできるらしい。

「いや、それはありえない」

サラリーマンが言下に否定した。

「どうしてですか?」

「山の上にはこんな施設はないんだ。私はよく知っている。なにしろあそこは、うちの会社が開発したんだからな」

立ち止まって振り向くと、サラリーマンはスーツの内ポケットから名刺入れを取り出した。一枚抜き取り、康に差し出す。

そこに書かれていた社名は、たしかにリゾートを開発し、運営する会社のものだった。大手のデベロッパーだ。彼は名前を広瀬（ひろせ）といい、肩書きは部長補佐となっていた。

「あそこの人だったんですか。じゃあ、お仕事で？」

「ああ。開発前の何もなかった時から何度も足を運んでいる。牧場も農園もうちが作ったが、こんな施設はない」

「どこかほかの施設とか」

「いや。そんなはずはない。もともと山には何もなかったんだ。これだけの広さの迷路を作るには大規模な造成を行わなければいけないが、そんな工事は山のどこでもやっていなかった。断言できる」

「でも、じゃあ、あの山の中じゃないってことですか？」

「……」

広瀬はむっつりと黙り込む。バスが走っていた山の中じゃないなら、どこかほかの場所に移動させられたということになる。さらに不可解だ。

「……えーと、広瀬さん、東京(とうきょう)の人なんですね」

息苦しい困惑がまたその場を支配しそうになったので、康は話題を変えた。名刺をもらったついでに、自分たちも自己紹介をすることにする。

「俺たちも東京から来ました。俺は森崎康といいます。休暇を取ってホテルに行くところで、彼は連れです」

「水川です」

春希が軽く頭を下げる。

「あ、私たちは滋賀(しが)から…。藤枝響子(ふじえだきようこ)といいます。娘は紗彩です。私たちも旅行で山の上のホテルに行くところでした」

「まあ、バスは専用の送迎車みたいなものだからな。うちのリゾートに行く人しか乗っていない」

康が調べたところによると、リゾートは評判はよかったが、盛況というほどでもなかった。なにしろアクセスが悪いのだ。交通機関を使ってもマイカーでも、やたらに行きにくい。山にはほかの施設はなく、ふもとの町も特徴のない田舎町だ。

だがそのアクセスの悪さと、都会からも観光地からもはずれた穴場感が、ひそかにじわじわと人気になっているらしい。静かそうだし、のんびりうまいものが食べられそうだと、康はこのリゾートを行き先に選んだ。最初は旅行を渋っていた春希の気が変わらないうちに決めてしまいたかったし、春希は海外には行きたくない、山ならどこでもいいと言っていたからだ。

「開発の当初は、高速道路がこの近くまで延びる予定だったんだ。だが工事がいろんな理由で中断してね。でもまあそこそこ採算は取れているし、ようやく中断していた工事が再開する見通しが立って、これからというところだったのに」

広瀬は忌々しげに顔を歪めた。

「まさかこんな事故が起きるとは……。まずいな。死者が出てないといいんだが。早く会社に連絡して、対応を考えないと」

たしかバス会社は広瀬の会社のグループ企業だったはずだ。死者が出ていないといいという言葉が、会社の評判や業績のためだけじゃないといいと康は思った。

「バスにはほかにも乗客がいたし、運転手さんは発作か何か起こしたみたいだったけど、どうなったんでしょうね……」

不安げに響子が呟く。答えられる人間はいない。

クレヨンで葉っぱに印をつけながら、曲がり角を曲がる。曲がっても曲がっても緑の壁が続いている。

そういえば今は何時だろうと腕時計を見て、「あれ」と康は声を上げた。

針は二時二十分を指している。だが秒針が動いていなかった。空は目覚めた時より暗くなっていて、二時ということはない。時計が止まっていた。

「時計が止まってる…。春希さん、時計持ってる？」

「持ってない」

「広瀬さんは」

「本当だ。止まってる」

自分の高級そうな腕時計を見て、広瀬は舌打ちをした。

それが、事故に遭った時間なんだろうか。強い衝撃を受けて時計が止まるということはあるだろう。だけどガラスに傷はない。康にも怪我はなかった。人体に損傷がなく、時計や携帯端末だけが動きを止める。そんなことがあるだろうか？

「二時二十分……」

「ママ、迷路、おっきいね」

「疲れた？」

「ううん。だいじょぶ」

振り返ると、藤枝親子が少し遅れていた。考え事をしていたし、不安なせいで、無意識に足を速めてしまっていたらしい。

「俺がおんぶしましょうか」

春希が響子に話しかけた。春希は無愛想だが、ああ見えて子供には優しい。ピアノ教室の子供にも好かれていた。

「ありがとうございます。まだ大丈夫みたいです」

「そうだ。肩車して、壁の向こうを見てもらおうか。な、康」

その手があったなと康は頷いた。長身の康でも生け垣の上には届かないが、肩車をすれば見えるかもしれない。子供なら軽いし。

「じゃあ、俺がやるよ。最初にその子に見てもらって、高さが足りなかったら春希さんを肩車しよう」

康は紗彩の前に戻って、腰を落とした。

「肩車したことある？」

「パパにしてもらったことある！」

「そっか。じゃあ怖くないかな。俺の肩に乗って、この壁の向こうを見てくれる？」

「うん。いいよ」

人見知りはあまりしない子のようで助かる。康は膝をついて頭を低くした。「じゃあ、お願いします」と響子が言って、紗彩を抱え上げて康の肩に乗せる。首をまたいだ紗彩の両足をしっかりとつかんだ。

「髪をひっぱらないでくれよ」

「はーい」

まだ軽いので、なんなく立ち上がることができた。紗彩は「わあ、たっかい！」と歓声を上げる。

「迷路の向こう、見える？」

「うん！」

「何が見える？」

「あのねえ、お城」

「お城？」

「すごーい！　おっきなお城だよ」

子供の言うことなので何を指しているかわからないが、康はなんとなくテーマパークのようなものを想像した。

「どっちにある？」

「ぜんぶ」

「え？」

「ぐるっとぜんぶ、お城」

「……」

大人たちは顔を見合わせた。それぞれの顔に疑問符が浮かんでいる。輪をかけて状況がわからなくなった。春希が「城壁みたいな壁のことかな。屋根や見張り台があるような」と呟く。

「迷路の出口は見える？」

「うーん、わかんない」

道を見通すためにはかなり高所からじゃないと無理だろうが、やっぱり大人に見てもらった方がいいかもしれない。そう思って紗彩を下ろそうとした時、紗彩が前方を指差した。

「あっ、人がいる！」

「えっ、どっち？」

「あっち、あっち、あ、行っちゃう！」

紗彩は身を乗り出していっしょうけんめい指さす。康はバランスを崩してあやうく転びそうになった。このままでは危ないと、紗彩を地面に下ろす。すると紗彩は脱兎（だっと）のごとく駆け出した。

「あっ、だめよ、紗彩！」

あわてて響子がつかまえようとするが、紗彩はするりとその腕をかわす。すぐに曲がって姿が見えなくなった。

「待って、紗彩！」

響子がそのあとを追う。

「ちょっと待って、はぐれると――」

残った三人は躊躇（ちゅうちょ）した。が、状況がわからない中で離れ離れになるのはまずいし、紗彩が見た人というのも気になる。迷路に印をつけるのは中止して、康は「追いかけよう」と二人のあとを追った。

「藤枝さん！　どっちですか？」

「こっちです！　紗彩、待って！」

響子の声を頼りに、迷路を走る。紗彩はあまり迷わず走っているらしい。まだ怖いものをよく知らないからか、それともこれをゲームだと思っているからか。

（シャイニングじゃなくて、不思議の国のアリスかな）

だとしたら紗彩がアリスで、白うさぎを追いかけているのだ。迷路の外にはほんとにお城があるというし。ハートの女王はヒステリックだが、斧を持って追いかけてくる小説家志望の男よりはましだ。

「不思議の国のアリスみたいだな」

隣を走る春希が言った。同じことを考えている。

「たしかフランスのディズニーにこういうアトラクションがあるんだよな」

「やっぱりどこかの遊園地なのかな」

そうだとしても、そこに移動させられて放り出されている理由がわからない。

「それにしても、これだけ走っても外に出られないなんて、いったいどのくらいの広さが――」

喋りながら走って息が切れた時、紗彩と響子の背中を見つけた。比較的まっすぐな道だ。その先を、ひらりと曲がる別の人物の背中が見えた。

「あっ」

人だ。たしかにいた。ぱっと見た限りでは小柄な——

「男の子だ」

春希が言った。

「男の子?」

「中学生くらいの……というか、学生服を着ていた、と思う」

学生服の少年なんて、バスの乗客にはいなかったはずだ。今となっては紗彩をつかまえるよりもその男の子をつかまえる方が重要だろうと、康たちは響子と紗彩を追い越した。

「ちょっと、待ってくれ」

姿が見えたかと思うと、さっと曲がる。あとには黒い残像と足音だけ。それを追いかけて走った。緑だけが延々と続く道をぐにゃぐにゃ曲がりながら走っていると、眩暈(めまい)がしそうだ。方向感覚も距離感覚もなくなる。

目の前で壁を曲がろうとした黒い背中が、ちらりとこっちを振り返った。

目が合った。少年だ。

「待ってくれ!」

追いかけて角を曲がる。そこで、急ブレーキがかかったように康は足を止めた。春希が背中にぶつかりそうになって止まる。

迷路が終わっていた。

「――」

息を呑んだ。

「……城だ」

紗彩の言ったとおりだった。本当にお城だ。石造りの城が迷路の外に立ち塞がっている。その大きさときたら、途方もない。

左右を見ると、生け垣の迷路は巨大な四角い形をしているようだった。城もそれを囲うように直角に折れ曲がっている。いくつもの建物が複雑に連なり、尖塔や鋭角的な屋根が天に向かって突き出ていた。

迷路の出口の正面に、アーチ型の荘厳な扉があった。扉の前に人が立っている。

追いかけていた少年だった。詰め襟の学生服を着ている。石造りの建物の前に立っていると、黒い学生服がまるで聖職者の衣服のように見えた。

少年は一人じゃなかった。傍らに、もう一人いる。中年の男だ。こちらは黒いスーツを着ている。

「いらっしゃいませ」

男が言った。高級店の店員が客に見せるような、品よく抑制された微笑みを浮かべて。

康と春希は、言葉もなくただ立ち尽くした。

■

プレイボタンを押すとかすかな作動音がして、ターンテーブルが回り始めた。テーブルに載せたレコードも艶(つや)やかな光を放ちながら回転する。先端に針のついたアームが平行に動き、レコードの上に移動する。数秒止まり、それからゆっくりと、無数の溝が走る黒い盤面に降りていった。

いつも、この瞬間は息をつめてしまう。針はそっと、人が指先で優しく触れるようにレコードに触れる。針の下を溝が走り、旋律が流れ始める。

アナログのレコードを聴くようになったのは、この家に来てからだ。ピアノのある部屋にはたくさんのレコードのコレクションが遺されている。原理は知っているけれど、本当に針が溝を走って音が出ることに、その音が美しい旋律を奏でることに、毎回新鮮に驚く。

スピーカーからはバッハの平均律クラヴィーア曲集が流れてくる。演奏はグレン・グールド。グールドはピアノを弾きながら鼻歌を歌ったり椅子(いす)を鳴らしたりするので有名だ。録音が古いから、ノイズも多い。レコードにはそれらがまるごと閉じ込められていた。目を閉じると、時間も空間も飛び越えて、すぐそこでグールドが演奏しているような気分になる。音楽だけを精密に抽出して編集するＣＤに比べて、レコードにはノイズと一緒にその場の空気も封じ込められていると思う。

音は、空気だ。空気が震えて伝わり、鼓膜を震わせ、心を震わせる。レコードを聴くと、いっそうそれを実感する。

音楽は時間芸術だけど、春希（はるき）にとっては空気を震わせて造る空間芸術だ。それはきらきら光る珠（たま）になったり、シルクの糸になったり、降り注ぐ雨になったり、うねる波になったり、やわらかな布になったりしながら、春希を取り囲む。春希を包む繭（まゆ）になる。

――これは小さな、遠い世界からのプレゼントで、われわれの音・科学・画像・音楽・考え・感じ方を表したものです。私たちの死後も、本記録だけは生き延び、皆さんの元に届くことで、皆さんの想像の中に再び私たちがよみがえることができれば幸いです。

そうだった。本に記されたその言葉も、ここで聞いたのだ。彼の声で。

部屋の棚には、楽譜や音楽関係の本、レコードやＣＤがずらりと並んでいる。それらに加えて、専門外の本や持ち主の趣味の雑貨などもたくさんあった。この部屋は、彼の小さな宇宙だ。

「一九七七年にＮＡＳＡが打ち上げた無人探査機のボイジャーには、ゴールデンレコードと呼ばれるレコード盤が乗せられている。そこには、地球の生命や文化を伝える音や映像が記録されているんだ。宇宙人が見つけて再生してくれることを期待してね」

目を閉じて、春希はこのレコードを彼と一緒に聴いた時のことを思い出す。レコードの細い溝には、録音された音と一緒に、それを再生した時の空気も地層のように積み重なっていく。

「宇宙人がレコードを再生できるんですか?」

そう言った中学生の自分は、たぶん疑わしそうな顔をしていただろう。彼は笑った。

「もちろん再生する機器も一緒に積んでいるんだよ。再生方法を記した図と一緒にね。レコードには世界各地のいろいろな音楽も入ってる。このグールドが演奏する平均律クラヴィーア曲集も収められてるんだ。ハロー、宇宙のみなさん。これが私たちの音楽ですよ、ってね」

春希は広大な宇宙と、そこに住む生命体を想像してみた。頭に浮かんだのは映画『エイリアン』のそれで、あの恐ろしい怪物が音楽を聴くとはとても思えなかった。

「宇宙人はバッハを美しいと思うかな」

「ああ、それは僕もすごく気になるよ。音楽に国境はないというけれど、宇宙ではどうかな? だけどもしも彼らがこのグールドの演奏に何かを感じてくれるなら、たとえ大きな目で髪の毛がなくてつるつるした体をしていても、けっこうわかりあえる気がするよ」

どうやら彼の想像の中では、宇宙人はとてもクラシカルな姿をしているらしい。気味悪くもちょっとコミカルな宇宙人が、主人の声が流れる蓄音器に耳を傾けるビクターの犬みたいにレコードを聴いている様子を思い浮かべて、春希はくすくすと笑った。

「だけどボイジャーが太陽以外の恒星に近づくには、少なくとも四万年かかると言われている」

部屋の中をゆったりした歩調で歩きながら、彼は続けた。彼は痩せて背が高く、手足が長いので、彼が歩くと静かな風が吹くような気がする。

「ゴールデンレコードには、当時のアメリカ大統領ジミー・カーターのメッセージが乗せられている」

彼は本棚から本を一冊抜き取り、中の文章を引用した。

「〝これは小さな、遠い世界からのプレゼントで、われわれの音・科学・画像・音楽・考え・感じ方を表したものです……〟」

四万年、と春希は思った。気が遠くなりそうな時間だ。

ボイジャーは現在、地球からもっとも離れたところに存在する人工物なんだという。暗く音のない真空の世界を、たったひとりで漂い続けている。故郷を遠く離れ、虚空に向けて電波を発しながら、届くかどうかもわからないメッセージを乗せて。

ぞっとした。それはなんて孤独だろう。

「グールドはもうこの世にはいない。四万年後には、もちろん僕らも生きていない。いま地球上に存在しているものの多くが跡形もなく消えているだろう。地球に文明が存在しているかどうかもあやしい」

歩きながら話す彼の声には説教臭さや押しつけがましさはなく、静かな雨音のように空間を満たした。ソファに膝を立てて座り、春希は彼の声に身を浸す。

「だけどもし遠い未来に、遠い宇宙のどこかで、我々とはまるで違う形態をしたエイリアンがこのレコードを再生したら」

窓を背にして立ち、彼は春希を振り返った。

「グールドの演奏するバッハがその星の空気を震わせ、エイリアンの心をほんの少しでも震わせたとしたら」

滔々と語る彼の髪に、寝ぐせがついていた。よくあることだ。

「そうしたら、気が遠くなるような時間と距離を経て、エイリアンの想像の中で、僕たちは生き返るんだ。僕たちが美しいと感じる音楽と一緒にね。それって素晴らしいことじゃないか？」

眼鏡の奥の瞳に引き込まれるように、春希は頷いた。そして思った。この人はなんてロマンティストなんだろう。

「……さん」

繭の中で、グールドのピアノはいつのまにか彼の弾くピアノに変わっていく。春希は彼が仕事をするのをソファに座って眺めたり、レコードを聴いたり、本を読んだりするのが好きだった。この部屋自体が、春希の繭だった。

「……希さん」

大切な居場所だった。そこから出たくなかった。外の世界なんていらない。ずっとここにいたい。ずっと繭の中でまどろんでいたかったのに――

「春希さん」

春希は眉をひそめる。春希を現実に引き戻す声がする。嫌だ。起きたくない。放っておいてくれ。

「春希さん！」

強い声に水中から引き上げられるように、春希は目を開けた。

「…ッ」

息を吸う。視界に顔があった。天井の明かりを背に、男が自分を覗き込んでいる。彼じゃない。知らない男だ――いや、違う。康だ。

「…っ」

くっ、と康が顔を歪めた。どこかが小さく痛んだかのように。

春希はその顔をぼんやりと眺めた。康の顔は硬い石を削り出したみたいだと、いつも思う。目も鼻も口も、硬く力強い線でできている。康は彼とまったく似ていない。彼と血の繋がった甥なのに。

康の片手が動いた。指先が、目元に触れる。

それで初めて、自分が泣いていたことに気づいた。

ああまたか、と他人事のように思った。起きている時に泣くことはもうめったにないのに、どうしてか、目覚めた時に泣いていることがある。夢の中では悲しい思いなんてしていないのに。むしろ、とてもしあわせなのに。

「春希さん――」

ふわりと体が持ち上がった。

康に抱きすくめられていると気づくのに、数秒かかった。硬い腕。硬い胸。日なたと街と汗の匂い。彼と何もかも違う――

ざわっ、と血が波打った。

「――やめろ！」

春希は両腕でその体を突き飛ばした。

力の激しさに自分で驚いて、ようやくはっきりと目が覚める。空気を急に冷たく感じた。それで、たった今まで包まれていた熱を意識した。

「あ……」

少しの間、時間も何もかも止まったような気がした。

ソファでレコードを聴いているうちに、いつのまにかうたた寝をしていたらしい。グールドのピアノは止まっていた。レコードが最後まで行ったのか、康が止めたのか。

康はうつむいた状態で止まっていた。ドクンドクンと脈打っている自分の心臓を、唯一動いているもののように感じる。

先に動いたのは、康だった。ゆっくりと片腕を持ち上げて、ひたいにかかった髪をかき上げる。その手が通過した時にはもう、いつもの顔になっていた。物事にあまり動じない、憎たらしいほどに落ち着いた顔。年下のくせに。

「ごめん」

落ち着いた――内心をほとんど見せない顔で、そう言った。

「離れの明かりがいつまでもついてるから、またレコードかけたまま寝ちゃってるんだと思ってさ」

春希はまだ反応できず、動けなかった。

「風邪ひくから、ちゃんとベッドで寝ろよ」

春希は大きく息を吸った。胸が震える。

「……じゃあ、おやすみ」

康はちらりと微笑(わら)ったのかもしれない。でも、すぐに背中を向けたのでわからなかった。

春希が何も答えないうちに、部屋のドアが静かに閉じた。

小さな星みたいなオレンジ色の花が地面にほろほろと落ちている。

金木犀(きんもくせい)の香りが漂い始めると、空気に色がついたように秋が深まっていく。その花が散る頃には、木々が紅葉に染まる。秋という季節は短いのに、雨が降るごと、風が吹くごとに、着物の裾（すそ）を翻（ひるがえ）すように鮮やかに色を変えていく。

「先生」

夕方のレッスンを終え、門まで郵便物を取りに行って戻ろうとすると、小路（しょうじ）さゆみがランドセルを揺らして駆けてきた。

「小路さん。今日はレッスン日じゃないけど、ナナのお墓参り？」

手にコスモスの花束を持ったさゆみはこくんと頷く。コスモスの細い茎が、さゆみの動きに合わせてお辞儀をするように揺れた。

「園芸係の子がお花持ってっていいよって言ってくれたから」

うさぎのナナを埋めた場所には、さゆみが『ナナのお墓』と書いたプレートを差していた。しゃがんで土の上にコスモスの花を置いて、さゆみは神妙な顔で両手を合わせる。春希も一緒に手を合わせた。

「ねえ先生」

しゃがんで膝を抱えたまま、お墓を見つめながらさゆみが言った。

「ナナはもう天国に行ったかなあ」

「うーん、どうだろう。仏教だと、四十九日の間に閻魔（えんま）様の裁きを受けて、極楽に行けるかどうか決まるんだったかな。でもうさぎは裁きは受けないかもしれないから、もう天国に行ったかもね」

「ふうん」

わかったようなわからないような顔で、さゆみは呟く。それから、春希を見上げた。

「先生、天国ってどんなところだと思う？」

「んん、そうだなあ……痛みや苦しみがなくて、おなかがすいたり寒さに震えることもなくて、争いも喧嘩もない、平和なところなんじゃないかな」

「いいところだよね？」

「そうだな」

「……ナナは生まれた時、きょうだいの中で一番ちっちゃくて、上手にママのミルクが飲めなかったの」

さゆみは斜めがけにしていたポシェットからビニール袋に入れた菜っ葉を取り出すと、ぱらぱらと墓の上に撒いた。うさぎの餌らしい。

「それで、先生と一緒に獣医さんのところに連れてったんだ。獣医さんがミルクを飲ませてくれたの。でもとても小さいから、ちゃんと育つかどうかわからないって」

さゆみはもともと優しい子だが、ナナに特別に思い入れがある様子なのは、そのせいかもしれない。

「飼育係の先生も言ってた。自然界では、弱い子が死ぬのはよくあることなんだって。そうなってても子孫が残せるように、たくさん子供を産むんだって。でも、そんなの……」

声を震わせて、さゆみは膝の上でスカートを握る。さゆみの言いたいことはよくわかった。自然は残酷だ。春希は黙ってさゆみの隣に同じようにしゃがんだ。

すんと鼻をすすって、さゆみは続ける。

「だけどナナはちゃんと育ったんだよ。でもやっぱり他の子より小さいから、ごはんを横取りされちゃうんだ。だからあたし、いっしょうけんめいお世話したの。ナナがおなかをすかせないように」

「そうか」

「でも、死んじゃった」

「……」

こんな時にどう言ったらいいのか、春希にはわからない。飼育係の先生のように、死んでもいいように生まれてきたんだなんて言えない。

「天国にいるなら、ナナはもうおなかをすかせてないかなあ」

「そうだな。きっと」

「でもそしたら」

さゆみは隣の春希を見上げた。

「ずっと天国にいた方がいいのかな？　生まれ変わらない方がいい？」

「それは――」

春希は言葉を詰まらせた。さゆみの潤んだ目がこぼれ落ちそうだ。

「神様は意地悪だ。最初から、世界がみんな天国みたいだったらいいのに」

うつむいて言って、さゆみはきゅっと唇を引き結んだ。

世界がみんな天国みたいだったらいいのに。

ちゃんとした大人だったら、子供らしい微笑ましい意見だと笑うんだろうか。でも、春希には笑えなかった。

痛みや苦しみがなく、飢えも寒さも争いも死もない、そんな世界がもしあったら――

「……神様の考えはわからないけど、獣医さんや小路さんのおかげで、ナナは少しでも長生きできたんじゃないかな」

いかにも大人が言いそうな綺麗事だと、自分でも思った。心にもない。でもさゆみは鼻をすすって頷いた。

そのさゆみの上にも春希の上にもナナの墓の上にも、金木犀の花が降る。こんなにたくさん散っている花も、街中に漂う甘い香りも、やがては風に吹かれてどこかに消えてしまう。

そうして、冬がやってくる。季節がまた巡る。彼だけがいないまま。

——音楽が好きなの？

彼と初めて会ったのは秋だった。雨上がりの夕方で、ひんやりと湿った空気の中、濡れた金木犀が甘く強く香っていたのをよく覚えている。

春希は中学一年生だった。十三歳だ。傘を引きずりながら普段は通らない道を歩いていて、家の門の前で足を止めた。でも金木犀の香りに誘われたわけじゃない。春希を誘ったのは、開いた窓から流れてくるピアノの音だ。

思わず門に手をかけると、古そうなそれは軋んだ音をたてて簡単に開いた。春希はあたりを見回した。ブロック塀と屋敷林に囲まれた、庭の広い家だ。道にも門の中にも人の姿はない。離れのような小さな建物があって、音はそこから聞こえてきた。

そっと門を開けて、中に入り込んだ。石畳の脇に大きな金木犀の木があって、濡れた土の上にオレンジ色の花が散らばっている。その木の陰でしばらく様子を窺ってから、足音をひそめて音が聴こえる窓に近づいていった。

（……うわ）

間近で鳴る音に、息を呑んだ。

ピアノの音は、好きだった。自分で弾いてもいた。でも春希の家にはピアノはない。住まいは公団住宅で、ピアノなんて置けなかった。弾いているのは、児童館に置かれているピアノだ。

春希の家は母子家庭だった。いまどきめずらしくもないと子供ながらに思う。両親が離婚したのは三歳の時で、だから春希は父親のことをあまり覚えていない。優しくされた記憶も遊んでもらった記憶もないから、父親が恋しくなったりはしなかった。

母親は正社員の職に就いていたので、生活が苦しいということはなかった。ただ仕事で遅くなることも多く、小さい頃は学校が終わったら児童館に行っていた。学童保育のクラブがあって、おやつを出してくれたり勉強を教えてくれたりする。

そこにあったアップライトピアノは、以前に誰かが寄贈してくれたんだそうだ。古いピアノだけど、調律はちゃんとされていた。春希はそのピアノを鳴らすのが好きだった。叩くと綺麗な音が出て、楽しい気分になるから。

適当にいじっていたら、職員の中にピアノを弾ける人がいて、教えてくれるようになった。自分が子供の時に使っていた教則本を持ってきてくれて、春希はそれを片っぱしから弾いた。職員の人は上手い上手いと褒めてくれた。難しいテクニックが使えるようになると、弾ける曲が増えていく。ただただ楽しかった。

高学年になると一人で留守番できるようになったけど、春希はしょっちゅう児童館にピアノを弾きにいっていた。子供が喜ぶと職員たちも歓迎してくれて、クリスマス会などの行事の時に弾くこともある。今では教えてくれた人よりも上手に弾けるようになっていた。

でも、この音はぜんぜん違う。

今まで聴いたどんなピアノの音よりも、綺麗で色鮮やかだった。学校の音楽の先生よりもずっと上手だ。これ、なんて曲だろう。どうしてこんなふうに弾けるんだろう。どうしてこんな綺麗な音が出るんだろう？

しゃがんで目を閉じて、春希は音楽に聴き入っていた。音楽を聴いていると、痛みも嫌なことも一時忘れられる。

ふっと、音が止まった。曲の途中で断ち切られたみたいに。春希は目を開けた。もう弾かないのかなと思って、顔を上げる。すると、真上から見下ろしている人と目が合った。

「君、音楽が好きなの？」

「…ッ」

心臓が跳ね上がるのと同時に、飛び上がるように立ち上がった。

「あっ、待って」

門に向かって走り出す。が、脚がずきんと痛んでもつれた。体を支えられず、春希は土の上に倒れ込んだ。

「だ、大丈夫っ⁉」

慌てた様子で人がドアから出てくる。なんとか上体を起こしたが、脚が痛くて、すぐには立ち上がれなかった。

「ごめん。僕が急に声をかけたから驚いたんだよね。大丈夫？」

男の人が春希の前に膝をつく。心配そうに覗き込んできた。

二十代くらいだろう。学生には見えないけど、セーターにジーンズのラフな格好をしている。眼鏡の奥の目が優しそうで、気遣わしげに春希を見ていた。

春希は決まりが悪くて目を逸らした。こんなふうにまっすぐに見つめられるのなんて、慣れていない。

「ほんとにごめん。別に怒ったわけじゃないんだよ。僕の曲を聴いてくれて嬉しかったんだ。だから…」

彼は両手で春希の制服についた土をはらった。その手が脛に触れて、春希は顔をしかめて小さく声を漏らした。彼の手が止まる。

「ひょっとして、どこか怪我した？」

「あ、いえ…」

「ちょっとごめん」

春希が止める間もなく、彼は制服のズボンをまくり上げた。そして、目を瞠った。

「これ……」

剝き出しの脛は、赤黒く変色して腫れていた。さっき傘で殴られたのだ。傘が折れるほどに。ほかにもきっと、服で隠れる場所に痣がいくつもあるだろう。

「これ、いま転んで作った傷じゃないよね？　どこかにぶつけたの？」

「……」

春希は黙ってうつむいていた。

「病院に行った方がいいんじゃないかな。家は近く？　誰かうちにいる？」

「大丈夫です」

春希は男の人の手をはらってズボンを下ろした。相手は心配してくれているのに、よけいなお世話だとつっぱねるような態度になった。

男の人はちょっと黙った。きっとかわいげがない態度だと思われただろう。自分にかわいげがないのは知っている。よく親戚に陰で言われたし、同級生や上級生だけじゃなく、一部の先生にも生意気だと思われている。

「勝手に入って、すみませんでした。もう帰ります」

ぺこりと頭を下げて、春希は立ち上がろうとした。が、やっぱり顔をしかめてしまう。すると男の人は、春希の腕をつかんで自分の肩に回した。

「わ」

ふわりと体が浮く。肩を借りる形で立ち上がったが、男の人はやたらに背が高く、春希はクラスでも低い方だ。バランスが悪すぎて、二人でよろけてしまった。

「うーん、ちょっとごめんね」

困ったように言うと、男の人は今度は春希の両膝の裏に腕を入れた。ひょいと抱き上げる。

いわゆるお姫様抱っこだ。春希はぎょっとした。

「や、やめてくださいっ！」

「わ、暴れないで」

痩せているように見えるのに、意外に力がある。春希は父親を知らないし、身近に教師以外に大人の男性はいない。誰かにこんなふうに抱き上げられたのなんて初めてで、カーッと頭に血が昇った。

「下ろしてくださいっ」

「だって怪我をしてるんだろう？」

「は、恥ずかしいよ」

「誰も見てないよ」

ふふ、と彼は笑った。春希の耳のすぐそばで。くすぐったくて、こんなふうにされているのもくすぐったくて、春希はぎゅっと目をつぶって首をすくめた。

抱き上げたまま悠々と歩いて離れに戻ると、彼は春希を丁寧にソファの上に下ろした。

「ちょっとここで待ってて」

言って、部屋を出ていく。よく知らない子供を一人で残していくなんて、無防備な人だ。春希は部屋の中を見回した。

広い部屋だけど、その多くの部分をグランドピアノが占めていた。児童館や学校の音楽室にあるのはアップライトで、間近でグランドピアノを見るのは初めてだ。天板が開いていて、中が見える。張り巡らされたたくさんの弦と、鍵盤(けんばん)と連動したハンマー。ここからあの綺麗な音が出るんだ、と思った。

そして部屋の壁は、窓やソファのある場所以外は棚で埋め尽くされていた。本やCDのほかにもいろんなものがあって、目移りするような部屋だった。

ふと、自分が座っているソファの上に置かれているものが目に入った。三十センチ四方くらいの四角い紙製で、古い映画のポスターのような劇画タッチの絵が印刷されている。『LA STRADA』とタイトルがついていた。春希はそれを手に取った。

(これ…)

厚紙でできていてポケットになっていて、中に薄い黒い円盤が入っている。知ってはいるけれど、見るのは初めてだった。

「レコードだよ」

開いたままだったドアから男の人が戻ってきて、春希はあわててそれをソファに戻した。

「見てかまわないよ。君くらいの年齢だと珍しいよね」

男の人はにこにこ笑っている。手に保冷剤と洗面器を持っていて、春希の前の床に膝をついた。

「でもデリケートなものだから、直接さわったり、傷がつくようなことはしないでね」

「レコード…」

「聴きたかったらかけてあげるよ。だけど、先に怪我の手当てをしないと」

「たいした怪我じゃないからいいです」

「嘘」

彼はさっと手を伸ばして、春希の学生服の上着と、その下のシャツをまくり上げた。

「あ」

「……ほら」

ちょっと息を呑んでから、彼はため息を落とした。あらわにされた上半身には、脇腹に大きな内出血が広がっていた。

「ソファに下ろす時もあちこち痛そうだったから……ほかに痛いところはない？」

春希は首を振った。数人で蹴られたり傘で殴られたりしたが、一番痛いのは脚と脇腹だけだ。あとはどうってことない。が、彼は真剣な顔になって春希に問いただした。

「これ、誰か大人に言った？　信頼できる人に」

春希は唇を引き結んで黙っていた。彼は保冷剤をタオルで巻いて、春希の脇腹にあてる。

「…っ」

冷たくて、ちょっとビクッとした。「最初のうちは冷やした方がいいからね。押さえてて」

と言って、彼は春希の腕を取ってタオルの上から押さえさせた。

「……あのね、状況はわからないけど、こういう暴力はれっきとした犯罪なんだよ。どんな理由があっても、君にこんなことをする権利は誰にもない。親でも、学校の誰かでも。だからもしも言いにくかったら、僕が…」

「いいんです」

うつむいたまま、春希は彼の言葉を遮った。

「うち片親なんで、こんなこと知ったら親が負い目を持っちゃうから。それに僕の前は、ほかの子がやられてた。だからそのうち飽きると思う。こんなの持ち回りみたいなものだし」

世間はババ抜きみたいなものだと春希は思っている。エースやキングを引く人もいれば、運悪くババを引く人もいる。こっそりそれを押しつけあいながら、ババはぐるぐると回っている。

「……」

彼はしばらく黙り込んでいた。洗面器には水が入っていて、それでタオルを濡らして絞る。春希のズボンをまくって、脛の痣にそっとあてた。

「……僕は子供の頃、ちょっと大きな病気をしてて、学校を休みがちで友達がいなかったんだけど」

いきなりなんの話だろうと、春希は眉をひそめて男の人を見た。

「でも、わりと平気だったんだよね。友達百人いなくてもさ。そりゃ寂しかったけど、退屈はしなかった。なぜかというと僕は音楽オタクで、いろんな音楽を聴いたり、楽器をいじったりしていられれば、充分楽しかったから」

「音楽オタク」

「うん」

男の人は照れたようにへらっと笑った。ずっと年上で立派な大人なのに、なんだか気安い笑顔だった。

「そんなふうに僕は一人でしあわせになれて、その幸福は今も僕を支えてくれてるんだけど、いじめっ子とか誰かを傷つけなくちゃいられない人って、自分で自分をしあわせにすることができないんだよね。相手が必要なんだ。誰かを傷つけることでしか、自分の居場所や力を確認できない」

タオルがぬるくなると、また水で冷やして傷にあててくれる。冷たくて気持ちがよかった。熱を持ったズキズキとした痛みが、次第に薄れていった。

「暴力をふるう奴らは、君を必要としてるんだよ。君は彼らのことなんか必要ないのにね。だけど結局、そんな奴らからはみんな離れていく。そのうちまともな人からは相手にされなくなる。他人を攻撃したって、その時だけは表面的に気持ちよくても、満たされることなんてない。満たされないからまた攻撃して、どんどんひとりぼっちになっていく。かわいそうにね。まあ、自業自得だけど」

優しい顔で意外に手厳しいことを言って、彼はにこりと笑った。

彼は背が高いけれど、今は床にしゃがんでいるので春希の方が目線が高い。下から春希の目をまっすぐに見て、言った。

「何かとても好きなことがひとつあれば、それは君の一番の友達になってくれるよ。君が好きでいる限り、絶対に裏切らず、君をしあわせにしてくれる。誰かの反応を窺わなくてもいい」

「……」

ゆっくりとわかりやすく話す口調は学校の先生みたいだけど、先生よりももっと、春希に近い場所で話してくれている気がした。同い年の同級生よりも、もっと近くで。その言葉は、すっと抵抗なく春希の中に入ってきた。

「僕は部外者だから、学校の中のことはどうにもできないけど……でも、もしも君が音楽が好きなんだったら、少しは手助けできるかなと思うんだけど。さっき、僕のピアノを聴いてくれていただろう？」

春希はこくりと頷いた。

「すごく綺麗な曲だったから……」

彼はパッと大きな笑顔を作った。

「本当？　嬉しいな。あれは僕が作った曲なんだよ」

春希はぱちぱちと瞬きした。

「作曲家なんですか？」

「うん、まあ一応ね。まだ駆け出しだけど。それに歌手が歌ったり、オーケストラが演奏するような曲じゃなくて、映画やドラマのＢＧＭを作るんだけどね。あとＣＭの曲とか」

「へえ…」

言われてみれば、タイトルがついているような〝曲〟じゃなくても、世間にはいろいろな音楽が存在している。そういう曲を作っている人がちゃんといて、テレビや街には音楽があふれているんだと春希は初めて知った。

「さっき弾いてたのは、趣味で作っている曲なんだけど。よかったら聴いてくれる？」

春希の脚にタオルをおいて、彼は立ち上がった。

グランドピアノの前に座る。背が高いのに椅子が低くて、ちょっと猫背になっていた。音楽の先生は、あんな姿勢で弾いちゃいけないって言うと思うけど。

「まだ途中なんだけどね。これっていうテーマが決まらなくて」

言いながら、鍵盤の上に指をすべらせる。唐突に流れ出した音楽に、春希は思わず背筋を伸ばした。呼吸をするように自然な動作だった。まるで指先と鍵盤が繋がっているみたいに。

「――」

（やっぱり）

やっぱり、この人の弾くピアノの音はとても綺麗だ。すごくいいピアノなんだろうか。そうかもしれない。でもそれだけじゃなくて、音のひとつひとつがきらきらしていて、目を閉じて聴いていると景色が見えるような音楽だった。

ごく小さな頃から、音楽を聴くと、それは春希の中で色と形を持った。実際に目に見えるわけじゃないけれど、目を閉じれば手でさわれるような気すらした。

鍵盤を叩いて音を出すと、指先から空気が変わる。音が旋律になると、万華鏡みたいに色と形を変える。楽しかった。

でもこんな音は聴いたことがない。こんなふうには弾けない。こんなにピアノが弾けたら、どんなに楽しいだろう?

春希は目を閉じて音に身を浸した。流れる旋律は、春希の中に世界を作る。それはたとえば――森だ。鬱蒼と緑の茂った森。森に風が吹く。風は木々の葉を揺らし、下生えの草をざああと撫でていく。やがて風が雲をつれてきて、あたりはだんだん暗くなっていく。草の上にぽつりと水滴が落ちる。雨粒が葉っぱを叩く、小さな小さな音。その音が無数に重なり、いつしか森を震わす轟音になる。

しばらくすると雨がやんで、雲間からひとすじの光が差した。光は草や葉に残る水滴に反射して、きらきらと輝く。雲が晴れていくごとに木漏れ日は増し、森全体に光があふれる――ドキドキした。こんなに鮮明に、風景が移り変わっていく様子まで見えたのは初めてだった。

「――そうだ、君、名前は?」

鍵盤の上で指を躍らせながら、振り向かずに彼が言った。

「僕は波多野月彦。月彦は、お月様の月に、彦根の彦」

音楽は今は小休止するみたいに、穏やかなフレーズを繰り返している。春希は目を開けて答えた。

「水川春希、です」

「はるきくんって、どういう字を書くの？」

「春夏秋冬の春に、希望の希」

「へえ。いい名前だね。春を希む——」

ちらりとこっちを見て、彼は笑った。音がまたリズミカルに跳ね出す。今度は明るく、かろやかに。小鳥がさえずっているような音だ。そしてひと呼吸おいて、新しいメロディーが流れ出した。

「うん、すごくいいな。これは、そういう曲にしよう。春を待ち焦がれる曲だ」

堰を切って水があふれ出すように、彼の指先からメロディーがあふれ出てきた。音が今までとは違った光を帯びる。川を流れる雪解け水のようにきらきらとしぶきを上げ、春希の周りで跳ね回った。

春希は深く息を吸った。胸が震えた。

たまたま曲を作っているところに飛び込んだだけだ。たまたま春希が怪我をしていたから、慰めてくれただけ。

けれどその音の輝きは春希の世界を明るくし、吸い込んだ息と一緒に体の中に入ってきて、光を放った。自分の名前が、自分の存在が、もしも本当にこんなふうに光を放つものなら——本当にそうだったら、どんなに——

「…っ、…」

胸が詰まった。胸の奥から湧き上がってきたものが喉でいったん引っかかり、小さなしゃっくりになる。それから一気に、あふれ出てきた。

「う、く…っ、…うあ…ッ」

人前で泣いたことなんて、もうずっとなかった。母親の前でだって。だってもう小さな子供じゃない。世の中、泣いたってどうにもならないことばかりだ。

なのに、止まらなかった。みっともない。よく知らない人の前なのに。

でも惨めな涙じゃなかった。体の奥からあふれてきた涙は体温よりも熱く、胸を塞いでいた重く硬い蓋を溶かしていく。しゃくり上げていて息は苦しいのに、どんどん楽になる気がした。彼は気がかりそうにこちらを振り向いたけど、ピアノを弾くのはやめなかった。音は優しく春希の周りを飛び跳ね、頬を撫でる。春希が泣きやむまで、音楽は鳴り続けた。

またおいで、と彼は言った。今度はレコードを聴かせてあげるよ、と。

いろいろと決まりが悪くてしばらく迷ったけれど、結局春希はまた金木犀の咲く家を訪れた。彼は大げさなくらいに歓迎してくれて、約束通りレコードを聴かせてくれた。

「ほら、表面にたくさんの溝が走っているだろう？　この溝は三角になっていて、左右に音が刻まれているんだ。学校で、紙コップの底に針をつけて喋(しゃべ)って、その針をビニールシートやプラスチックのコップに走らせると声を録音できるっていう実験、やったことない？」

春希は首を振った。

「そっか。エジソンのコップ蓄音機っていうんだけどね」

「エジソンって、電球を発明した、あのエジソン？」

「そう。蓄音機を考えたのもエジソンなんだよ」

「へえ…」

「原理は難しくないんだ。糸電話と同じ。音は振動だから、糸を震わせることによって遠くまで音を届けることができる」

「振動」

「そう。空気を震わせるんだ。この世のすべての音は、空気が震えることによって生まれる。地球に大気があるから、綺麗な音楽が生まれるんだよ」

春希はソファに膝を抱えて座り、彼の話を聞いた。この人の口からは、春希が聞いたことのない言葉がするすると出てくる。

「その振動をレコードの溝に刻むんだ。それを針でなぞって、振動を増幅させる。じゃあ、ちょっと聴いてみようか」

彼はレコードを持ってステレオの前に立った。

レコードプレイヤーを見るのも初めてだった。レコードをセットしてボタンを押すと、するすると回転し始める。その上に、先端に針のついたアームが移動していく。

「この針の先にはダイヤモンドがついているんだ」

「ダイヤモンドって、宝石の？」

「そう。とても小さいんだけどね。ダイヤっていうのはこの世でもっとも硬い鉱物だろう？　それくらい硬くないと、すぐにすり減っちゃうんだ」

針がゆっくりとレコードの上に降りていく。溝の中を針が走ることによって刻んだ音が再生されるというけれど、あんまりにもミクロな話なので、うまく想像できなかった。でも、壁の左右に設置された大きなスピーカーがブン…と震えると、部屋の空気全体が震える感じがした。

（わ…）

オーケストラの演奏が流れてきた。クラシックを聴いたことはあるけれど、コンサートに行ったことはない。すごくいろんな種類の音があって、それがまるですぐそばで鳴っているみたいに聴こえる。テレビやＣＤで音楽を聴くよりもドキドキした。

「どう？　ＣＤの音はクリアだけど、僕はやっぱりレコードの方が好きなんだよなあ」

「すぐそばで鳴ってるみたい……」

「そう！　そうなんだよ！」

彼は嬉しそうに頷いた。

「ＣＤはコンパクトディスクっていうくらいだから音をコンパクトにしてて、周波数の高い音をカットしてるんだよね。それは人間の耳には聞こえない音なんだけど、でも振動としては存在しているから、きっと身体で感じているはずなんだ。レコードは、それらをまるごと録音するんだよ。その場の空気を全部、円盤の中に閉じ込めているんだ」

「えーと」

「それにレコードは音をなめらかな波の形のまま記録するけど、ＣＤは音をこまかく区切って数値にするから……」

自分で音楽オタクと言っていたとおり、好きなことに関してだったら、彼はいくらでも言葉が出てくるらしい。時々脱線したり、やけに難しくなったりする。でも、彼の話を聞いているのは楽しかった。学校の先生の話よりもずっと。知らなかったことにどんどん興味が出てくる。自分の中の土が耕されていくような感じがした。

春希が児童館のピアノを弾いていると知ると、彼は目を丸くして驚いた。

「あのピアノはうちにあったものなんだよ」

「えっ、ほんと？」

「子供の頃に僕が弾いていたんだけど、この離れを作ってグランドピアノを買った時に寄贈したんだ。そうか、あれを…。嬉しいなあ。あのピアノで音楽を好きになってくれる子がいるといいなと思ってたんだよ」

ぜひ弾いて聴かせてほしいと、彼は熱心に言った。ちゃんと習ったわけじゃないから恥ずかしかったけど、どうしたら彼のように弾けるのか知りたくて、春希は彼の前でピアノを弾いた。

短い曲を弾き終えても、しばらくの間、彼は口をひらかなかった。

「——君、本当にちゃんと先生についたんじゃないの?」

「え、うん…。児童館の人に教えてもらっただけだけど……やっぱり変ですか? どう直したらいい?」

最初ソファに座っていた彼は、途中から立ち上がっていた。春希のそばまで来た時には、やけに真剣な顔になっていた。

「君、ちゃんとピアノ習った方がいいよ」

「え。そんなに変ですか?」

「いや、変じゃない。たしかにちょっと運指がおかしいところがあるけど……でも、ちょっと教えられただけでこれだけ弾けるなんてすごいよ。きちんと習った方がいい。いや、習わなくちゃだめだ。もったいないよ」

「でも、うち団地だからピアノなんて置けないし……お金もあんまりないから」

「……」

彼はしばらく考え込み、それから「お母さんに会わせてくれないかな」と言った。

母親には、彼のことは話していなかった。春希は外であったことをなんでも話すタイプじゃないし、よその人に迷惑をかけていると叱られるかもしれない。気が進まなかったけど、彼に再三言われ、しかたなく団地に連れていった。

「まあ、すみません。この子がご迷惑をおかけして」

思ったとおり、母は恐縮した様子で何度も頭を下げた。母は病的なくらい色が白く、いつも少し疲れた顔をしている。春希は母親に似ているらしい。授業参観で学校に来た時には、クラスメイトにおまえの母親美人だなと言われた。それから、ちょっとお水っぽい、とも。

実際は、母はデパートで販売員をしている。けれど春希が小さな頃から、水商売をしているとか、お金持ちの愛人をやっていて春希はその子供だとか、陰口を言われてきた。母が仕事以外では人づきあいが苦手で、ＰＴＡなどの活動もしていないせいもあるかもしれない。親の陰口は子供に伝染する。母の悪口を言われるたびに春希は対抗し、結果、仲間外れにされたりいじめに遭うようになった。

「いえ。迷惑なんて何も。僕はとても楽しいんですが」

彼はにこにこと笑っていた。いつも母と二人きりの部屋に長身の彼がいると、やけに狭く感じる。変な感じがして落ち着かなかった。

「児童館のピアノを弾いているのは知っていたんですが、この子がそんなにピアノが好きだったなんて」

母は困ったように眉を下げて、春希を見た。母はたいがいいつも困った顔をしている。食が細いので痩せていて、手首の骨や鎖骨が目立って浮き出ていた。

「ごめんね。気づかなくて。習いたいなら、習っていいのよ。そのくらいのお金は出せるし……でも、ここにピアノを置くのはちょっと」

「いいよ、別に」

春希は反射的に言った。母を困らせたくはない。

「弾くだけなら児童館のを弾かせてもらえるし。別にわざわざ習わなくても」

「それでご相談なんですが」

彼がやわらかく言葉を挟んだ。

「もしよかったら、僕に教えさせてもらえないかなと思いまして」

「えっ」

春希は母と並んで座り、ローテーブルを挟んで正面に彼が正座をしていた。春希は驚いて彼の顔を見た。母はまた困った様子で頬に手をあてる。

「え、でも…」

「あ、月謝とかはいただきません。僕は音大を出ていますが、ピアノ科じゃなくて作曲専攻だったので。でも副科がピアノだったし、長年やってきたので、ある程度は教えられると思うんです。毎日の練習は児童館のピアノを使うか、うちに来てもらえれば」

「でも、そんな……ご迷惑では」

「迷惑だったら申し出ません」

うろたえる母に、彼は穏やかに言った。

「春希くんとピアノを弾くの、とても楽しいし。子供の頃を思い出して、初心に返って仕事ができるんです。だから僕の方がもらうものが多いかもしれないな」

春希に顔を向けて、彼はにこりと笑った。

「僕でいいかな？　もし君が、もっとピアノが上手になりたいと思っているんなら」

「――」

春希はぱちりと一回、瞬きをした。

ごく小さな頃から、春希はあまり欲しがらない子供だった。うちはほかと違うんだから、わがままを言っちゃいけない。母さんは一人でがんばってるんだから、困らせちゃいけない。だいたいあんなの別に欲しくない。みんなが持ってるからって欲しがったりしない。欲しいものなんて、別にない。

「僕……」

こくりと唾(つば)を呑んだ。母と彼がじっと自分を見ているのがわかって、下を向く。口の中が乾いて、心臓がどきどきした。

「僕――もっと、ピアノを弾きたい」

口に出すと、おなかの底がふわっと熱くなった。

「よかった」

顔を上げると、彼と目が合った。眼鏡の奥の目が微笑んだ。

「よろしくね、春希くん」

――先生……

彼のことを思い出すと、いつも春希の周りはたくさんの音で満たされる。明るいカラフルな音だったり、静かなモノトーンの音だったり、晴れの音だったり、雨だったり、雪だったり。

いつも、彼の音に包まれていた。彼の音の中で春希は深く呼吸をし、伸び伸びと手足を伸ばした。

ずっとそうしていたかった。ほかに望むものなんてなかった。彼の音の繭に包まれていられれば、それでよかったのに。

「――……」

レコードの音が止まった。春希は鍵盤の蓋の上で腕に伏せていた顔を上げた。

のろのろと立ち上がって、プレイヤーの前まで行く。アームはすでに自動で戻っていた。惰性で回っていたターンテーブルが止まるのを待って、盤面に触れないようにそっとレコードを持ち上げる。

レコードはデリケートに扱わなくちゃいけない。彼に教わった通りに、溝に沿ってクリーナーで丁寧に埃（ほこり）を拭（ふ）き取った。滑らせるようにビニール袋に入れ、ジャケットにしまう。

クラシックだけじゃなく多岐のジャンルにわたったレコードのコレクションは、彼の自慢だった。彼はよく春希にレコードを聴かせてくれた。春希はソファに片膝を抱いて座り、彼と一緒に過去から蘇（よみがえ）った音に耳を傾け、彼が音楽について語るのを聞いた。

彼が死んで、グランドピアノやレコードを含むこの部屋のすべてのものは、春希に遺された。

レコードは、タイムカプセルだ。黒い盤面に針を載せると、ノイズ混じりの音が過去へ連れていってくれる。

いつでも彼がいた頃の空気に戻ることができる。目を閉じると音が形になるように、針を落としたレコードから、懐かしい景色が蘇る。

思い出は、十年分。いまでも色褪（あ）せることはないけれど、増えることも、更新されることもない。いつも、同じ笑顔、同じ言葉。音の形と同じように、目を開ければ消えてしまう。どんなに鮮やかでも、すぐそこにあるようでも、絶対に触れることはできない。

レコードが擦り切れていくように、思い出もいつか擦り切れそうだ。

春希は棚の元の場所にレコードをしまい、窓に目を向けた。いつのまにか陽が暮れている。暗い窓ガラスに自分の顔が映っていた。彼が死んでから、五年分歳を取っている。記憶の中の彼は変わらないのに。

ピアノの部屋を出て、隣の部屋に入った。隣には作曲に使うシンセサイザーやパソコンが置かれている。デスクの前の椅子に座って、パソコンの電源を入れた。

彼の仕事を手伝ったり作曲をしたりするようになってパソコンの使い方は覚えたが、それ以外ではあまり使わない。スマートフォンもそんなに活用していないので、ネットの世界の話題には疎い方だ。

明かりをつけないままの薄暗い部屋で、場違いなくらい明るい画面が立ち上がった。ブラウザをひらくと、最初の画面は検索サイトになっている。検索のためのスペースにカーソルを合わせた。

キーボードに指を置き、一文字一文字ゆっくりと、その言葉を入力した。

天　国　ホ　テ　ル

ばかばかしい。子供の言うことを真に受けるなんて。こんなのただのネットの噂だ。都市伝説だ。

(でも、もしかして)

万にひとつ。億にひとつでも。

検索ボタンをクリックすると、ずらりと検索結果が並んだ。

「……こんなに」

思ったよりもたくさんヒットすることに、ちょっと驚いた。子供の間だけじゃなく、かなりの範囲で広まっているらしい。

中には怪しいサイトもあるようだったが、春希は上から順に検索結果に目を通していった。モニターの光がぼうっと青白く顔を照らす。

——スマートフォンが鳴る音で、はっと我に返った。

春希は瞼(まぶた)を指先で押さえた。普段はこんなにパソコンで文字を読むことがないので、目が痛む。ネットの世界は広く深く、糸をたぐるようにずるずると出てくる記事を、いつのまにか夢中で読んでしまっていた。

電話の着信音が鳴っている。ポケットからスマートフォンを取り出すと、画面が光って康の名前が浮かび上がっていた。春希を現実に呼び戻す、音と光。

『メシ、できてるよ。冷めちゃうから早く来いよ』

通話を繋ぐと、現実の声が春希を呼んだ。

「……いま行く」

今日は日曜日で、康が夕食当番だった。答えて通話を切ると、パソコンの電源を落とし、離れを出た。

母屋のダイニングに入ると、テーブルに湯気の立つ皿が並んでいた。今日は豚肉のしょうが焼きらしい。肉の匂い。味噌汁の匂い。手に触れることのできる現実。

康は台所に立ってごはんをよそっていた。エプロンはしない主義で、長袖のスウェットを肘までまくり上げている。

「……康」

呼ぶと、ぱっと振り返った。

「やっと来た。早く食おうぜ。俺、腹減ってんだよ」

笑い方。声。背が高いのは同じだけど、ほかは何もかも違う。

食卓を挟んで、向かい合って座った。康が食べ始めても、春希は箸を手にしただけで動かなかった。おいしそうな焼き色がついた豚肉に目を据えながら、口をひらく。

「……旅行」

「ん？」

あいかわらず、康は食べっぷりがいい。

「旅行、行くよ」

箸を止めて、康はちょっと目を見ひらいた。康が何か言う前に、目を合わせないまま春希は続けた。

「山がいい」

「え？」

「山に行きたい。できるだけ、高い山に」

■

いらっしゃいませ、という言葉とともに、見上げる高さの大きな両扉がゆっくりと内側に開いた。

まるで壁が動いているみたいだと康は思った。ギギ…と重く軋む音がする。けれど、扉を内側から引く人の姿は見えなかった。古く重そうな扉で、自動で開くとも思えないのに。

「な…なんだ、これは」

背後で広瀬の声がする。振り向くと、広瀬と藤枝親子も迷路から出てきていた。紗彩は「わあ」と目を輝かせてきょろきょろしているが、娘を抱きしめる響子の顔は怯えている。

「どうぞ、中へ」

スーツ姿の中年の男性が言って、指し示すように片手を扉の中へ向けた。

学生服の少年がさっと身を翻し、中へ入っていった。続いて、スーツの男も扉の中に姿を消す。康たちは動かなかった。——動けなかった。

陽はすでに沈みかかっているようで、あたりは次第に暗くなってきている。視界を囲む城に隠れて、やっぱり太陽は見えなかった。扉は人が通れる幅に開いたところで止まっていて、中はよく見えない。

「嘘だろう。ありえない」

広瀬が呟き、生け垣の迷路に沿ってふらふらと歩き出した。だんだん速足になって迷路の端まで行き、そこできょろきょろと左右を見ている。走って戻ってくると、康たちを通り越して今度は反対側の端まで行った。そこでも左右を見回している。

「こんなはずはない」

戻ってきた広瀬は、誰かにうしろからぶん殴られたあとのような顔をしていた。ショックを受けていて、憤慨しているが、内心で怖がっている。

「こんな大きな建物があの山にあるわけがない……ありえない」

「――中に入ってみますか？」

康が言うと、広瀬はぎょっとした顔で目を剝いた。非常識なことを言われたみたいに。

春希はさっきからひとことも口をきかない。思いつめたような眼差しを扉の中に向けていた。その顔は血の気が引いて白い。響子も黙って扉を見つめている。紗彩だけが無邪気に、響子の手を引っぱった。

「ねえ、お城の中に入ってみようよ！」

響子は怯えた顔で康を見上げた。

「……ほかに行くところもなさそうですしね」

ひとつ息をついて、康は全員を見わたした。

「そろそろ暗くなりそうだ。とりあえず人がいたんだし、中に入って、何がどうなってるのか確かめないと」

「……そうだな」

広瀬は落ち着きを取り戻したらしい。スーツの襟を正す仕草をすると、率先して扉に向かって足を踏み出した。

康たちも続く。近づくほどに、城は威圧感をもって迫ってくる。扉の前は半円形に少し高くなっていて、その階段に足をかけた。

近くで見ると、階段も壁もどっしりとした本物の石でできている。ちゃちな紛い物じゃない。現在の日本で、山奥にこれだけの建物が建造できるなんて信じられなかった。

石はくすんだアイボリー色で、長年風雪にさらされてきた時間の重みを感じさせる。壁や窓に装飾は少なく、きらびやかではないが、重厚で荘厳だった。城というよりは、中世の要塞みたいだ。暮れかけた群青の空を背景に、モノクロームの影のように聳え立っている。

扉は分厚い木でできていて、鉄で補強されている。その扉を、康たちはおそるおそる通り抜けた。広瀬の革靴が鳴らすカツンという音が反響する。天井が高そうだ。

「うわあ」

紗彩が歓声を上げた。大人たちは息を呑む。

外からは薄暗く見えたが、内部には充分な光量があった。高く、広い空間だ。人が小さな人形に思えるほどの。

「……なんだ、ここは」

半ば呑まれた声で、広瀬が呟いた。

外観には装飾があまりなかったが、中は美しく整えられていた。クラシカルで優美な調度品が置かれ、壁には絵画やタペストリーがかかっている。柱や建具の意匠も凝っていた。高い天井は吹き抜けで、呆れるほどに大きなシャンデリアが下がっている。ウエディングケーキのような形で、無数のろうそく型の電球がついていた。

（…あれ）

康は目を凝らした。高すぎてはっきりとはわからないが、なんだか本物のろうそくのように見えたのだ。光がまるで本当の炎のようにゆらゆらと揺らめいている。それが天井に複雑な影を躍らせていた。

人の姿は見えなかった。扉の前にいた二人もいない。高く広い空間は、静まった水のような静寂をたたえていた。

そこに、紗彩の無邪気な声が響いた。

「綺麗だね、ママ！　ここが今日泊まるホテルなの？」

ホテル。そうだ、本当にホテルみたいだなと康は思った。だって壁際にフロントのような大きなデスクがあるからだ。その反対側にはソファとローテーブルが並べられ、ラウンジになっている。ひと抱えほどもある大きな花瓶があり、白い花ばかりがあふれるように活けられていた。

正面には幅の広い階段があった。臙脂色の絨毯が敷かれていて、女優がイヴニングを着て降りてきそうだ。その階段を上がった踊り場の中央に、柱時計が据えられていた。どっしりとした大きな柱時計で、ガラス窓の中で振り子が揺れている。

「ママ、見て。おっきな時計があるよ。お歌の中のおじいさんの時計みたい！」

紗彩は階段の方に走っていこうとする。響子はその肩をしっかりと抱きしめて止めた。

「紗彩、ママから離れちゃだめ」

「なんで？」

「なんでもよ。ちょっと静かにしてようね」

康はやっぱり映画『シャイニング』を思い出していた。あの映画で小説家志望の男の家族が管理人として住み込むのは、冬の間閉鎖されるグランドホテルだった。長期の滞在向けに遊戯室や図書室がある、ひとつの街のような巨大なホテル。

「……ありえない」

広瀬が呟いた。どうやら「ありえない」は彼の口癖らしい。

「――いらっしゃいませ」

声に、全員がはっとしてデスクの方を振り向いた。

いつのまにかデスクの内側にさっきの中年の男性が立っていた。そうやって立っていると、彼の黒いスーツはまさしくホテル従業員の制服だ。少年の姿は見えなかった。

「――君」

広瀬がカツカツと靴を鳴らしてデスクに近寄っていった。床にはグレイの模様が入った大理石が敷きつめられている。

「ここはいったいどこだ？　いったい何がどうなって――我々はバスに乗っていたんだ。バスが事故を起こして――バスはどうなった？」

全員の混乱そのままに、まとまらない口調でまくしたてる。男は静かに広瀬を見返していた。

中年期もほぼ終わり頃の、初老と言っていいくらいの年齢の男性だ。髪は八割方が白くなっている。痩せぎすだが姿勢は非常によく、黒いスーツをぴしりと着こなしていた。深い皺はあっても品と知性を感じさせる顔立ちで、老練なホテルマン姿がよく似合っている。

「申し訳ございませんが」

適度に申し訳なさそうに、適度に儀礼的に、ホテルマンは返した。

「こちらではお客様の事情はわかりかねますので」

「客？　客っていったい――私たちは客になった覚えなんてない。だいたいここはどこなんだ？」

「ここは、ホテルです」

落ち着いた口調で、彼はそう答えた。

「――」

広瀬がはっと息を呑むのがわかった。状況の異常さを除けば、たしかにここはホテルに見えるのだが、衝撃的なことを言われたかのような驚きようだった。

「……ありえない」

広瀬はふらりとうしろによろけた。

「あの」

かわって康は男性の前に立った。

「僕たちは山頂のリゾートホテルに向かうバスに乗っていたんです。でもバスが事故を起こして……気がついたら、生け垣の迷路の中にいたんです。ここはいったいどこなんですか?」

「ですから、ホテルでございます」

「でも山頂のリゾートホテルじゃないですよね?」

「ここには当ホテルしかございませんが」

「いや、でも……同じ山の中なんですか? 事故があったはずなんです。乗っていたバスがガードレールに激突して」

「それは大変でございましたね。お怪我は」

「いや、ないけど……」

バスがガードレールに激突したのに怪我がない。自分の言っていることの方が明らかにおかしく、康はもどかしく頭を振った。

「でも本当なんです。大変な事故だったんだ。なのになんでかバスが消えていて――この近くで事故はなかったですか？　あったはずだ。警察や消防は」

「おっしゃっていることがよくわかりませんが」

埒（らち）があかない。それでもさらに喋（しゃべ）ろうと口を開けたが、言葉が喉から出てこなくなった。

「……」

男性と相対していると、なんだか奇妙な感覚がした。常識的なきちんとした人に見えるし、相手はとても理性的なのだが、何かがひどく嚙（か）み合わない。

会話の内容だけじゃない。視線はちゃんと合っているのに、合っていない感じがした。どうしてか、生身の実像を相手にしているんじゃないようで――たとえて言えば、３Ｄ画像と会話をしているみたいだ。相手はこちらを見ているのだけど、実はカメラのレンズを見ているだけで、康自身に焦点が合ってはいない。康の前には本当は誰も立っていない。

ゆらりと足元が揺らいだ。そんなはずがないのはわかっている。男性はたしかな質感を持ってそこに立っていて、手を伸ばせば触れられるはずだ。

「――ここでは時々、そういうことが起きるのですよ」

康が絶句していると、男性はふっと表情をゆるめた。同時に、口調も〝客〟に対する丁重でよそよそしいものから、少しだけほどけたものに変わる。

「どこかから人が迷い込んでくるのです。どこから、どうして来るのか私共にはわかりません。あなた方と同じように、人はあの迷路に姿を現します」

男性はすっと腕を伸ばして、出入り口の扉の方を指差した。つられて康たちもそちらに顔を向ける。

扉の向こうには、いつのまにか闇が降りてきていた。もう夕闇という薄さじゃない。夜だ。生け垣の迷路も闇に沈み込んで同化している。

「私共は、やってくる人をお客様としてお迎えします。ここはホテルですからね。それが私共の役割です。それ以上のことは、わかりません」

こちらを見ているのに、見ていないような瞳。その目を見返して、康はごくりと唾(つば)を呑んだ。疑問はたくさん渦巻いている。わからないことだらけだ。その中から、ひとつだけ絞り出した。

「ここはいったい……なんなんですか？」

男性は簡潔に答えた。

「ホテルです。――滞在するところです」

滞在するところ。

沈黙が落ちる。康のうしろの乗客たちがどんな顔をしているかはわからないが、誰も言葉を発しなかった。

「お部屋をご用意しましょう」

そう言うと、ホテルマンの男性は半身をひねって背後の棚の扉を開けた。いったいいくつ部屋があるのか、数えきれないほどたくさんの鍵がぶら下がっている。そこから鍵を取り出して、デスクの上に並べた。

内装や家具はクラシカルで格調高いものだが、鍵もそうだった。艶消しのゴールドの真鍮製で、頭には紋章のような装飾が施されている。同じく真鍮製のプレートがついていて、四桁の数字がレリーフになっていた。

「お部屋は階段を上がって左手側になります。必要なものは、お部屋に用意してございます。何かありましたら、こちらのベルを鳴らしてください。お食事はラウンジの奥のダイニングにお越し願います」

流れるように男性が説明する。その時、ボーンと低く太い音が鳴り響いた。

全員がビクリとして、反射的に階段の方を振り向いた。柱時計の音だ。

たしかに柱時計が鳴っているのに、頭上から降ってくるようでも、床下から響いてくるようでもある。大きな音ではないのに、ロビーの高く広い空間いっぱいに——いや、この巨大な建物いっぱいに響き渡っているように思えた。

ボーン、ボーン、と長く尾を引きながら、音は続く。康は柱時計を見つめながら、その数を数えていた。たしか時間の数だけ鳴り、三十分の時に一回鳴るんだったか。音は六つ鳴り、唐突にやんだ。六時ということだ。

「あ」

春希の声がして、そちらを見た。春希はデスクの方を指差す。顔を戻すと、男性の姿が消えていた。

「あっ。彼がどこへ行ったか見ましたか?」

広瀬も響子も首を振る。全員が柱時計に気を取られていたらしい。

フロントのデスクは艶のある木製で、どっしりと大きい。角のひとつを占める形で、片側がゆるくカーブして壁に接していた。デスクの背後に扉がある。男性はその中に入ったんだろう。

康はデスクの内側に入れないか探したが、切れ目はない。しかたなくデスクを飛び越えて中に入り、ドアノブをつかんだ。が、鍵がかかっているらしくノブは回らない。

「くそ。いったいどうなってるんだ」

「康、それ」

ガチャガチャとノブを回していると、春希が腕を上げて壁を指差した。そちらを見ると、壁にかかっている額のことらしい。鍵が収納されていた棚の横にある。

ロビーの壁には絵画がいくつも飾られていたが、それは写真だった。一般的なキャビネサイズなので、デスクの前に立った客からは目立たないだろう。

白黒の古い写真だった。どこかの建物の前に、人が並んで立っている。中年の男女と、十代前半くらいの少年。男性は少年の肩に手をおいていて、おそらく家族だろう。三人とも笑みを浮かべている。

「その子……」

指を差す春希の声が、かすかに震えていた。

最初は春希が何を指しているのかわからなかった。写真はバックの建物が大きく入るように撮られていて、人物は小さい。けれど、すぐに気づいた。少年は学生服を着ている。

「さっきの子だ」

迷路を逃げ、ホテルマンの男性と一緒に立っていた、学生服の少年。

「でも、これ…」

康は額に顔を近づけてまじまじと見た。写真に写っているのは、たしかにさっきの少年だ。間違いない。

でも、おかしいなと思った。写真はとても古いもののように見えるのに、少年は現在と同じ姿だ。それに肩に手をおいている男性が——

「これ、いまここにいた人に似ていないか?」

康は額を壁から外し、春希に見せた。広瀬と響子も覗(のぞ)き込む。

少年の隣に立って肩に手をおいている、父親らしき男。その顔はホテルマンの男性によく似ていた。ただし、こちらは若々しい。髪は黒く、顔に皺もない。さっきの人は六十代後半くらいに見えたが、こちらはせいぜい四十代だ。母親らしき女性も同年代に見える。

「親戚か何か…」

康が言いかけた時、突然、春希がばっと身を翻して走り出した。

「春希さん⁉」

呼び止めるのにかまわず、階段に向かって走っていく。追いかけようとして、気づいた。さっきまでは誰もいなかったのに、ラウンジのソファにぱらぱらと人がいる。

ごく普通の大人の男女だ。人がホテルのラウンジでそうするように、ゆったりとソファに腰かけて本を読んでいたり、隣の人と会話をしていたり、人待ち顔でぼんやりしたりしている。映画のセットのような美しく生活感のないインテリアの中で、人もなんだかセットの一部のように見えた。

（いつのまに）

気にはなったが、春希を追いかけなくちゃいけない。ロビーとラウンジは三層分の吹き抜けになっていて、正面の大階段を上がるとロビーを見下ろせる回廊に続いていた。回廊から廊下が伸びている。春希は階段を一気に駆け上がると、二階の廊下に入った。

康も追いかけて階段を上がる。康たちが走り抜けても、ラウンジにいる人々はちらりと視線を向けるだけで、それ以上の反応は示さなかった。

廊下に入ると、左右にずらりと部屋が並んでいた。彫刻の施された美しいドアだが、進んでも進んでも同じドアが並んでいて、しかも曲がり角が多い。また迷路に入り込んだみたいだ。眩暈(めまい)がしそうだ。

「春希さん！」

春希は左右を忙しく見ながら駆けていく。ところどころに客室ではない部屋があり、ドアが開いているところもあった。春希はためらわずに中に入っていく。ラウンジと同じくソファが置かれている部屋や、カウンターがあるバーのような空間もあった。どの部屋にもちらほらと人がいる。きちんとスーツを着た人もいれば、普段着姿の人もいた。年齢は様々だ。みんな、茫洋(ぼうよう)とした静かな視線を康たちに向けてくる。

「春希さん、待って」

春希はあたりに視線を走らせながら、荒い息の合間に何か言っているようだ。声は聞こえない。横顔には切迫した表情が浮かんでいた。

廊下の突きあたりに、ひときわ大きな扉があった。春希は両手で扉を開けて中に入っていく。康もあとを追って中に入り、ちょっと足を止めた。

中にはずらりと書棚が並んでいた。図書室らしい。部屋はかなり広く、内部に階段のあるメゾネットになっていた。上にも下にも延々と書棚が並んでいる。ほとんど図書館だ。滞在型のグランドホテルには、こんな立派な図書室があるものなんだろうか。

　春希は林立する書棚の間に分け入っていく。今度は書棚の迷路だ。ここにも人がいて、棚の本を手に取って見たり、閲覧用の机やソファで読んだりしていた。ロビーにいた人も廊下を歩いていた人もそうだが、みんな一様に静かだ。騒々しく走る康たちを、異物を見るようにちらりと眺め、すぐに視線を戻す。

（なんだ、この人たち）

　背景に馴染んで、静かに同化している人たち。その姿は、やっぱりセットのように思えた。役者じゃない。グランドホテルというセットの一部だ。

「あ」

　春希の背中が、びくっと一瞬止まった。すぐに足を速めて駆け出す。何かを見つけたように。

「春希さん」

　背の高い書棚がいくつもいくつも並ぶ様は、まるで本の林だ。見通しが悪く、春希を見失いそうになる。棚を眺めている人にぶつかってしまい、康は足を止めて「すみません」と謝った。相手は黙って頭を下げる。

　その時、視界の端を茶色い人影が横切った。

　茶色い――キャメルのジャケットを着た人だ。下はブラウンのズボン。その服に見覚えがあった。

「——生…！」

春希の声がした。切迫した、泣き出しそうな。

康は駆け出した。春希の背中を見つける。焦った様子で左右を見ながら、書棚の間をさまよっている。誰かを探している。

（だめだ）

何かを考える前に、心臓に近い場所でそう思った。

春希をつかまえようと腕を伸ばす。もうあと少しで、手が届く。

が、春希は急に方向を変えて走り出した。つかまえそこねて、手が空をつかんだ。

春希の向かう先を、すっと人影が横切るのを康は見た。人影はすぐに書棚の向こうに隠れてしまう。

（今のは）

キャメルのジャケットに、ブラウンのコーデュロイのズボン。

心臓がドクンと波打った。

（まさか）

そんなはずはない。広瀬じゃないが——ありえない。

「春希さん！」

だめだ。つかまえないといけない。ありえない。

何かに追い立てられるように、心臓が逸った。ドクドクと鳴って康を急かす。首筋に冷たい汗を感じた。

康は春希を追って書棚の角を曲がった。指先が触れる。ぐっと腕をつかんだ。今度はしっかりとつかまえた。

が、春希は康を振り返らなかった。急にネジが切れたように足を止める。

曲がった先で、書棚の林は途切れていた。

誰もいない。キャメルのジャケットを着た人影がこの角を曲がったのを、たしかに康も見た気がしたけれど、そこには誰の姿もなかった。何もないがらんとした壁が立ち塞がっているだけだ。

「…っ――」

がくんと、春希の体から力が抜けた。

康はうしろから春希を抱きしめた。腕の中で、春希の体はほとんど床に崩れそうなほどに折れ曲がる。

その口から、絞り出すように悲痛な声が漏れた。

「先生――……」

康は目を見ひらいた。ぽたりと一滴二滴、床に涙が落ちる。

硬い石で頭を殴られたような気がした。

ダイニングホールには、ほどよいざわめきと静けさが同居していた。

人がいて喋ったり食器の音を立てたりしているのに、静けさを感じるのは奇妙だ。けれどこのホテルには、通奏低音のように常に静寂が流れていた。

天井の高い造りのせいかもしれない。ホテル内はどこも空間が広々としていて、人の声も気配も高い天井に吸い込まれていく。ラウンジの奥にあるダイニングホールは特に広く、舞踏会だってできそうだった。ロビーと同じように大きなシャンデリアが下がっている。だがこちらは普通の電球で、火のついたろうそくじゃなかった。

シャンデリアの下に円形のテーブルが並んでいる。テーブルの数はかなり多く、ホテル中から人が集まっているようなのに、埋まっている席は半分にも満たない。一人で、あるいは数人でテーブルにつき、やっぱり背景の一部のように存在している。

ダイニングは中庭に面していて、床から天井までの大きな窓があった。外には外灯がぽつりぽつりと等間隔で灯っているが、生け垣の迷路はほとんど闇に沈んでいる。今夜は月も星も出ていないのか、外灯の届かない大部分はのっぺりとした暗闇に塗りつぶされていた。

さっき、ロビーの柱時計が七つ鳴っていた。七時だ。康と春希は図書室にいたのだが、図書室にいても柱時計の音は聞こえた。ロビーからはずいぶん移動したはずなのに。

音が鳴り始めると、それが合図だったように図書室にいた人たちが動き始めた。本を閉じ、席を立って図書室を出ていく。

その様子を見て、康は春希に目をやった。春希はしばらく図書室内やその周辺を探し回っていたが、そのあとは虚脱したように椅子に座り込んでいた。康が話しかけても、ひとことも返事をしない。

「春希さん」

「……」

うなだれた顔は前髪に隠れて表情が見えない。

「春希さん、人が移動している。ついていってみよう」

康は春希の腕を握って椅子から立たせた。腕を引いて促すと、抵抗せずについてくる。人のゆるやかな流れに乗って歩いていくと、最初のロビーに出た。玄関の大きな扉は閉まっている。フロントのデスクには誰もいなかった。

ホテル内からばらばらと集まってきた人々は、ラウンジの向こうの大きな扉の中に入っていった。ホテルマンが食事はラウンジの奥のダイニングで、と言っていたが、どうやら柱時計の七つの音がディナーの合図らしい。

「広瀬さんたちはどうしたんだろう」

康はとりあえず人の動きに合わせてダイニングに入り、バスの乗客たちを探した。だだっ広いので、すぐにはわからない。すると響子が康たちを見つけて駆け寄ってきた。

「森崎さん」

「あ、藤枝さん。すみませんでした。急にいなくなって。お嬢さんは？」

「いま眠っています。疲れたみたいで」

「って、部屋で？」

「はい。森崎さんたちがいなくなったあと、広瀬さんも建物の中を調べてくると言ったきり戻ってこなくて。どうしようかと思ったんですが、娘がトイレに行きたいと言い出しちゃって……。しょうがないので、お部屋に入ったんです」

「あの鍵を使って？」

「はい。ツインのお部屋でした。とても綺麗なお部屋で……でもあの」

響子は気味悪そうに眉をひそめた。

「荷物が置いてあったんです」

「え？」

「持っていた鞄です。あの事故でなくした……というか、目を覚ました時には持っていなかったのに。それに鍵だって、並んでいる中から適当に選んだのに」

「……」

ますます不可解だ。康が考え込んでいると、すぐうしろで声がした。

「お席へどうぞ」

「わっ」

驚いた。いつのまにか、そばに人がいた。気配も足音もしなかったのに。

黒ベストに蝶ネクタイ姿のウエイターだった。響子のために椅子を引いている。響子が雰囲気に呑まれたように腰を下ろすと、春希と康にも同じように椅子を引いた。

テーブルには真っ白なクロスがかけられている。ふと気づくと、ホール内を同じ格好のウエイターが何人か歩き回っていた。

全員が男性で、顔立ちも年齢も違うのに、なんだか妙に似通って見えた。動作は機械的で無駄がなく、ホール内を静かに泳ぐように動いている。滞在客以上に、ホテルのセットの一部みたいだ。よくできた調度品。

「なんなんだ、このホテルは。気味が悪いな」

「……やっぱり」

響子が小声で呟いた。うつむいて、拳を口にあてている。顔色はあまりよくないのに、目だけがやけに強い光を帯びていた。

「やっぱり、そうなんだわ」

「え？」

ガタンと椅子を鳴らして、響子は立ち上がった。康が「どうしたんですか」と訊いても答えず、テーブルと人の間を歩き出す。

「ちょっと、待ってください、藤枝さん」

康はあわてて立ち上がった。春希はあたりを見回している。「ちょっとここで待ってて」と声をかけて、響子を追った。

響子はきょろきょろと左右を見ながら、速足でテーブルの間を動き回っていた。落ち着いた感じの人だが、今は切迫した表情を浮かべている。何かを必死に探して視線をさまよわせているさまは、図書室での春希に似ていた。

誰かを探している。

「藤枝さん！」

ダイニングホールの中を歩き回った響子は、ホールから出て行ってしまった。追いかけようとして、気づいた。ホールの入り口に広瀬が立っている。

「あ、広瀬さん。いま藤枝さんが」

「――このホテルは変だ」

響子が横を通り過ぎても、広瀬はそちらを見なかった。血の気の引いた顔をして突っ立っている。その尋常じゃない様子に、康は思わず足を止めた。

「広瀬さん？」

「出口がない」

「え？」

「外に向かって開いている出入り口がないんだ。扉はすべて、中庭に向いている。窓もだ。窓も全部、中庭に面している。外側がどうなっているのか、見ることもできない」

「そんな……」

「おかしいんだ。どこもかしこも。部屋に行っても電話もないし、ネットは使えないし……人もだ。誰も何を訊いてもまともに答えない。おかしな連中ばかりだ」

康に向かって話しているのに康のことは眼中にない様子で、広瀬はべらべらとまくし立てる。だんだん口調が速くなっていった。青ざめた顔に脂汗が浮いている。

「それに、あの女――彼女はたしか――いや、違う。まさかそんなはずはない。ありえない」

怒ったように吐き捨てると、広瀬はくるりと背中を向けた。ダイニングホールには入らず、すたすたと大股（おおまた）でロビーを突っ切っていく。

「広瀬さん」

康は迷った。春希をダイニングに置いたままだし、響子もどこへ行ったかわからない。けれど広瀬の様子があまりに変なので、放っておけなくてあとを追った。

「くそ。こんなところにいつまでもいられるか。俺は帰らないと……仕事があるんだ。事故もあったし、早く帰って仕事をしないと……」

歩きながら、広瀬はぶつぶつと口の中で呟いている。あきらかに様子がおかしかった。

おかしいといえば、みんな変だ。春希も、響子も。ここに来てから、みんなおかしくなっている。

「広瀬さん、どこへ行くんですか」

「俺は帰る。帰るんだ。くそ、出口を見つけてやる」

広瀬は大階段は上がらず、ロビーから伸びる廊下に入った。そちらにも部屋が続いているが、客室ではないようだ。今は客たちはダイニングに集まっているのか、どの部屋もがらんとしている。

ビリヤード台が並べられた広い部屋があった。壁にはダーツゲームの的がかかっていて、ほかのゲーム台もある。プレイルームらしい。ビリヤード台の上にはカラフルな球が散らばっていて、たったいままで誰かがプレイしていたかのように、赤い球がコロコロと惰性で動いていた。

広瀬は入ったドアとは別のドアから部屋を出る。次の部屋には、テーブルとそれを囲む椅子が並べられていた。テーブルのひとつにトランプが散らばっている。別のテーブルには、作りかけのジグソーパズル。

どの部屋にも人がいた形跡があるのに、人の姿だけが消えている。歩いていると、だんだん奇妙な感覚が湧き起こってきた。なんだか——そう、昔のホテルを再現した博物館の中を歩いているみたいだ。人はいまここにいないだけで、ダイニングホールに集まっているはずなのに、本当はみんなとうの昔に消えていて、当時の様子を再現した建物の中を歩いているという錯覚。

(ばかばかしい)

さっきから、あるひとつの仮定が頭に浮かんでは消えていた。いや、むりやり意識の底に押し込めていた。まさかそんな。

(まだ死んでたまるかよ)

「広瀬さん！」

部屋は複雑に繋がっていて、思わぬ場所に階段があったりして、出たり入ったりしていると方向感覚がなくなってくる。職業柄、康は建物の構造を把握するのは得意だが、このホテルは建物の中も迷路みたいだ。

「くそ。どこへ行ったんだ」

いつのまにか広瀬を見失ってしまっていた。それどころか、自分がどこを歩いているのかもわからない。玄関ロビーの方角すらわからなくなっていた。

「――どうしたの？」

ふいに声をかけられて、康は足を止めて振り返った。

そこはバーラウンジのようだった。カウンターがあり、その向こうにずらりと酒瓶が並んでいる。ほかの部屋より暗く、翳った間接照明の中、フロアにはゆったりした椅子とテーブルが並んでいた。けれど客席にもカウンターの中にも、人はいない。その女性は一人でカウンターのハイスツールに腰かけていた。

美人だった。年齢不詳の色香があるが、康よりはだいぶ年上だろう。黒いワンピースを着て、ショールを肩にかけている。カールした艶やかな髪がショールの上にこぼれていた。

「こんばんは」

美人はにこりと笑った。ちょっとくらっと来るような、蠱惑的な笑顔だ。

「あの……スーツを着た男の人がここを通りませんでしたか。眼鏡をかけた」

「ああ、その人ならさっき見かけたけど、いまはどこにいるかわからないわ」

「そうですか…。ありがとうございました」

康は一礼して行こうとしたが、女は「ねえ、いっしょに飲まない？」と声をかけてきた。手に琥珀色の液体が入ったグラスを持っている。彼女がグラスを揺らすと、氷がからんと涼しげに鳴った。

「ディナーはいいわ。ここにいるとおなかが減らないんだもの。それよりお酒の方がいい。だって酔えるじゃない？」

女はくすくすと笑う。すでに酔っているらしい。酔っていてもだらしない感じはなく、笑うとコケティッシュな魅力がある人だった。その笑顔に、どこか見覚えがあるような気がした。

「すみません。人を探しているので」

言って、康は部屋を出ようとした。女は止めなかったが、背中のうしろでひとりごとのように呟いた。

「ここではみんなそうよ。みんな誰かを探してる。待っている。あなたも待っているんでしょう？」

康は振り返ったが、女はもう康を見ていなかった。そこに別の景色でも映っているかのように、グラスの中の水面を見つめている。康はドアを開けてその部屋を出た。

ドアを開けると、また部屋。そこを出ると、今度は廊下。廊下はどこも同じで、壁にかかっている絵はさっき見た気がするけれど、でも記憶違いかもしれない。だんだんわからなくなってくる。

大きな扉を開けると、図書室だった。さっき春希を追って入ったところだ。いつのまにか戻っていたらしい。

「広瀬さん？」

図書室はいまはひと気がなく、がらんとしている。ここにはいないかと出ようとした時、ずらりと並ぶ書棚の間に、ぽつんとひとりだけ人がいるのを見つけた。黒い服を着た、背の低い人影。

「あ」

迷路で追いかけっこをした、詰め襟の学生服の少年だ。間違いない。

「君！」

康は走って近づいていった。少年は動かずにこちらを見ている。今度は逃げられないよう、その腕をつかんだ。

「……」

少年は黙って康を見上げた。

中学生の制服を着ていても、たぶん一年生くらいだろう。つるんと女の子のように整った顔には、まだあどけなさが残っていた。つかんだ腕もほっそりしている。自分が子供相手に乱暴をしているような気がして、康はあわてて手を放した。

「君、さっき生け垣の迷路にいた子だろう？」

少年はこくりと頷く。

「どうして逃げたんだ？」

「そろそろ暗くなるから、ホテルに案内しないとと思って」

喋った。自分が質問を向けたのにちょっと驚いて、康は言葉を詰まらせた。

このホテルに来てから言葉を交わしたのは、これで三人目だ。ホテルマンの男性と、さっきのバーにいた女性と、この少年。みんなごく普通の人間に見える。ちゃんと実体があって、腕をつかむこともできる。だけど、目の前にいるのにどこか焦点が合っていないような感じは、三人とも同じだった。

話していると、ゆらりと足元が揺らぐ気がする。地に足がついていない感じがする。

「君は……」

乾いた唇を、康は舌で湿した。

「どうしてここにいるんだ？」

質問の意味がわからないというように、少年は首を傾げた。

「フロントの壁に、君と同じ顔をした男の子の写真があった。でもとても古い写真で……なのに君は同じ顔をしていて……一緒に映っていたのは、あれは——」

喋っているうちに混乱してきて、言葉がふらふらと揺れた。少年は何も言わない。黙ってじっと康を見上げている。その目は年齢に似合わず、とても静かだ。なんだか康を通り越して、ずっと遠くを見つめているみたいで——

「うわあああああ！」

突然、静寂を突き破る叫び声が聞こえた。

「広瀬さんだ」

康ははっとして振り返った。ひどく動転した叫び声だ。こんな声、日常生活ではめったに聞かない。とても恐ろしいものを見たような。

康は駆け出した。少年はそこから動く様子はない。気にはなったが、少年をおいて図書室を飛び出した。

「広瀬さん!?　どこですか？」

あああと声は嫌な余韻を残して消える。康は声が聞こえた方向へ走った。

廊下は長く入り組んでいて、ちゃんと近づいているのかわからない。が、曲がった先に広瀬を見つけた。壁に背中をつけて座り込んでいる。何かにひどく驚いて、転んだか腰を抜かしたかしたらしい。

「広瀬さん、どうしたんですか⁉」

康は駆け寄ってその肩に手をかけた。

「嘘だ……そんなはずは……」

広瀬は舌のまわらない様子で呟く。完全に度を失った声だった。血走った目を大きく見ひらいている。顔色は蒼白を通り越して土気色になっていた。

康は広瀬の視線の先を見た。開いたドアがあって、部屋の中が見える。客室らしかった。きちんとベッドメイクされたベッドがふたつ並んでいる。

そのふたつのベッドの間に、女性がひとり立っていた。

二十代後半くらいだろう。ノースリーブの白いブラウスを着て、青いスカートをはいている。足元は素足にサンダルだ。秋も深まったこの時期に不似合いな、寒々しい格好だった。

けれど、服装以外はとりたてておかしなところはなかった。叫び声を上げるようなことは何もない。ごく普通の、どこにでもいそうな女性だ。優しそうな人で、少し寂しげな顔立ちに微笑みを浮かべている。

微笑んでいる。なのに彼女を見て、広瀬は恐怖に顔を引き攣らせていた。まるで――

（まるで）

考えないように考えないようにしていたことが、ふいにはっきりと言葉になって、康の脳裏に浮かんだ。

まるで、幽霊にでも会ったみたいに。

うわごとのように広瀬が呟く。

「嘘だ……ありえない」

「君は……君は」

震える唇が、冷たい水から上がった時のように白くなっていた。

「君は死んだはずなのに」

ふうっと、首筋から背中に冷たい空気が流れ込んできた気がした。

部屋の中の女性が一歩近づいてきた。微笑みを浮かべたまま。そのむき出しの腕と足のなめらかな白さが、妙にくっきりと目についた。

しゃがんでいた康は思わず立ち上がって数歩よろけた。

ぞっとした。気がつくと、腕に鳥肌が立っていた。

「――やっぱり」

ふいに背後で声がした。

振り返ると、春希が立っていた。視線は康を通り越して広瀬に注がれている。

広瀬の叫び声が聞こえたんだろうか。でも、ほかには誰もいない。ホテルの中は人っ子ひとりいないみたいにがらんとして静まっていた。あんな叫び声がすれば、客や従業員がやってきそうなものなのに。

「やっぱり、そうなんだ。ここがそうなんだ」

さっきまで顔色が悪かった春希の頬に、血の色が昇っていた。

「春希さん?」

康は春希の肩をつかんだ。春希は目を輝かせていて、でも康を見ていない。何も見ていない。熱に浮かされたうわごとのように、唇から言葉がこぼれた。

「ここが、天国ホテルなんだ——」

■

康が武蔵野（むさしの）にやってきたのは、春希が音楽大学の三年生になった春のことだ。月彦（つきひこ）に初めて会ってから、八年の月日がたっていた。

初めて会った十三歳の秋以降、春希は週に一度、彼からピアノのレッスンを受けた。レッスンの日以外にも、よく遊びに行っていた。ピアノの部屋にはたくさんのレコードやＣＤや楽譜があるし、ほかにもいろんなものがある。レコードを聴かせてもらったり、彼が作曲の仕事をしているのを眺めたり、彼の話を聞いたり——もしかしたら母親といるよりも、濃い時間を過ごしたかもしれない。今まで会った誰よりも。

中学二年の冬に、母親が再婚した。職場の上司だった。相手も再婚だが子供はおらず、春希は母と一緒に都内の義父の家に引っ越した。再婚には賛成だったし、義父はいい人だったけど、いきなり家族として馴染むのは難しい。家は一戸建てになって生活は楽になったが、少しだけ居心地が悪くなった。

引っ越し先の都内から、春希は武蔵野の月彦の家に通い続けた。高校生になるとアルバイトを始め、中古のアップライトピアノを買った。

進路を考える時期になると、音大受験の話が出た。両親に相談すると、母も義父も賛成してくれた。母は離婚した時の慰謝料の大部分を春希の進学のためにとっておいたんだという。音大を受けるならやっぱりちゃんとした先生についた方がいいということになり、月彦がピアノ教師を紹介してくれた。その人について勉強して、春希は音大に合格した。

春希が入学したのは、月彦の母校だった。武蔵野の家からも近い。それで月彦に勧められ、春希は彼の家に下宿を始めた。もともと家族四人で暮らしていたという母屋は広く、部屋はたくさん余っていた。

月彦の両親は、彼が高校生の時に事故と病気で相次いで亡くなったんだという。歳の離れた姉が親代わりだったが、現在は結婚して静岡で暮らしていた。

彼のお姉さんには、法事などでこちらに来た時に何度か会ったことがあった。彼にはあまり似ていない小柄な人で、くるくるとよく動き、よく笑う人だ。広い家に一人じゃ不用心だから、同居人がいてくれると心強いわと笑って言ってくれた。

お姉さんには息子がいた。彼の甥っ子だ。春希の二つ下らしい。ただ、春希は彼の家族が泊まりに来る時は実家に帰っていたし、甥は部活が忙しいとかで法事にも来たり来なかったりだったので、会ったことはなかった。

その甥っ子が、康だ。康は春一番と一緒にやってきた。関東に暖かい強い風が吹き、終わりかけの桃の花が一気に散らされた、そんな日だった。

春希はその日、ピアノの部屋にこもって作曲をしていた。月彦に教えてもらいながら簡単な曲を作るようになっていて、いつでも離れを使っていいと言われていた。彼は仕事で留守だった。

作曲をしていると、自分の力不足が見えてくる。こんな音にしたいのに、自分じゃうまく弾けない。集中していて、外の強い風の音も耳に入らなくなっていた。春希は自分のピアノの音だけを聴いていた。もっと、もっと高く、もっと舞い上がるように——その時、目の前にひらりとピンクの花びらが降ってきた。

桃の花びらだ。庭には古い花桃の木があるから、窓から入ってきたんだろう。風に吹かれて、ひらひらと踊っている。春希は花びらを目で追いながら、指を動かした。この風が、そのまま音になるように。

春の強い風が吹いている。冬を蹴散らし、次の季節を連れてくる。春は優しい色をしているのに、実は荒々しくて強引だ。花を散らし、眠っていた植物を目覚めさせ、人に別れと出会いを連れてくる——

最後の音を叩いて指を上げ、ふうと息をついた。

ピアノの黒い鏡面に、桃の花びらが落ちている。艶やかな硬い黒と、やわらかなピンクの対比が綺麗（きれい）だった。綺麗だなと思って——それから窓に目をやって、あれ、と思った。

どうして窓が開いているのだろう。庭と屋敷林があって音はさほど迷惑にならないから、昼間は窓を開けて弾くこともあるが、今日は風が強くてさっき閉めたはずだった。それが、大きく開いている。だから花びらが何枚も入り込んできたのだ。

おかしいなと立ち上がり、窓の方へ行こうとして――春希はぎょっとして立ち止まった。

ソファに、男が横たわっていた。

見知らぬ若い男だ。目を閉じて、足を床に下ろした状態で横になっている。座っていたら眠くなってしまい、そのまま横に倒れたというふうに。

「なっ、なん…」

春希は狼狽(ろうばい)した。顔には出ない方だが、突発的な事態は苦手だ。泥棒だろうか。

(ええと……)

ソファはドアの横にあり、男の頭はドアのすぐそばだった。春希のスマートフォンもソファに置かれている。男に気づかれたくなくて、春希はじりじりと窓ににじり寄った。一階だから、窓から簡単に外に出られる。外に出たら、コンビニにでも走って警察を――

窓から顔を出すと、そこに靴が置かれていた。紺色のスニーカー。

どうやら男は窓から中に入ったらしい。泥棒がわざわざ靴を脱いで侵入するだろうか？　人がいてピアノを弾いている部屋に？

「……」

よくよく観察すると、男は単に眠っているように見えた。侵入した先で眠り込む、まぬけな泥棒。そんなわけがない。

　そこに、唐突に電話の着信音が鳴り響いた。男のすぐ近くで。

「ん…」

「わっ」

　男が身じろぎをする。春希はあわててスマートフォンに飛びついた。ひっつかんでソファから離れ、通話を繋いだ。

『春希？』

　電話をかけてきたのは月彦だった。

「せ、先生、あの…」

　焦ってうまく言葉が出ない。それに気づいたふうもなく、月彦は続けた。

『あのさ、そっちに康が来ていないかな』

「え？」

『甥っ子が来るって話はしただろう？　来週だと思ってたんだけど、僕が日にちを間違えてて、もうこっちに来てるみたいなんだ。メールに気づかなくてさ。さっきから康の携帯にかけてるんだけど、繋がらなくて』

「……」

　スマートフォンを耳にあてたまま、春希はまじまじと横たわる男を見つめた。ほっぺたに桃の花びらがくっついている。

『場所は覚えてるはずだから、そっちに行ったら入れてあげてくれる？　いい子だから、なかよくしてくれよ。僕もしばらく会ってないんだけど』

甥が東京の大学に合格し、家に下宿することになったという話はされていた。部屋はあるし、春希と年が近いからにぎやかになるよと彼は笑っていた。

本当は、ちょっと嫌だった。春希は人見知りをするし、会ったことのない若い男と同居なんて気が重い。月彦にはそんなことは言わなかったけれど。

音大じゃないとは聞いていたけど、先生の甥なんだから、音楽が好きだといい。先生に似ていたらいいいんだけど。

（……大きいな）

目の前の男は、月彦とはまったく似ていなかった。背は月彦も高いけれど、彼が薄っぺらい感じなのに対して、男はどこもかしこもしっかりとしている。骨が頑丈そうだ。ちょっと前まで高校生だったたなんて思えなかった。甥っ子とかいい子とか彼が言うから、もう少し少年らしい子を想像していたのだけど。

「んー」

横を向いた状態だった男が、低い鼻声を出しながら仰向けになった。春希はびくりと身をすくめて、思わずうしろに一歩下がった。

『春希？　聞こえてるかな。春希？』

だいたい、先生の甥ならどうしてこんなところで寝ているんだろう。鍵がないなら、呼び鈴を押せばいいじゃないか。いや、母屋の呼び鈴を鳴らしても誰も出ないし、離れにはそもそも呼び鈴がない。でも、それにしたって窓から入ってくるなんて……。

「っ…」

男が目を開けた。春希はさらに後ずさった。

「あー、よく寝た」

半身を起こしてコキコキと首を鳴らして、男は気持ちよさそうにそう言った。

春希は声も出せずに目を瞠っていた。スマートフォンの向こうで、月彦が『春希？』と呼び続けている。

男がこっちを見た。

「あんたが春希って人？」

「――」

春希はまだ動けなかった。男は春希の様子にはかまわず、あくびまじりにばさばさと頭を掻く。

「勝手に入ってごめん。声はかけたんだけど、集中してたみたいで気づかなくてさ。それに俺、早朝の高速バスで来たから眠くって。バスじゃ隣の人のいびきがうるさくて寝られなくてさあ」

「……」

「でも、すごく気持ちよく眠れたよ。あんた、ピアノ上手いね」

日焼けをした顔で、屈託なく男は笑った。

第一印象は最悪だった。

「納豆は日本人のソウルフードだろ」

「納豆が嫌いな日本人だってたくさんいるじゃないか」

「体にいいんだよ」

「そう言われても、こんなねばねばしたもの食べられない。匂いも変だし」

「梅干しも生卵もだめなのか？」

「卵は火を入れれば食べられる。梅干しはちょっと……酸っぱすぎるだろ」

「好き嫌い多いなあ」

康は呆れたようにため息をついた。

春希はむっとした。年下のくせに。

食が細く料理があまり得意じゃない母親に育てられたので、春希は好き嫌いが多い。生っぽいものは苦手だし、丸ごとの肉や魚も食べられなかった。下宿をし始めてからは月彦が食事を作ってくれたが、彼は料理が上手く、春希が苦手なものを避けて食事を作ってくれた。春希は掃除や洗濯などの家事を手伝っている。

食べ物の好き嫌い以外でも、康とは合わなかった。春希は外での活発な遊びやアウトドアは苦手だし、ピアノを習い始めてからは、指を怪我しそうな球技などはなるべく避けていた。バレーボールなんてもってのほかだ。

それが、康はバレーボールの選手だったんだという。しかもエースアタッカー。インドアよりアウトドア派で、スポーツはなんでも得意。音楽はやらない。クラシックにも疎い。好き嫌いなくなんでもよく食べ、遠慮なしにずけずけとものを言う。春希とは正反対だ。

「大きくなったなあ」

春希の心中とは裏腹に、月彦はにぎやかになると言って康が来たことを喜んでいた。

「叔父さん、会うたびにそれ言うよ。もう高校卒業したんだから、これ以上大きくならないよ」

「いい男になったね。学校じゃもてるんじゃない？」

さあね、と康は笑った。人好きがしそうで、自分に自信があって、誰とでもうまくやっていけそうで。春希とは何もかも正反対で――苦手なタイプだ。

大学は建築学科に入ったという。実家は歯科医院を経営していて一人息子だが、家を継ぐ気はないらしい。

「でかいものが造りたいんだよな。建築って、大きいものを造れるだろう」

「じゃあドバイにでも行けば」

「あ、いいよな。金貯めて旅行に行こうと思ってるんだよ。春希さんも一緒に行く?」

「……行かない」

月彦が春希と呼ぶので、康も下の名前で呼ぶ。春希はしかめ面で返した。合わない。

男三人での共同生活は、表面上は特に問題なくスタートした。月彦は仕事が忙しくなっていて家にいないことも多かったし、康は大学生活を楽しんでいるらしい。

春希は母屋に自分のアップライトを運んでいたが、月彦がいない時は離れのグランドピアノを使わせてもらっていた。やっぱり音がいいし、いろいろな資料やシンセサイザーもあるので、作曲をする時はこちらの方がいい。それに、離れは自分と月彦の場所だとひそかに思っていた。けれど、春希が離れでピアノを弾いていると、康はたびたびこっちに来た。ソファに座ってくつろいでいる。

「どうしてこっちに来るんだよ」

「いいじゃないか。俺、ピアノの音って好きなんだよ。クラシックはわかんないけど、叔父さんの曲は好きだし」

「だったら先生に弾いてもらえばいいだろう」

「春希さんのピアノの音、綺麗だからさ」

「……」

そんなことを言って、春希がピアノを弾いている間、ソファに座って本を読んでいたり学校の課題をやっていたりする。が、気がつくとだいたい寝ていた。寝転がって、気持ちよさそうに。

「康は気持ちいいと寝ちゃうんだよ」

月彦は笑った。

「子供の頃からそうなんだ。好きな曲や演奏だと眠くなるらしい。逆に嫌いな音だと退屈して、部屋を出ていっちゃうんだよな。だから、康が寝てる時はいい音が出てるんだよ」

気持ちよさそうに眠る顔を見ていると、腹立たしいような、くすぐったいような、複雑な気持ちになった。

月彦は劇伴音楽の作曲家として売れっ子になっていた。ヒットした映画やドラマの音楽を数多く手がけていたし、ＣＤも出している。劇伴音楽はひとつの連続ドラマに何十曲も曲を書くし、アレンジをしたりレコーディングに立ち会ったりするから、月彦はいつも忙しかった。都内に泊まり込みになることも多く、春希は康と二人きりで過ごすこともよくあった。

康がやってきて数か月たった、夏のことだ。春希は離れの窓を開け放ってピアノを弾いていた。屋敷林や庭の木々があるので、武蔵野の家は夏でもけっこう涼しい。窓から夏の風と木々が揺れる音が流れてきた。

と、その音に混じって、何やら妙な音が聞こえてきた。ギコギコとのこぎりで木を切ったり、カンカンと釘をトンカチで叩いたり――日曜大工の音だ。

「……何をしてるんだ」

春希は窓から顔を出した。

庭に康がいて、まさしく大工仕事をしていた。どこから持ってきたのか作業台みたいなものを置いて、木材をのこぎりで切っている。Tシャツに膝丈のカーゴパンツ姿で、ひたいに汗が光っていた。

「これ？ ツリーハウスを作るんだよ」

あっさりと康は言った。ごく日常的なことのように。春希は目を瞬かせた。

「ツリーハウス？」

「知らない？ 木の上の家。俺、憧れだったんだよなあ。いい感じの木があるし、叔父さんに訊いたらいいいって言うから、作ってみようと思って」

「え、木の上に家を作るのか？ 自分で？」

「さすがにそんなちゃんとした家は作れないけどさ、ちょっと寝転がるスペースくらいならできると思うんだ。ウッドデッキや犬小屋は作ったことあるし。あーでも、やっぱ電ノコ欲しいよなあ。バイト代で買おうかな」

物好きな、と春希は思った。呆れてもいた。子供じみている。

それからは、毎日のように庭から大工仕事の音が聞こえてきた。春希は窓からその様子を眺めていた。木の上に家を作るなんて無謀だ。最初はそう思っていたのだけど、康は手際がよく、見る見る形ができていく。だんだん、惹きつけられていった。

ある日、春希は離れを出てツリーハウスの木の下に立った。横に張り出した太い枝に丸太が渡され、床が張られている。康が言うとおり家と言うほどのものではないが、床は二メートル四方くらいあり、ちゃんと屋根と手すりがあった。木の上に作られたベランダという感じだ。寝転がったら、気持ちよさそうだった。

「すごいな」

見上げていると、ツリーハウスの上から康がひょいと顔を出した。

「春希さん」

笑う顔は日に焼けて、そこに木漏れ日の模様が揺れている。

「上がってきなよ」

「え、でも……大丈夫なのか？」

「平気平気。土台はしっかりしてるから。でもまだ途中だから、手すりには寄りかからないでくれよ」

木の根元には脚立が置かれていた。本当に大丈夫なのかというためらいはあったが、春希はおそるおそる脚立に足をかけた。だって、本当に気持ちよさそうだったから。木に登ったことなんて、生まれてから一度もない。

「ほら」

脚立の一番上まで行くと、康が手を差し出してきた。その手をつかむと、ひょいと床の上に引っぱり上げられた。

「うわ」

それほどの高さじゃない。二階の部屋より低いだろう。でも、壁がなく三百六十度見わたせて、風が素通しで通り抜けていく空間は、今まで体験したことのない心地よさだった。胸の中まで風に洗われるようだ。

「……気持ちいい」

「だろ」

思わず呟くと、得意げに康は笑った。

「あー疲れた。ちょっと休憩」

康はごろんと仰向けに寝転がった。長身の康が楽に大の字になれるスペースがある。春希はその横に腰を下ろした。

このあたりは高い建物はなく、隣は空地だ。人通りも少なく、開放感があった。すぐそこで木の葉が風に揺れている。頭上から蟬(せみ)の声が降ってきた。樹木が多いので夏は蟬の声がうるさ

いけれど、ここで聞くと、不思議と暑苦しさを感じなかった。

目を閉じた康の胸がゆっくりと上下している。眠ってしまったんだろうか。本当に、どこでもすぐに眠れる男だ。きっとどこでもリラックスできて、こんなふうに自分の場所を作ることができるんだろう。

春希も目を閉じて、全身で周囲の音を聴いてみた。蟬の声。風の音。木の葉が揺れるリズム。康の寝息――規則正しく、穏やかな。

「……」

無意識に、床の上で指が躍った。自分を取り囲む音がきらきらと光を放っているのが見える。今ここに鍵盤があったらいいのにな。これまでの自分の曲にはない、気持ちのいい曲ができそうだ。

「――あ」

ふと目を開けた視界の端を何かがひらりと横切って、春希はそちらを向いた。

蝶だ。春希には詳しい名前はわからないが、大きく繊細な羽根にステンドグラスのような美しい模様が描かれ、赤や青の色がちりばめられている。まるで空を飛ぶ芸術品だ。

木の葉と戯れるように、蝶はひらひらとツリーハウスの周りを舞っている。陽の光を受け、鱗翅(りんし)が微細な光を放った。春希は腰を浮かせて蝶を目で追った。あの色。あの動き。蝶の飛ぶ様を音にしたら、どんな音になるだろう。優雅で美しく、気まぐれで、でも消え入るように儚(はかな)

げで――

「あ」

ぐらっと体が傾いて、はっと我に返った。

蝶を追って身を乗り出し、何も考えずに手すりを握っていた。だが手すりはまだしっかりと取り付けていなかったらしい。少し体重をかけただけで簡単にはずれてしまった。

「うわッ！」

見ひらいた目に、ぐっと地面が迫ってきた。地面の方から近づいてきているみたいに。

――落ちる。

春希はぎゅっと目を閉じた。それしかできなかった。

「あ、あぶな――」

肩に痛みが走った。

何が起こったのか、すぐにはわからなかった。

ドン、とどこかに投げ出される。落ちた、と思った。だけどそんなに痛くない。春希は目を開けた。

まだツリーハウスの上だ。床に尻もちをついている。でも、康がいなかった。春希はあわてて身を起こし、四つん這い（ばい）になって手すりが取れた場所から顔を出した。

「うあ、つー…」

康は地上にいた。膝を抱えて、地面にうずくまっている。背中が震えていた。

「も――森崎くん！」

きっと春希が落ちそうになっていることに気づいて、とっさに腕をつかんで引き戻したんだろう。でも、反動で康の方が落ちてしまったのだ。

「だっ、大丈夫か？　ごめん、俺、手すりに寄りかかるなって言われてたのに、うっかりして……」

「あー、大丈夫。平気」

しゃがんだ状態のまま、康は振り返って春希を見上げた。

口元が歪んでいるが、笑っている。頭から落ちたわけじゃなく、たぶんちゃんと着地したんだろう。とはいえかなりの衝撃だったに違いない。

「け、怪我は」

「ないない。そんな高くないし、俺、運動神経はいいからさ。アタッカーだから、高いところから着地するのは慣れてるんだよ」

「……」

自分はどんな顔をしているんだろう。わからなかった。だってこんなふうに感情を大きく動かされたり、誰かにドキドキさせられたことがないから。

「大丈夫だって！　ほら」

ひょっとして、すごく心配そうな顔をしているのかもしれない。康はぱっと立ち上がって、両手を大きく振って見せた。

「なんともないだろ?」

笑う顔に、真夏の日差しが降り注いでいる。

鼻の奥がつんとして、怒り出したいような、笑いたいような、泣きたいような、変な気持ちになった。

月彦との時間は、いつもとても静かだった。音楽は常に流れているけれど、それは空気のようなもので、心は湖のように凪いでいる。ほかのどこよりも落ち着けて、大切な時間だった。でも、康はそこに風を起こす。思いもかけないことを言ったり、やったりする。水面に波が立ってざわざわして——落ち着かない。

春希にとって、康は静かな生活に割り込んできた闖入者だ。でも康は月彦の身内だし、月彦は歳の近い二人がなかよくやっていると思っている。表面上は何事もなく、日々は過ぎていった。

月彦が倒れたのは、それから一年ほどがたった頃だった。

場所は都内のレコーディングスタジオだった。彼は前夜からスタジオに泊まり込んでいた。

発見されたのは朝で、いつ倒れたのか誰も知らなかったらしい。洗面所の床に崩れ落ちていて、洗面台にも床にも月彦の口の周りにも、血がべったりとついていた。

「――嘘……」

春希がそれを知ったのは、午後の遅い時間になってからだ。病院のスタッフはまず自宅に電話をし、誰も出なかったので、月彦のスマートフォンで康の番号を探して連絡した。甥と同居していることを月彦の仕事相手が知っていたからだ。

康は大学に行っていたが、連絡を受けて病院に駆けつけた。たぶん混乱して、康自身もショックを受けていたんだろう。それとも春希が心配するからとためらったのかもしれない。いつまでたっても誰も帰ってこないので、康の携帯に電話をして初めて、春希はそのことを知った。

「お、俺もすぐに病院に――」

『いや。そこからだとけっこう時間がかかるし、もう面会時間が終わるから。俺ももう帰るように言われてるんだ』

「具合は?」

『検査結果がまだ出てないからわからないけど、過労か胃潰瘍じゃないかって。ここんところ忙しそうだったもんな』

「先生は、今…」

『鎮静剤で眠ってる。だから今来ても会えないよ。俺もこれから帰る』

「……」

それ以上何も言えなかったし、できなかった。

月彦は入院することになった。翌日に見舞いに行くと、疲れが出ちゃったみたいだと頬の削げた顔で笑った。たしかにずっと忙しく、体調もよくなさそうだった。食欲がなかった。こっそり吐いたこともあったみたいだった。心配して、ちゃんと休んでくれと何度も——何度も春希は言ったのだ。言ったのに。

もともと月彦は体が丈夫な方じゃなかった。子供の頃に大病をしたせいもあるだろう。でも完治していたはずだった。

数日後、月彦の姉が上京してきた。

単なる過労なら大げさなような気もした。でも親代わりのお姉さんなんだし、心配するのはあたりまえだ。春希は強いてそう自分に言い聞かせた。

けれどそれからしばらくの間、春希は蚊帳（かや）の外に置かれることになった。しかたがない。自分は身内じゃない。医者の話には立ち会えなかったが、都内の病院まで頻繁に見舞いに行った。

胃潰瘍ではなく胃癌（いがん）だと聞いたのは、康や康の母親からではなく、本人の口からだ。

しかも病状は深刻で、すでにあちこちに転移していた。告知なしで治療することは難しく、本人の希望もあったため、医者は詳細な説明を本人にしたらしい。月彦は「知らないとがんばれないからね」と笑った。

「……」

春希は何も言えなかった。きっと治るとか、帰ってくるのを待っているとか、そんなありきたりな言葉すら浮かばなかった。頭から言葉がひとつ残らず消えて真っ白に——いや、真っ暗になった。

(どうして先生が)

ほかの誰か——いっそ自分だったらよかったのに。どうして。どうして。どうして。

「大丈夫だよ」

春希が拳を握ってうつむいていると、彼が言った。そんな言葉を彼の方に言わせるなんて。春希は一度歯を食いしばってから、顔を上げた。

「この段階から何年も生きている人もたくさんいるし、まだまだ仕事もしたいからね。がんばって治療するよ」

「はい」

笑みを浮かべて言う彼に、春希は頷いた。

治療が始まった。大規模な切除手術。抗がん剤による化学療法。もともと痩せて薄っぺらかった月彦の身体は、ますます薄くなっていった。

手術の時は康の母親が来ていたが、彼女は嫁ぎ先の歯科医院で働いていて、ずっとこちらにいることはできない。術後、大きな病院から自宅に近い病院に移ると、春希は康と交代で病院に通った。月彦は多くの仕事を抱えていて、それを続けると言い張ったので、病室に小さなキーボードとノートパソコンを運び、データの加工や仕事相手とのやり取りを手伝った。

病院は眺めのいい場所にあった。病室の窓からは、新緑の輝く木々が見えた。

そして雨の季節が過ぎ、窓の外に夏空が広がり、やがて病院の前の道路のプラタナスが黄色く色づき——月彦の病状は、ゆるやかな坂を下るように、少しずつ悪くなっていった。退院して家に戻れたこともあったが、また悪化して再入院することを繰り返した。

外科手術も抗がん剤も、体には大きな負担だろう。強い痛みがあり、副作用も重いようだった。彼は春希には辛そうな顔は見せなかったが、そもそも会えない日も多かった。日々、体をナイフで削るように衰弱していった。

人形の肌みたいだ、と思ったことがある。血の気が失せて、蠟(ろう)のように白い皮膚を見て。血管や産毛の存在を感じさせず、変に透明感があって、生々しさがまるでなくて。いっそ綺麗だと思えて——そう思ったとたん、春希は病室から逃げ出してトイレで吐いた。

胃液と一緒に涙がぼたぼたと落ちた。

(先生——……)

明かりひとつない、暗い夜道を歩いているような毎日だった。

どこに行けばいいのかわからない。どこに向かっているのかわからない。春希にとって月彦は、名前の通り暗い夜道を照らす月の光だった。その光が消えたら——きっと足を踏み外して、真っ暗な谷底に転げ落ちるだろう。

怖い。

怖い怖い怖い——

(お願いだ、お願いだから、神様)

あの人を連れていかないでくれ。

プラタナスが二度目に色づいた秋に、月彦は逝った。

春希は自分の中の月が死んだような気がした。目を開けても閉じても真っ暗で、暗闇の中に立ち尽くし、そこから一歩も動けなくなった。

■

どこかで春希がピアノを弾いている。

康は瞼（まぶた）を開けた。見慣れない天井に、ミルクガラスのシェードのライト。ふと、電気はどこから来ているんだろうと寝起きの頭でぼんやり考えた。電線なんてどこにも見あたらないのに。ヨーロッパのように地中に埋まっているのか？

（いや、ここはヨーロッパじゃないだろ）

がばりと起き上がった。あんまり急に身を起こしたので、ちょっと眩暈がした。

眩暈が治まるまでこめかみに指をあてて、目を閉じる。急に起きたからだけじゃなく、少し頭痛がした。そうだった。昨夜は酒を飲んだんだった。ホテルのバーで……広瀬が恐慌状態だったから落ち着かせようと……

──君は死んだはずなのに。

ふいにはっきりと広瀬の言葉を思い出して、ぎくりとして目を開けた。

「……広瀬さん？」

康はあらためて部屋の中を見回した。

ホテルの内装は優美なアンティークスタイルで整えられていたが、部屋も同じだ。薄いグリーンの壁紙に、モスグリーンのカーテン。華美過ぎず、落ち着ける部屋だった。シングルベッドが二つ置かれている。隣のベッドは空だ。使った形跡はあるが、今はもぬけの殻だった。ライティングデスクの椅子の背にトレンチコートがかかっている。昨日、酔っぱらった広瀬から脱がせて、康がそこに置いたものだ。

康はベッドから出てバスルームに行き、洗面台で顔を洗った。冷たい水で、少し頭がすっきりする。何も考えずにそばにあったタオルで顔を拭いた。いかにもホテルライクな、洗い立ての真っ白なタオル。部屋も備品も何もかも、上質に清潔に整えられている。

あのホテルマンが出した鍵で入った部屋だった。康がフロントに戻ったのはかなり遅い時間だったが、カウンターに鍵はそのまま残されていた。ホテルマンはいなかった。

康はその時、広瀬と一緒だった。広瀬がやみくもにその場から逃げ出したので、追いかけたのだ。春希はついてこなかった。

外はすでに真っ暗なのに広瀬が外に出ようとするので、止めるのに苦労した。どうにか落ち着かせ、部屋には戻りたくないと言うのでバーに連れていった。少し前にバーで見かけた女性はいなくなっていた。バーカウンターの中には制服を着たバーテンダーがいて、注文すると、流れるような手つきで酒を出してくれた。

バックバーの棚には世界中の酒が集まっているんじゃないかと思うくらいたくさんの種類の

酒瓶が並んでいて、広瀬はやけになったようにグラスを呷った。康もつきあいで飲んだが、水のように飲みやすい酒だった。そのせいか、広瀬は完全に酔いつぶれてしまった。酔いつぶれながらも部屋には戻りたくないと言うので、しかたなくフロントの鍵を使ってこの部屋に入り、片方のベッドに放り出したのだ。春希と離れてしまったのが気になっていたが、泥のような睡魔が襲ってきて、康もベッドに倒れ込んだ。

（春希さんはどこで眠ったんだろう）

カウンターに残っていた鍵はひとつだけだった。部屋はツインだが、別の部屋なのかもしれない。さっき夢の中で、春希のピアノの音を聴いた気がするのだけど。

いま何時だろうと反射的に腕時計を見て、康は舌打ちした。壊れていたんだった。かろうじて上着は脱いでいたが服は着たままで、腕時計もしたまま眠ってしまっていた。上着のポケットからスマートフォンを取り出してみたが、やっぱり電源は入らない。

部屋の中を見回すが、どこにも時計がない。窓の外は明るく、すでに朝なのはわかるが、これじゃ時間がわからない——と思ったのを見すましたかのように、柱時計の鐘の音が響いてきた。ボーン。ボーン。

ロビーからは離れているはずなのに、やっぱり聞こえる。なんだか聞いているとぼうっとしてくる音だった。音を数えていると、その間思考が止まってしまう。音は七つ。朝の七時だ。

藤枝響子が言っていた通り、部屋には康のバッグが置かれていた。こまかいことを考えるのはあとにして、バッグの中から服を出して着替える。春希や広瀬たちを捜すために部屋を出た。

朝の七時の鐘は朝食の合図らしい。昨晩と同じように、人がダイニングホールに集まってきていた。覗くと、ビュッフェ形式の食事が並べられている。ごくスタンダードなホテルの朝食のメニューだった。

そういえば、昨晩から何も食べていなかったなと、それを見て思い出した。けれどなぜか、あまり空腹を感じない。いつもだったら、自分の腹の音で目が覚めることもあるくらいなのに。

広いホールを一周したがバスの乗客たちは見つからなかったので、康はそのままダイニングを出た。ロビーでは、昨日と同じようにシャンデリアに無数のろうそくの火が揺れ、大きな花瓶に白い花が活けられている。花はいま活けたばかりのようにみずみずしかった。フロントには誰もいない。

一階から順番に捜し始めた。プレイルーム。バー。図書室。ティールーム。どの部屋も広く、美しく、整然としていた。しかも同じ用途の部屋がいくつもあるらしい。部屋を通り抜け、廊下を曲がり、バーは二つ目だなとか、ここもラウンジなのかと思っていると、出発点の玄関ロビーに戻ってきてしまった。

生け垣の迷路を出た時に、城は迷路を取り囲んで建っているように見えた。本当に四角い枡(ます)のような形をしているらしい。だから行き止まりがなく、歩いても歩いても廊下が続き、そのうちに出発点に戻ってしまうのだ。

出口がない。出られない。

（そんな）

広瀬の言葉を思い出して、無意識に歩調が速くなった。そんな馬鹿な。

ロビーの階段を上がり、二階に入る。二階から上には客室がある。部屋番号だけが違う同じドアがずらりと並んでいて、歩いていると方向感覚がなくなってきた。人は見あたらない。

歩いても歩いても、同じような景色。二階にも、ところどころにティールームやラウンジのような空間があった。少し疲れてラウンジのソファに腰掛け、ため息をこぼした時、かすかにピアノの音が聞こえてきた。

康は立ち上がり、音の聞こえる方向に向かった。

廊下を大股で駆ける。両開きの大きな扉があって、片側が開いていた。

中に足を踏み入れて、立ち止まった。予想より広い空間だ。立派なグランドピアノがあって、ティーテーブルのセットが並んでいる。まるで貴族がサロンコンサートをひらくような部屋だった。

いったいこのホテルはどうなっているのかと思う。おそろしく広く、たくさんの部屋があって、そのどれもがきちんと整えられている。従業員はあまり見かけないのに。

グランドピアノの前に、春希が座っていた。

「春希さん」

名前を呼んで近づいていく。春希は振り返らなかった。細い指が鍵盤の上で目まぐるしく動いている。

「春希さん、昨夜はどこで寝たんだ?」

「……」

しかたがない。ピアノを弾いている春希に話しかけて返事が来たためしはない。が、弾いている曲は明るく躍るようなのに、春希がやけに思いつめた顔をしているのが気になった。着ている服が昨日と違うから、たぶんちゃんと部屋に入ったんだろう。寝たかどうかはあやしかった。目が充血している。

サロンのような部屋に、人はひとりもいなかった。康は部屋を見回し、窓辺に近づいた。窓を開けて外に顔を出す。

今日もよく晴れている。昨日と同じように、雲はひとつも見えなかった。が、太陽も見えない。身を乗り出して捜しても、太陽がどこにあるのかわからなかった。これから高く昇ってくるはずなのに。

(太陽がない…?)

おかしなことばかりだ。また眩暈がしそうで、康は頭を振って視線を下ろした。眼下には、巨大な緑の迷路が広がっている。二階の高さからでも迷路を見通すことはできなかった。

「——あ」

その迷路の前に、人がぽつんと立っているのが見えた。スーツ姿の——広瀬だ。

「広瀬さん！」

大きな声で呼ぶと、広瀬はこちらを振り仰いだ。遠目にも、昨日よりもさらにやつれた顔をしているのがわかる。

「何をしてるんですか？」

広瀬は黙って腕を上げて、目の前の迷路を指差した。これからここに入ると言っているらしい。

「ちょっと待っててください！　今からそこに行きますから」

昨日の今日で、広瀬の様子は心配だった。春希を振り返ったが、この様子ではしばらくピアノを弾き続けるだろう。いちおう「春希さん、ここにいてくれよ」と声をかけ、康はサロンを出た。

部屋がたくさんあって迷いそうになったが、歩いているうちに吹き抜けのロビーに出た。柱時計の前の階段を下りる。その時ふと気になることを思い出して、康はフロントに足を向けた。

フロントにはやっぱり誰もいない。普通のホテルならありえないが、そもそも新しい客が頻繁に来るわけじゃないんだろう。康はカウンターから身を乗り出して、壁にかけられている写真に目を凝らした。どこかの建物の前に立っている、家族の写真。

（……やっぱり）

昨日は人物に気を取られて背景をじっくり見なかったが、うしろに映っている建物に見覚えがあった。二階建ての洋館で、住居にしてはかなり大きい。二階の中央にベランダがあって、左右に切妻屋根を配した対称形をしていた。白黒なので色はわからないが、よくよく目を凝らすと、一階部分の壁は特徴的なスクラッチタイル仕上げになっている。

スクラッチタイルは、大正後期から昭和初期にかけて流行した外装用のタイルだ。二階部分の壁には、白漆喰に木の線材で繊細な装飾が施されている。もともと建物が好きなので現存している古い建築を見て回ることもあったが、この建物は本の中で見た覚えがあった。

（あれはたしか……）

考えながら、少しだけ開いている両開きの玄関扉から外に出る。広瀬は迷路の出入り口の前に立っていた。

「広瀬さん」

名前を呼ぶと、うっそりと康を見る。昨日と同じスーツ姿だがネクタイはしておらず、ワイシャツはしわくちゃでボタンが二つ目まで開いていた。きちんと整えられていた髪が寝起きのままに乱れている。

「迷路に入るんですか？　どうして」

「フロントにいた男が、人はこの迷路に現れると言っていただろう。だったらこの中に出入り口があるはずだ」

「それは……その可能性はあるかもしれないけど、でも」

「とにかく私は、一刻も早くここを出たいんだ」

広瀬は頑迷な口調で言い返す。康はこっそりため息をついた。

「わかりました。俺も行きます」

広瀬はまだ冷静さを欠いているように見える。迷路のことは気になったので、ついていくことにした。

迷路に足を踏み入れると、広瀬はためらわずにずんずんと進んでいく。上着のポケットに昨日使ったクレヨンが入っていたので、康は念のためそれで目印をつけながら歩くことにした。

「広瀬さん、昨日の人……」

「……」

広瀬は前を向いて歩き続けている。そのかたくなな顔は、さっきのピアノを弾いていた春希の思いつめた表情にも似ていた。

「あの女の人は、広瀬さんの知り合いですか？」

広瀬は黙ったままだ。が、しばらくして、前を向いたまま唐突に言った。

「君、天国ホテルを知っているか？」

「は？」

康は面食らった。変な言葉だ。でも、つい最近そんな言葉を聞かなかったか——そうだ、春希が口にしていたのだ。

「昨日、春希さんが……俺の連れが言っていましたよね」

「君はネットの噂には疎い方か」

「あー、俺、パソコン持ってないんで。ＳＮＳもあんまりまめにやらないし。なんですか？」

「そうか。まあ、私も部下から聞くまでは知らなかったからな。知っている人は知っているみたいだが」

「だから、なんですか、それ？」

「――君の連れには、会いたい人がいるんじゃないのか？」

「えっ…」

胸の内がぎくりとした。康は思わず足を止めた。広瀬も立ち止まって、振り返る。まだ混乱状態なのかと思っていたが、意外に静かな冷めた目で康を見た。

「その会いたい人は死んでいる……違うか？」

康はごくりと唾を呑んだ。

「……どういうことですか」

「天国ホテルというのは、ネットや子供の間で出回っている噂だ」

また前を向いて歩き出しながら、広瀬は淡々と話した。曲がり角を適当に曲がっているが、だんだんと中心に近づいているような気がする。あの噴水のある場所に。ずっと同じ緑の壁が続いているだけなのでわからないが、なぜかそんな気がした。

「怪談や都市伝説と同じでいろいろバリエーションがあるらしいが、かいつまんで言うと、こうだ。どこかの山の上に、天国ホテルと呼ばれるホテルがある。そこへ行くと、死者に会える」

「え…」

「天国ホテルに行くためには、故人の遺品か、体の一部を持っていかなくちゃいけない」

「体の一部?」

「遺骨とか、髪の毛とかだ。ほかにも、死者からプレゼントされたものでもいいって説もあるようだな。つまり、死者と強く結びついているものや、思い入れのあるものだ」

「ちょ、ちょっと待ってください」

広瀬がほとんど迷わずに進んでいくので、生け垣に印をつけながら歩いている康は少し遅れていた。足を速めて、広瀬に追いつく。

「死者に会えるって……そんな馬鹿な」

「馬鹿な話だと思うだろう?　もちろん私だってそう思っていた。くだらない子供の噂だ。口裂け女とか、トイレの花子さんみたいなものだ。大の大人が真に受ける話じゃない」

「でも」

広瀬は、「そう思っていた」と言った。過去形で。

「でも広瀬さんは……会ってしまったんですか?」

「……」

広瀬は足を止めない。だんだん歩調が速くなっていた。まるで何かから逃げるように。

「あの女の人はなんなんですか?」

「彼女は……」

追いついてふと見ると、広瀬の首筋にうっすら汗が浮いていた。外の空気は涼しいくらいだし、広瀬はコートを着ていない。暑いわけじゃないだろう。

「彼女は私の部下だった。そして……」

どこかから人の声が聞こえてきて、康は宙に目を向けた。幼い声。紗彩だ。迷路の中にいるらしい。

「そして、私の愛人だった」

声は「パパー」と呼んでいるように聞こえる。せっぱつまった感じではなく、のどかな声だった。

「愛人、ですか」

「私は結婚していたんでね。世間的にはそう呼ぶんだろう」

ちょっと意外だった。仕事ばかりしていそうで、融通がきかなそうなのに。

「妻との仲はずいぶん前から冷え切っていた。まあ、不倫をしている男はおおかたそう言うだろうが」

　広瀬の歩くペースがゆっくりになってきた。紗彩の声はまだ遠い。時おり、響子が紗彩を呼ぶ声が混じった。

「妻との間に子供はいない。妻も仕事をしていて生活時間が合わず、家に帰ってもろくに会話もなかった。たまに一緒にいると気詰まりで、そのうちささいなことで言い争いになる。私は疲れて……家庭から逃げるように仕事に没頭した」

　眉が苦しそうにひそめられている。きっちりしていた前髪が下りているせいもあってか、そんな顔をすると、大人の男の隙のようなものを感じた。女性には魅力的かもしれない。

「彼女は私のアシスタントで、妻よりもずっと一緒にいる時間が長かった。妻とは正反対の性格で、与えられるより与えることを喜ぶような子で……こんなふうに言ったら、世の女性たちや君みたいな若い男には、身勝手な言い分だと怒られるだろうがね」

　小さく自嘲の笑みをこぼす。紗彩の声がだんだん近づいてきた。父親を探している。

「まあ、不倫に落ちる言い訳やきっかけなんて、詳しく聞きたくはないだろう。彼女と私はそういうことになった。さらに言い訳を重ねるが、妻とは離婚するつもりだったんだ。その話し合いをしようとしていた。けれど妻が避けていて……どうやら彼女のことを感づいていたらしい。私に黙って彼女のことを調べていた」

　康は昨日見た女性のことを思い出していた。優しそうな、そして寂しそうな人だった。広瀬のような男が惹かれる気持ちはわからなくもない。

「そしてある日、彼女は……」

喉が詰まったように、言葉が途切れた。康は広瀬の横顔を見た。充血した目に、うっすら涙が浮いている。

「彼女は風呂場で手首を切った」

「──」

さあっと寒気が康の背中を走った。

「リストカットは成功しないというが、彼女は睡眠薬と酒を飲んで、切った手を浴槽に沈めていた。一人暮らしで、発見されるまで時間がかかった。彼女の体からは大量の血が流れ出て……そのまま、この世から去ってしまった。ひとことの言葉も遺書も残さずに」

真っ赤に染まった水に体を半ば沈めている、長い髪の女性。脳裏にそんな光景が浮かんで、康は頭を振ってそれを追い出した。広瀬は見たんだろうか。

エリート然とした、ちょっと自分本位な男だと思っていた。けれど彼女のことを語る声には、悲しみと後悔が滲んでいる。彼女のことは本気で愛していたのかもしれない。

「遺書に私の名前を書いて、私の生活をめちゃくちゃにしたってよかったんだ。でも、彼女は何も遺さずに逝ってしまった。職場の人間には私たちの仲は知られていなかった。細心の注意を払っていたからな。彼女は家族にも親しい友人にも、私のことを話していなかった。心療内科に通って睡眠薬を処方されていたんだが、そこでも不倫の悩みなんて打ち明けなかったらしい。結局、彼女の死は私には関係のないものとして処理された」

「パーパ、どこぉ？」

紗彩の声が近づいてきた。康はだんだん嫌な予感がしてきた。紗彩ののどかで明るい声が、とてつもなく不吉なものに思えてくる。

「だが彼女の死は私のせいだ。私と妻のせいだ。妻は彼女に、私と別れるよう執拗に迫っていたらしい。もう愛情なんてなかったくせに、とられるとなると途端に惜しくなるんだな。彼女はそれを私には言わなかった。私は妻とは別れるからと言い続け……彼女はそれを信じて耐えていたんだと思う。だけどあの日――妻は自分は妊娠していると、彼女に嘘をついた」

紗彩の声の方向を探そうと、康は目線を上げた。頭上には青い空が広がっている。ふと、ここには人間以外の生き物がいないと思った。山の中なら空に鳥の一羽くらい飛んでいそうなものなのに。

「嘘っぱちだ。そんなことはありえない。もう長い間、妻とは体の関係がなかったんだからな。けれど彼女はそれを信じて……本当に信じたかどうかはわからない。ただ、その言葉で、これまで持ちこたえていた心が折れてしまったんだろう」

「奥さんとは、今は…」

「離婚したよ。皮肉なものだな。彼女が生きていた時は別れることを拒否していたのに、彼女がいなくなったら、あっさり別れてくれたよ」

広瀬の左手の薬指に、今は指輪はない。ついそれを確認してしまった時、ワイシャツのカフスに綺麗なカフスボタンをつけているのが目に入った。鮮やかなブルーの石がついている。昨日はコートを着ていたから目立たなかったんだろう。そういうお洒落(しゃれ)をするタイプに見えなかったので、少し意外だった。

「離婚はしたが、私は普通に仕事をしている。彼女のいない世界で、普通に生きている。彼女は私を恨んでいるだろうな……」

広瀬が呟いた時、タタッと足音がして、生け垣の曲がり角から紗彩が飛び出してきた。

「――パパ、みーつけた！」

広瀬はぎくりとしたように足を止める。紗彩は広瀬を見上げて、「あれ？」と首をかしげた。

「紗彩ちゃん、おはよう」

康はしゃがんで紗彩に声をかけた。紗彩は「おはようございます」ときちんと挨拶(あいさつ)する。

「パパを探してるの？」

「うん。あのね、パパとかくれんぼしてるんだ」

「へえ」

紗彩の瞳は無邪気に輝いている。康は笑みを浮かべたまま考えた。この子のお父さんは、きっと……

「紗彩、待ってったら。――あ」

紗彩に続いて、響子が姿を現した。広瀬と康に「おはようございます」と小さく頭を下げる。

「パパさがしてくる！」

言うや否や、紗彩は元気に駆け出していった。追いかけようとした響子を、康は「あの」と引き留めた。

「すみません、無神経なことを訊きますが、あの子のお父さんは、その……」

「――そうです」

言いよどむ康を、響子はまっすぐに見つめた。

「あの子の父親は、亡くなりました」

広瀬を見ると、なんの表情も浮かべていない。どうやら、天国ホテルとやらについて知らなかったのは自分だけらしい。

「一年ほど前に、交通事故でした。紗彩と一緒に買い物に行った帰りで……家の近くの、特に交通量が多くもない、普通の交差点だったんです。夫はちゃんと青信号で渡っていました。紗彩の手を引いて……娘は父親が大好きでしたから、きっと楽しくお喋りしながら歩いていたんでしょうね。そこにバイクが突っ込んできたんです」

響子はスカートをはいていて、昨日のジーンズ姿と比べると女性らしい格好をしている。そして、どことなく生き生きとして見えた。薄化粧をしているからかもしれない。昨日は不安そうな顔をしていたのに。

「あの人は娘をかばって、全身を強く打って死亡しました。路上に倒れても娘を抱きしめていたそうです。そのおかげで娘は奇跡的に軽傷ですんで……でも、病院で目を覚ますと、事故に関わる記憶をなくしていました」

響子の目が光を反射してきらりと光った。涙が浮いているのだ。瞬きの動きで、つうっと頬を流れ落ちた。

「大好きなパパが自分をかばって死んだこと、本当は頭のどこかでわかってるんでしょうね。でも心は受け入れられない……あたりまえだわ。あの子は父親は遠くに行っていて、いつか帰ってくるって思ってるんです。私には否定なんてできなかった」

「それで……」

康は乾いた唇を舌で湿し、口をひらいた。

「それであなたも……天国ホテルの噂を聞いて？」

響子は一瞬目を瞠り、それから頷いた。

「そうです。たまたまその話を聞いて、私、必死で調べました。ネットで調べても大半はあやしい情報だったけど、でも中には真実味があるものもあった——ううん、そう思いたいだけ。すがりたいだけなんです。わかってる。でも、本気で行きたいって願えば、きっと行ける。……そうしたら」

響子の瞳がきらきらと光っている。涙が反射しているだけじゃなく、何か熱狂と言えるような熱と光が宿っていた。

「そうしたら、ここに来れた！　ここが天国ホテルなんだわ。間違いない。きっと、きっとあの人に会える……」

響子の顔は喜びに輝いている。康は言葉を失くした。悲しい。響子は嬉しそうに笑っているのに、悲しみがひたひたと迫ってくる。

「──それで、君たちはどうしてこの迷路に？」

いやに冷静な声で広瀬が訊いた。響子は広瀬に顔を向ける。

「滞在客の人に聞いたんです。会いたい人は、この迷路の中心にある泉からやってくるって。部屋で待っていればいいって言われたけど、待ちきれなくて」

「泉から……」

康が呟いたとき、少し離れたところから紗彩が「ママー」と呼んだ。

「私、行かなくちゃ」

響子はさっとスカートを翻して、声の方に駆け出していった。

康はすぐには動けなかった。にわかには信じられない。昨日の女性はちゃんと足が床についていたし、別に透けて向こう側が見えたりしなかった。うらめしそうな顔もしていなかった。ただ、寂しそうに微笑んでいただけだ。

「そんな……まさか。そんな場所があるはずない。死んだ人に会えるなんて」

口の端が引き攣って、乾いた笑いが発作的に漏れた。

「これ、夢だろう？　俺はいま夢を見ているんだ。目が覚めたらきっとバスの中で、知らないうちに眠っちゃってて」

「そうならいいと私も思っていたんだがね。でも今朝目が覚めたら、やっぱりホテルの中だった」

「……」

半端な笑いは半端なまま、火が消えるように立ち消えた。

「君、あのホテルのバーで女を見なかったか」

唐突に広瀬が言った。

「え？」

「黒いワンピースを着て、ショールを肩にかけた女だ」

「ああ……はい。見ました」

バーで声をかけてきた人だ。ホテルにいる人たちは話しかけてくることも視線を合わせてくることもなく、総じて静かで印象が薄いが、彼女は目立っていた。

「あの女に見覚えはないか」

「え、さあ」

「まあ、君の年齢なら知らなくても無理はないか。彼女は女優だ」

「女優…」

「私がまだ小さい頃に映画やテレビに出ていた。父親がファンでね。よく見ていたから覚えている。彼女は……マンションから飛び降りて自殺した」

「――」

「遺書に恋人の名前が書かれていて、それが妻子持ちの俳優だったんで、当時はかなりのスキャンダルになったものだ。もう三十年近く前の話だが、当時の姿そのままだったな」

――ここではみんなそうよ。みんな誰かを探してる。待っている。あなたも待っているんでしょう?

ごくりと唾を呑んだ。

「昨日の人は本当に……亡くなった人だったんですか」

数秒の間をおいて、広瀬は「ああ」と短く答えた。

(じゃあ、春希さんは……)

紗彩の楽しそうな声がする。笑っている。延々と続く緑の壁。嘘くさく青い空。ふっと足元が揺らぐような感じがして、康はこめかみを押さえた。

「……広瀬さん」

「なんだ」

「ひょっとして……」

ひそかに胸の内にありながら言葉にしてこなかった疑問が、ぶわりと膨らんであふれ出てきた。

「ひょっとして、俺たちは全員——バスの事故でもう死んでいるんじゃないんですか?」

「……」

広瀬はしばらく答えなかった。それから、ごく日常的でそっけない口調で「そうかもしれないな」と言った。

康は一度ぎゅっと目をつぶった。目を開けると自分の人差し指を口に含み、前歯できつく噛んでみた。

「…ッ」

痛い。ちゃんと、痛い。もう少し強く噛めば、血だって出るはずだ。

(くそ)

ぐっと奥歯を噛み締めて、康はくるりと踵を返した。やってきた方に向かって、大股で歩き出す。

おい、君、と広瀬が呼んだが、無視して歩を進めた。ザッ、ザッ、とスニーカーの底が土を踏む。その感触が足の裏から伝わってくる。胸の奥で脈打つ心臓。全身を駆けめぐる血。自分で口に出しておきながら、そんなはずあるものか、と思った。

（絶対にここから出てやる）

春希と一緒に。

康は迷路の出口に向かって歩いているつもりだった。ホテルに戻って春希をピアノから引き剝がして、ここを出なくちゃいけない。早く。できるだけ早く。じゃないと……

「——え」

生け垣の角を曲がったとたん、急に視界がひらけた。

目の前には大きな石造りの泉。その泉を緑の迷路が取り囲んでいる。三層になった噴水から、絶え間なく水が流れている。

「そんな……」

迷路から出ようとしたのに、逆に迷路の中心にたどり着いてしまったらしい。康は泉を前に立ち尽くした。

泉の縁に、少年が腰かけていた。あの学生服を着た少年だ。

「あっ、君は」

声がしてそちらを向くと、少し離れた生け垣の道から広瀬が出てきた。広瀬は最初の目的通りこの泉を目指していたんだろう。まったく逆の方向に向かったはずなのに、なぜか二人ともこの泉に吸い寄せられている。

「——君は」

康はまっすぐに少年に近づいていった。

「君は、誰だ?」

図書室の中で会った時と同じように、少年は黙って康を見上げた。

「あの写真……さっき思い出したんだ。あれは、戦前にあったホテルの建物だ。どこだったか高原に建っていた洋館で……美しいクラシックホテルだった。でも」

少年はまだ何も言わない。康を見つめる目は、おそろしく澄んでいた。年齢相応の純粋さと、年老いた賢者のような静けさが同居している。こんな目は見たことがない。

「でも――火事で焼け落ちた」

近くで広瀬が「なんだって?」と声を出した。

「その火事で、たしか二人の人間が亡くなっている。支配人の妻と、その息子だ」

「……」

少年はじっと康を見つめている。やっぱり、目が合っていても合っていないような奇妙な感覚を受けた。でも、怖くはない。昨日の女性もそうだ。ホテルマンの男性も、もしかしたらほかの滞在客も。恐ろしさはまったく感じない。ただ――どこか空虚で、寂しい感じがするだけだ。

寂しい。

「君は」

いつのまにかカラカラに渇いていた喉から、康は言葉を押し出した。

「君は、火事で亡くなった子供なのか……？」

ばかげている。こんなばかげたことを口にしなくちゃいけないなんて。だけど訊かずにはいられない。

少年がすっと立ち上がった。

でも康に近づいてはこず、首をひねって自分のうしろの泉の水面を見る。水面には、噴水から流れ落ちる水で絶えず波紋ができていた。中央の噴水から広がってきた波紋が、泉の縁に跳ね返って弱い波紋になる。二つの弧が交錯する。

その水面は、暗かった。今は真っ昼間で、空はばかばかしいほど青いのに、この水は空をまったく映さない。

「――死者は」

静かに言って、少年は康に視線を戻した。まだ声変わりを迎えていない、澄んだ声だ。

「死者は、この水の底からやってきます」

「水の底から……？」

「僕も見たことはありません。自分がここからやってきた時の記憶もない。気がついたら、ホテルにいました。自分が死んだことはわかっていたけど、それからの記憶はないんです。どのくらいたったのかもわからない」

死んでからの記憶。

「でも、生きていた時のことは覚えています。いや、それしかわからないんだ。ここにいると、だんだんいろんなことが曖昧（あいまい）になっていくんです」

「火事で亡くなったのは、君と君の母親のはずだ。父親は無事だったろう？」

少年は頷く。

「ホテルのフロントにいた人は、君の父親なのか？」

「そうです。父は僕と母が死んだあと、別のホテルで働いていました。それから戦争があって……気がつくとここにいました。僕がここで父を待っていたのか、父がここに来て僕を待っていたのか、わかりません。そういうことも全部、曖昧になってしまうから。わかるのは、父はここで母を待っているんだろうということだけです」

「待っている？」

「ここにいる人は、みんな誰かを待っています。会えることもあれば、会えないこともある。会えない相手は、もしかしたらもう天国に行っているのかもしれません。成仏とか輪廻（りんね）とか、そういうことは僕にはわからないけど」

少年の学生服はまだ新しく、肩や袖のあたりが少し余っていた。たぶん中学に上がって間もなかったんだろう。成仏や輪廻なんて単語はまったくそぐわない。落ち着いた大人びた喋り方もそぐわなかった。

「……ここは」

足音がして、広瀬が康の隣に来た。

「ここは天国じゃないのか？」

少年は静かに首を振った。

「違います。ホテルです。滞在するところです」

滞在するところ。ホテルマンの男性——この少年の父親もそう言っていたことを康は思い出した。

広瀬はさらに少年に訊く。

「ここで目的を果たしたら、天国へ行くのか？」

「そうかもしれません。でも、死んだ人の魂が最後にどこへ行くのかなんて、僕にはわからない。あなたは知っているんですか？」

広瀬は絶句した。ややあって、おそるおそる口をひらく。

「彼女は……私を恨んでいるのか」

「ここには相手を恨んでいる人は来ません。ただ、会いたいだけだと思います」

「……」

広瀬はうつむいて黙り込んでしまった。康は前に出た。

「じゃあ」

ほとんど少年につめよる形になる。少年は康を見上げた。

澄んだ綺麗な目だ。瞳の中の、太陽のフレアのような虹彩が見える。頬にふんわりと産毛が生えているのまで見えた。こんなにたしかな質感を持って、目の前にいるのに。

「じゃあ、俺たちも全員……もう死んでいるのか？」

「――いえ」

一泊おいて、少年は静かに答えた。

「ここには生きている人も来ます。あなたがたのように」

康は目を見ひらき、短く息を吸った。

「どうして、どうやって来るのか、僕にはわかりません。どうしても会いたい人がいるのかもしれないし、死者に呼ばれて来るのかもしれない。ここはたぶん……二つの世界の中間にある場所なんです。人は双方からやってきて、滞在していく。そして滞在を終えると、帰っていく」

「帰る？　どこへ？」

「その人が帰るべき場所へ」

「どうすれば帰れるんだ？」

「わかりません。でもたぶん、帰りたいと強く願えば帰れるんだと思います。来た時と同じように」

「俺は別にここに来たいと思って来たわけじゃない」

「あなたはたぶん、一緒にいた人に巻き込まれたんでしょう。たまにそういう人がいるんです。ここに来たいと願っていた人と、なんらかの繋がりを持っている。あの小さな女の子もそうだ。母親が望んだんでしょう」

「……」

　康は深く息を吸って、吐き出した。ぎゅっと拳を握りしめる。爪が手のひらに食い込んで少し痛かった。

　この体。この心臓。体ごとここへ来ているのか、それとも魂だけ——そう呼ばれるものが本当にあるなら——なのかはわからないが、それでも自分は生きていると感じる。そう信じる。

（絶対に生きて帰ってやる）

「この迷路からは、どう行けば出られるんだ？」

「あなたの行き先が出口なら、歩いているうちに出られます。行き先がこの泉なら、ここに来ます」

　なんだそれは、と思ったが、どうせこの場所全体がわけがわからない。すぐにホテルへ戻ろうと、康は踵を返しかけた。ふと思いついて、少年を振り返る。

「そうだ、君の名前は？」

「——」

少年は虚を突かれたように目を丸くした。そんな表情をすると、ようやく年齢相応に見える。

「……名前を訊かれるのも、名乗るのも、ひさしぶりだな」

はにかんで小さく笑う。きっと生きていた頃はそうだったんだろうと思わせる、子供らしい仕草だった。

「光也（みつや）といいます」

「そう。俺は康。森崎康」

それだけ言って、康は速足で迷路に向かった。生け垣の道に足を踏み入れる。広瀬はついてこなかった。

適当に角を曲がっているうちにすぐに方向がわからなくなったが、かまわず歩いた。陽はそろそろ中天に昇っているはずなのに、あいかわらず空には太陽が見えない。でも、明るい。明るいのに、生け垣にも自分にも影がない。影がないことに気づいてぞっとしたが、恐怖を振り切るように、ほとんど走って迷路を抜けた。

光也という少年の言ったとおりだった。いつのまにか出口に来ていた。迷路を出て、目の前に聳え立つ城のような建物を見上げる。走ってきたせいで息が弾んでいた。心臓がドクドクと脈打っているのがわかる。

俺は生きている。

（春希さんもだ）

早く、一緒にここを出なくちゃいけない。

玄関の両扉を押し開けて、中に入った。大階段を上がって、ピアノのあるサロンを探す。なにしろ広く、たくさんの部屋がある建物だが、建物の構造を把握して覚えるのは得意だった。

客室以外の部屋を目印に進んでいくと、かすかにピアノの音が聞こえてくる。

「春希さん！」

康は両手でサロンの扉を押し開けた。

瞬間、息を呑んで立ち尽くした。

「——」

そこに月彦がいた。

この部屋を出た時と同じように、春希がピアノを弾いている。その背後に、月彦が立っていた。うしろから手を伸ばして、春希と一緒に鍵盤(けんばん)に指を走らせている。二人でひとつの曲を弾いているのだ。

叔父は背が高く、いつも少し猫背気味だった。今も背をかがめて、長い手足をもてあましているように見える。キャメルのジャケット。コーデュロイのズボン。髪に寝ぐせがついていた。いつもそうだった。いい大人で、立派な仕事をしているのに、あちこち隙がある人だった。

その生前の姿と。

少しも変わらなかった。まったく同じだった。寸分たがわず。何から何まで。仮によく似ている人や一卵性の双子がいたとしても、きっとここまで〝同じ〟じゃないだろう。

「……嘘だろう」

異常な状況に放り込まれ、信じかけてはいた。古い写真と同じ姿の少年を目の当たりにして、信じられないけどそうなんだろうと思いもした。

でも、光也と名乗る少年も、昨夜の広瀬の愛人も、生きていた頃に会ったことはない。だから、実感として〝死者がそこにいる〟と感じたわけじゃなかった。

けれどもう、だめだった。疑う余地がなかった。目の前にいる叔父の姿は圧倒的だった。康は亡くなった時の月彦も、葬儀で棺に横たわった姿も、火葬場から出てきた時の骨になった姿も見ている。

なのに、そこにいる。生きて——そうとしか見えない——動いている。

その髪の寝ぐせが、眼鏡の奥の優しげな瞳が、唇に浮かんだ微笑みが、康を打ちのめした。

鳥肌が立った。

「叔父さん……」

曲が終わった。春希と月彦が同時に鍵盤から指を上げる。春希は放心したような顔をしていた。

ゆっくりと、月彦がこちらを振り返った。

「——やあ、康」

同じ笑顔。同じ声で。

「ひさしぶりだね」

まるでしばらく会わずにいただけみたいに。悲しいことなんて、何もなかったみたいに。

「――」

康はふらりとうしろによろけた。

■

春希はピアノを弾いていた。

ピアノを弾いていると、周りの音はほとんど耳に入らなくなる。目の前の鍵盤と楽譜以外、目にも入らなくなる。でも、外界と遮断されるわけじゃなかった。逆にピアノを通して外界に流れ出ていくような気がするのだ。旋律の中に溶け込み、音と一緒に駆け上がったり沈んだりする。高く、遠く、深く、自分の体では行けないところまで行くことができる。

——うん、わかるよ。

昔から自分の気持ちを言葉で表現するのが苦手だった。でも彼にはわかってほしくて、わかってくれそうな気がして、一生懸命に話した。そうしたら、わかるよ、と言ってくれたのだ。僕もそんなふうに音を通して遠くまで行ってみたくて、音楽を続けている、と。

（先生……）

ふらふらとホテル内をさまよっていて見つけたピアノだった。ちゃんと調律されていて、とてもいい音が出る。そのピアノで、春希はオリジナルの曲を弾いていた。オリジナルといっても春希一人の曲じゃない。月彦と一緒に作っていたものだ。ピアノソナタを作ってみたくて、でも一人じゃ力不足で、月彦の力を借りていた。彼も、いつもは短い曲ばかりだから長い曲を作るのは挑戦だと楽しんでいた。

その曲は、第二楽章の途中でぶつりと途切れたままになっていた。月彦の生そのもののように。

彼と一緒に作っていたものだから、一人で完成させる気にはならなかった。楽譜は途中から真っ白だ。その楽譜を春希は旅行に持ってきていた。天国ホテルで死者に会うためには、遺品か、故人と関わりの深いものが必要だから。

この曲を弾くのは五年ぶりだった。彼が亡くなってから、一度も弾いていない。タイトルもつけていなかった。

第一楽章はソナタ形式。ずっと弾いていなかったのに、指が最初の音を押さえると、自然に続く音が流れ出てきた。空白の時間なんてなかったみたいに。指が、体が、覚えていた。

音楽は、一瞬で春希を過去に連れていってくれる。音があの頃の空気と時間を蘇らせる。そのすべてに、彼がいた。どの音、どのフレーズにも。

だから、音数が増えて旋律が厚みを増したのも、あまりにも自然で見過ごしそうになるくらいだった。

気がつくと、鍵盤の上に彼の手があった。

大きくて指の長い手。闘病生活をしていた頃の痩せた手じゃない。鍵盤の上で自由自在に動き、いつも春希を導いてくれた手だ。

「……せ」

喉が詰まって、すぐには声が出なかった。呼吸が震えて指が乱れて、ミスタッチをした。

「春希、集中して」

頭上から彼の声が降ってきた。

時々、こんなふうに彼がうしろから手を伸ばして一緒に弾いてくれることがあった。特に作曲を教わっていた時に。うまくできなくて気が逸れると、注意される。

「は、はい」

震える息を飲み下して、春希は目の前の鍵盤と楽譜に集中した。

振り返りたい。でも怖い。振り返ったら消えてしまいそうな気がする。

その指は鍵盤の上で、とてもかろやかに動く。春希が弾くメインの旋律に寄り添い、時に併走して、時に離れて。氷上で二人の人間が踊るアイスダンスみたいに。彼はこの曲をよく知っている。あたりまえだ。一緒に作ったんだから。だからこんなふうに弾けるのは彼だけだ。

(先生だ)

すぐそこに彼の息遣いを感じた。背中に体温すら感じる気がする。長身の彼が背後に立って身をかがめてくると、すっぽりと彼の腕の内側に入ったような気がしたものだった。この世で一番、安心できる場所だった。

(帰ってきた)

鍵盤と楽譜がじわりと滲んだ。

帰ってきた帰ってきた帰ってきた――

夢を見ているみたいだった。

「――春希さん!」

いきなりがくんと腕を引かれて、春希は我に返った。

第一楽章が終わったところだった。鍵盤から指を下ろし、春希はしばらく放心していた。自分がどこにいて何をしているのか、わからなくなっていた。

そこに、横から強く腕を引かれた。椅子から落ちそうになるところをさらに引かれて、よろけてピアノから離れる。

「な、なに」

顔を上げると、康だった。怖い顔をしている。康が部屋に入ってきたことにまったく気づかなかった。

「春希さん、帰ろう」

怖い顔のまま、康は言った。

「え…」

「こんなところにいちゃだめだ。一刻も早く出ないと」

「で、でも」

ピアノの方を振り返ろうとすると、両肩をつかまれて康の方を向かされた。康の目が怒っている。――いや、違う。怯えているように見える。

怯える？　康が？

「春希さん、お願いだから……」

両肩をつかまれた手に力が入る。康は何かにすがるような、必死な顔をしていた。彼のそんな顔を見たことがなくて、春希は目を見ひらいて見つめていた。

その時、うしろから声がした。

「――春希」

春希を呼ぶ声。彼の声。

「先…」

振り返ろうとすると、ぐっと肩を握られた。指が肩に食い込んで痛い。でも。

痛いほどのその力を、春希は全身でふりきった。

「春…」

「先生――！」

月彦がそこに立っていた。

キャメルのジャケット。コーデュロイのズボン。何度も見たことがある服だ。春希を見ている。微笑んでいる。髪にやっぱり寝ぐせがついていた。

(先生だ)

こんな夢なら、何度も見た。何事もなかったように、彼が帰ってくる夢。本当に夢なのかもしれない。触れたら消えてしまうのかもしれない。夢の中で何度も何度も、そうやって消えてしまったように。

伸ばした手の指先が月彦のジャケットに触れた。秋冬物の暖かなウールの感触。たしかに、ここにある。存在している。

「先生……!」

ドンと体ごとぶつかって、春希は月彦にしがみついた。勢いで月彦がよろける。その体を、両腕で強く抱きしめた。消えようとする幻をつかまえるように。

「春希、痛いよ」

笑い混じりの声が頭の上から降ってきた。

「春希はいくつになっても子供みたいだなあ」

ぎゅっとつぶった瞼の下で涙が滲んだ。そんなことを言うのは彼だけだ。

「先生、先生……」

ほかの言葉が出てこない。頭の中にそれしかない。その胸に顔を押しつけ、腕に力をこめた。服の下の体の存在をしっかりと感じる。その重みと、熱。ちゃんとある。体温まで感じる。

ぽんぽんと、優しく頭を撫でる感触がした。小さな子供にするみたいに。

「ただいま、春希」

顔を上げると、すぐそばに月彦の顔があった。亡くなる寸前の病み衰えた顔じゃない。入院する前、精力的に仕事をしていた頃の彼だ。眼鏡の下の目尻に優しい皺が浮かんでいた。

「会いたかったよ。春希のことが一番心配だったから」

「先生……──」

(よかった)

涙があふれ、同時に安堵が体いっぱいに水のように広がった。

よかった。帰ってきてくれた。もう離れなくていい。彼のいない世界で生きていかなくてもいい。

「俺も……会いたかったです」

今ここにある体を強く抱きしめて、春希は目を閉じた。

■

太陽のない空がゆっくりと暮れていく。

康はホテルの玄関の前の石段に腰掛けていた。目の前には緑の迷路。見える範囲に人はいない。康が座っている間、扉を出入りする人は一人もいなかった。

少し前までホテルの中をあてもなく歩いていて、女優だったという女性を見かけた。やっぱりバーにいて、まだ外は明るいのに、やっぱり酒を飲んでいた。誰かを待っている顔をして。

ふらふらと一周して玄関ロビーに戻ってきてしまった時、扉から広瀬が入ってきた。疲れた顔をしていた。結局、迷路の中に出口は見つからなかったらしい。

ロビーの真ん中まで来て、広瀬はぎくりとしたように足を止めた。視線の方向を見ると、大階段の上、柱時計のある踊り場に女性が立っていた。

昨日の人だ。昨日と同じノースリーブのブラウスに、青いスカート。微笑みを浮かべて広瀬を見つめている。

「……佳世」

広瀬の口から声が漏れた。

「佳世、すまなかった。君をあんなふうに一人で死なせて」

髪はぼさぼさで、ワイシャツは皺だらけで。そんな姿で、広瀬は今までで一番人間らしく見えた。普通の、情けないところのある一人の男に見えた。

女性がゆっくりと階段を降りてくる。

「俺を恨んでいるだろうな。当然だ。恨んでいいんだ。君にはひどいことをした」

「……恨んでなんかいません」

歩み寄った女性は、広瀬の少し前で立ち止まった。

「私、ただあなたを待っていたの」

ゆっくりと手を差し伸べる。

「一度でいいから、会社とか、奥さんとか、あなたが背負っているもの全部を置き去りにして、ただ私に会いにきてほしかった……」

「――」

広瀬の顔がぐしゃりと歪んだ。

女性を引き寄せて、かき抱く。彼女の肩に顔を伏せた広瀬の口から、咽び泣く声が漏れた。

佳世、佳世、と壊れたように名前を呼んでいる。エリート然とした立派な男が、あんなふうに泣くなんて。ほっそりした女性相手なのに、広瀬の方がすがっているように見えた。

彼女は幼子を抱くように広瀬を抱き、髪を優しく撫でる。その顔に、陶然とした笑みが浮かんだ。

「嬉しい――……」

「…っ」

康は唇を噛んでその光景から顔を背け、大股で歩み去った。

それからまたホテルの中をさまよい、疲れきって玄関の前で座り込んだ。どのくらい時間がたったのかわからない。ずいぶん長い間座っていた気もするし、ほんの少しの気もした。ここでは時間というものがひどく曖昧だ。玄関ロビーには音の鳴る柱時計があるけれど、朝晩の食事の時間にしか鳴らないらしく、ずっと沈黙している。

唯一、時の経過を感じるのは空だ。いや、太陽も雲もないから、朝日も夕焼け空もここには存在しない。ただ空気全体がゆっくりと陰っていくだけだ。それでも、昼と夜の区別をつけることはできた。

いま、空は少しずつ暮れていっている。康の前には生け垣の迷路が広がり、背後には大きな城が聳え立っている。けれど巨大な城も迷路も、どこにも影を作っていなかった。

どこかで赤ん坊の泣き声がした。康は思わず顔を歪めて、髪に両手を突っ込んだ。

あの泣き声の持ち主は、まだ幼いうちに亡くなったんだろうか。けれど赤ん坊が自らここに来たいと望むはずがない。誰かが――きっと親だろう――呼び戻したのか。それとも死んだ誰かに会いたいと願った人が、赤ん坊を一緒に連れてきたのか。

どっちにしても、悲しいことだ。普段ならなんでもない赤ちゃんの泣き声がやりきれなくて、康は膝の上の腕に顔を伏せた。

——会いたかったよ。

目を閉じると、叔父の優しい微笑みが瞼の裏に蘇る。

叔父はここで春希を待っていたんだろうか。それとも、春希が叔父を呼び寄せたのか。

（どっちでも同じか）

はっきりしているのは、自分は部外者だということだ。あそこに、康の居場所はなかった。

康にとって武蔵野の月彦叔父は、歳が近く独身なせいもあって、気安い存在だった。小さい頃は親戚が集まる場ではいつも月彦が康の相手をしてくれた。一人っ子だから兄のように思っていたし、好きなことを仕事にしているところを尊敬していた。

月彦が教え子を下宿させていることは聞いていた。武蔵野の家は一人暮らしには広すぎるし、面倒見のいい叔父貴らしいと思っていた。実際に会った春希は、思ったよりも偏屈で愛想がなくて偏食が激しかったけど、彼の弾くピアノの音は綺麗だったし、叔父がかわいがっているのもわかる気がした。

「森崎くんって、先生にぜんぜん似てないよな」

武蔵野で暮らし始めてしばらくした頃、春希に言われた。

「康でいいよ。でも、背が高いのは波多野の血だって言われてるぜ？　うちの母親は小さいけど、母方のじいさんもひいじいさんもでかい人だったらしいから」

「似てないよ。だって音楽やらないし、スポーツマンだし、声も大きいし、よく食べるし……」

ぶつぶつと文句を並べ立てる顔は、なんだか拗ねているみたいだ。春希は年上で、黙って立っていれば少し近寄りがたい雰囲気のある綺麗な男だったが、月彦がからむとたんに子供みたいになる。似ていないことが気に入らないのかと、ちょっとむっとした。

「似てなくたっていいだろ。うちの母親も音楽やらないし。スポーツするのが悪いのかよ。けっこうバレー部が強い学校で、俺、エースアタッカーだったんだぜ」

「別に悪くないけど……でも、世界が違う感じ」

春希はつんと顔を背けた。

（世界が違うってなんだよ）

叔父には素直な顔で話すのに、顔を背けると、とたんに冷たく取りつく島がなくなる。なんだかちょっと——おもしろくなかった。

（麗しい師弟愛だよな）

半分揶揄するように、半分くやしまぎれに、そう思っていた。生徒をかわいがる教師と、一途に慕う生徒。

その見方が変わったのは、月彦が倒れてからだ。

春希はひどくショックを受けて、動揺した。恩師なんだから、それは当然だろう。遠い病院まで甲斐甲斐しく通っていた。

本当の病名を本人から聞かされた日、春希は病院から帰ってくると、離れに直行した。そして深夜になっても、母屋に戻ってこなかった。

康は離れまで様子を見にいった。明かりをつけたまま眠ってしまっているんじゃないかと思ったからだ。離れの建物に近づくと、音楽が聞こえてきた。ピアノじゃなくてオーケストラの音だ。レコードをかけているらしい。カーテンが開いていて、中に春希がいた。

春希は泣いていた。身も世もないほど。ピアノの部屋は壁に防音材を入れている。それでも漏れ聞こえるんだから、レコードの音はけっこう大きいんだろう。春希の泣き声は聞こえなかった。

春希は床にしゃがみ込み、握った拳を床に叩(たた)きつけていた。いつもはとても手を大事にしているのに。うつむいた顔は半分髪で隠れていたが、ぽたぽたと涙が落ちるのが見えた。その口から吐き出されている慟哭(どうこく)が聞こえなくても――聞こえないからこそ、形のあるもののように康の胸を打った。

見てはいけないものを見た気がして、康は何も言わずに母屋に帰った。

叔父の入院が長引くと、春希は離れにこもることが多くなった。病状が悪化するごとに、その顔から表情が消えていった。

もともと春希は表情に乏しいところがある。でも、叔父の前ではよく笑っていた。全開で笑うわけじゃない。人見知りの子供が気を許した相手にだけ見せるような、ゴツゴツした黒い石の中で原石の結晶がちかりと光るような、そんな笑顔だ。

そんな顔を向けられる叔父が、内心では――羨ましかった。

一進一退を繰り返していた月彦の病状がいよいよ悪くなった頃のことだ。大学で課題があってどうしても抜けられず、遅い時間に病院に行った。病室には春希がいるはずだった。もう眠っているかもしれないと、個室のドアをそっと開けた。

叔父はベッドに横たわって目を閉じていた。脇の椅子に春希が座っている。ベッドに顔を伏せていて、眠っているのかと思った。

その肩が震えているのを見て、康は動きを止めた。

声をかけられずに見ていると、しばらくして春希はゆっくりと身を起こした。

掛布団から出ていた月彦の手を、両手で握る。枕元の小さな明かりにぼんやりと顔が浮かび上がった。泣き腫らした瞼。涙の跡。無防備で、剝き出しで――全部をさらけ出している顔だ。

目を伏せて、春希は痩せて骨ばった月彦の手の甲にキスをした。

「――」

康は小さく後ずさった。

気配に気づいたのか、春希がぱっとこちらを見た。目が合う。白く血の気のなかった頰に、さあっと朱の色が昇った。

その血の色を見て、わかった。瞬時に納得した。

「ごめん」

ひとこと言ってドアを閉じて、康は病室を離れた。脇目もふらずに速足で歩いて、建物の外に出た。

秋が深まっていて、夜気が冷たかった。足元に丸まった枯葉がかさかさと転がってくる。タクシーが停まっている車回しを過ぎ、病院の門まで来てやっと、康は足を止めた。

ああ、と思った。足をすくわれるような気持ちと納得が、同時に来た。

あの人は叔父貴を好きなんだ。

あの笑みも、まっすぐに見つめる目も、ぜんぶ叔父貴のためだけのものなんだ。

二人は恋人同士なんだろうか。いや、たぶん違うだろう。そんな素振りはなかったし、叔父は隠し通せるほど器用じゃない。それに叔父には以前、結婚目前まで行った恋人がいたと母から聞いたことがあった。その相手とは別れたようだけど。

（……片想い、か）

空を仰ぐと、秋の冴えた夜空に月が昇っていた。満月に近い綺麗な形だ。夜空のほかのどの天体よりも大きく明るく、けれど太陽のようには眩しくない優しい光で、夜を照らしてくれる。

皮肉な名前だな、と思った。高い空にある月に憧れるように、春希は月彦に憧れていた。その感情は、恋一色のものとは少し違うように思える。もっと純粋で、綺麗なものだ。

その対象が消えたら――夜空から月が消えたら、春希はどうなるんだろう?

それからひと月を待たずに、月彦は亡くなった。いつも音楽があふれていた武蔵野の家は、明かりが消えたように静かになった。


「――パパ!」

高くはずんだ声が聞こえて、康はびくりと頭を起こした。

目の前の緑の迷路を見て、一瞬で過去から引き戻される。空はさっきよりも暗くなっていた。でも気温が下がっているということはない。暑くもなく寒くもなく、ここでは天気も気温も一定して変わらないようだ。太陽が昇ることも沈むこともないように。

「パパ、早く!」

生垣の向こうから聞こえてくる声に、心臓がどくどくと脈打ち始める。のどかで明るい声なのに、康は体を強張らせた。

「ほら、見て。お城みたいなんだよ!」

迷路の出口から、紗彩(さあや)が出てきた。

楽しそうに笑って、男の人の手を引いて。

「ああ、本当だ。絵本に出てくるお城みたいだねえ」

三十代くらいの男性だった。少し太り気味で人の良さそうな丸顔をしていて、にこにこと笑っている。あまりお洒落じゃないポロシャツにジーンズ姿で、日曜日のお父さんって感じだ。見た目そのままに、きっといいパパだったんだろう。紗彩は男性の手を取って振り回しながら飛び跳ねている。嬉しくてじっとしていられないらしい。ツインテールがぴょんぴょんとうさぎの耳のように跳ねた。

「あのねあのね、お部屋もきれいなんだよ。ベッドがふかふかなの。パパ、紗彩といっしょにねる？」

「紗彩がおねしょしないならな」

「もう！　パパのいじわる！　紗彩、もうおねしょなんかしないもん。もう赤ちゃんじゃないもん」

むくれて見せる娘に、父親はとろけそうな顔で笑った。

「はは。そうかそうか。ちょっと見ない間に紗彩はおっきくなったなあ」

「そうだよ！　パパちっとも帰ってこないから、紗彩おっきくなっちゃったんだから。パパがいけないいんだからね」

「ごめんごめん」

手をつないで歩いてきた親子は、康のかたわらを並んで通り過ぎた。二人の笑顔と明るい声が、風のように康を撫でていった。

「マーマ！　早く。おいてっちゃうよ！」

　石段の上で、紗彩が迷路を振り返った。

「紗彩、待ってったら」

　迷路から出てきた響子（きょうこ）は、これまで見てきた中で一番明るい、輝くような笑顔を作っていた。内側に火が灯ったみたいだ。元から顔立ちは整った人だったが、これまでで一番美人に見えた。

「もう。見失っちゃうから走らないでって言ったじゃない」

　響子は康に目を留めて軽く頭を下げたが、それ以上かまうことなく、かろやかに石段を上がっていった。秋によく似合うオリーブ色のスカートがふわりと翻（ひるがえ）った。

「……」

　康は立てた膝の上で拳をぎゅっと握った。

　心臓はまだどくどくと脈打っている。紗彩と父親が現れてから無意識に息をつめていて、三人が建物の中に消えてようやく、長く息を吐いた。

　あの、笑顔。

　幼い紗彩の、心がはずんでスキップをしているような顔。愛する夫に再会した響子の、全身から喜びをあふれさせている顔。二人にあんな顔をさせられるのは、きっと父親だけなのだ。

　現実にはもういない、彼だけ。

「ちくしょう……――」

康はふたたび膝の上に顔を伏せた。康の背後には巨大な城が聳え立ち、それはぐるりと中庭を、この世界を覆っている。出口はない。

ずらりと並んでいる窓のどこかから、ピアノの音が聴こえてきた。康は顔を伏せたまま、両耳を手で塞いだ。

さっきから胸の表面に浮かび上がっては押し戻していた問いが、紗彩と響子の笑顔を目にして、はっきりと形になった。

――春希はここにいた方がしあわせなんだろうか？

■

夢の続きを見ているみたいだった。

「先生……さわっても、いいですか」

「ん？　どうぞ」

月彦は笑って首を傾げた。同じだ。生きていた頃とまったく同じ。時々こんなふうに、ちょっとだけ困ったような、しょうがないなあという顔で笑ってくれることがあった。目尻に優しい皺を浮かべて。

春希はその顔が好きだった。もう彼に出会った頃の中学生じゃない。自分はかわいげのあるタイプじゃない。だけど彼の前にいると、隠れていた部分——弱い自分や子供の自分を、まるごと認めて受け入れてもらえる気がした。

片手を伸ばして、月彦の頬に触れる。少し乾いた感触。でも、充分に張りがあって生き生きしている。指でたどると、顎(あご)の裏に剃り残した髭(ひげ)の感触があった。

亡くなる寸前の人形のような皮膚じゃない。元気だった頃の月彦だ。ちゃんと体温があって、血が通っている。生きている。生きているようにしか見えない。触れられる。ここにいる。

胸がいっぱいになった。

「……よかった」

目を伏せて、春希は吐息をこぼした。

もしかして、あっちの方が夢だったんじゃないか。月彦が死んだ、あの世界の方が。そんなふうに思ってしまうくらい、目の前にいる月彦の感触はリアルで、本物だった。

「春希も元気そうでよかった。心配してたんだよ。君は感情を表に出すのが苦手で、誤解されやすいから」

目を上げると、優しい目が春希を見ていた。

「康とはうまくやってる？」

「はい。あの……話したいことがいっぱいあるんです」

「うん。僕も聞きたいな。座ろうか」

グランドピアノのあるこの部屋はサロンのような設え（しつら）になっていて、ティーテーブルと椅子がゆったりした間隔で置かれていた。そのひとつに腰かける。

「あの……俺、いまピアノ教室をひらいているんです」

「へえ。春希が。あの家の離れで？」

「はい。先生が遺してくれたから」

両親が亡くなっているので、武蔵野（むさしの）の土地と家は月彦と姉の共有名義になっていた。月彦の死後、名義は姉一人になったが、彼女は静岡に嫁いでいる。この先東京に戻る予定はないので、いずれ一人息子の康が継ぐことになっていた。

だが離れに置かれているものは、グランドピアノや膨大なレコードのコレクション、シンセサイザーやシーケンサーを含め、すべて春希に譲ると月彦は生前に言い残していた。彼の姉も了解している。彼女も康も、離れは好きに使っていいし、このまま母屋に住んでかまわないと言ってくれていた。月彦にとって、春希は家族同然だったからと。

「俺……先生がいなくなって、どうしたらいいのかわからなくて。そしたら康が、会社の人の子供がピアノを習いたがってるから、教えてあげてくれないかって。人に教えるなんて、自分にできるか不安だったんだけど」

「子供に教えると、自分も教わることがたくさんあるだろう」

「そう！　そうなんです。初めてピアノにさわった時のことを思い出すし、先生が教えてくれたことで、今になってわかったことがたくさんあります。それに子供ってすごく吸収が早いし、時々びっくりするくらいカンのいい子もいて……生徒が上手に弾けるようになるのって嬉しいです」

「そうだね」

月彦は穏やかな笑みを浮かべて聞いている。春希は普段は口下手な方だが、話したいことは次から次へと湧き出てきた。

「それに作曲の仕事もしてるんです。先生の仕事先だったプロデューサーさんや広告会社の人が、作った曲を聴いてくれて、依頼をくれたり紹介してもらえるようになって。でも、注文通りの曲を作るのって難しいです。まだ短いものばかりだけど」

「春希は曲が自然に出てくるタイプだからなあ。歌を乗せるものの方が向いてるかもしれないね。ちょっと聴かせてくれる？」

「はい」

ピアノの前に戻って、椅子に座った。月彦は左隣に立つ。演奏や作曲を教わっていた時の定位置だ。左側の高い位置から、穏やかで、でも的確な声が降ってくる。ずっと続けてきたことと同じだ。何ひとつ変わらない。

春希が作った曲についていくつかアドバイスをもらい、それからまた、ピアノソナタの楽譜をひらいた。二人で作っていた曲。第二楽章の途中で止まったままだ。

「これ……続きを一緒に作ってもらえませんか」

「もちろん」

にこりと笑んで、月彦は春希の隣に椅子を持ってきた。月彦が隣にいると、音が自然に流れ出てくる。止まっていた楽譜のその先まで、指が動いた。

「ここは主題を繰り返すんだね。でもこのままだと少し寂しいから、たとえばこういう和音を足して……」

鍵盤を押さえてみせてから、月彦はジャケットのポケットから万年筆を取り出した。キャップを開けて、楽譜に音符を走り書きする。

彼が楽譜を書くのにいつも使っていた万年筆だ。今は彼の姉が形見として持っているはずだった。それとまったく同じものだ。筆跡も同じ。彼は音符の書き方に独特の癖があって、いつも春希がパソコンで清書をしていた。

この楽譜に、新しい音を加えていくことができるなんて。止まっていた――二度と動き出すはずのなかった時間が、音楽になって流れ出した。

「春希は音がやわらかく、豊かになったね」

「え…、本当ですか」

「うん。子供とピアノを弾いていることがいい刺激になってるんじゃないかな」

彼がいなくなって五年だ。春希にとっては、長い五年間だった。けれど二人で作る音楽は、その五年の月日をあっという間に埋めてくれる気がした。

「今日はこれくらいにしようか」

数枚の五線譜を手書きの音符で埋めて、彼は万年筆のキャップを閉めた。

お茶でも飲もうかと言われ、サロンを出る。廊下を適当に歩いて、行きあたったティールームに入った。

ティールームでは、滞在客がちらほらとお茶を飲んでいた。二人掛けのテーブルに腰掛けると制服姿のウエイターがやってきて、注文を取っていった。

紅茶はポットでサーブされた。揃いの美しいカップに注ぐと、紅い液体が躍ってふわりと湯気が立つ。でも、香りは感じなかった。気持ちが昂(たか)ぶっているからかもしれない。味もよくわからなかった。

そのあと、一緒に図書室に行った。図書室は広く、呆(あき)れるほどたくさんの本棚が林立している。一生かかっても読みきれないんじゃないかと思うくらいだ。

だけど中の一冊をひらいてみて、春希は愕然(がくぜん)とした。

真っ白だ。めくってもめくっても、何も書かれていない白いページが続いている。高級感のある装丁の本だが、タイトルも書かれていなかった。別の本をめくってみても、同じだ。

昨日もここに来たけれど、月彦の姿を探すのに必死で、本なんて見ていなかった。図書室にも人がいて思い思いの場所で本をひらいているが、背後から覗(のぞ)いてみても、やっぱり何も書かれていない。なのに彼らは、普通に本を読んでいる顔でページをめくっていた。

「先生……」

狼狽(ろうばい)して月彦を振り返ったが、彼は本を一冊選んで閲覧用の椅子に座っていた。何も書かれていない本を、静かに読み始めている。

「……」

春希はごくりと唾(つば)を呑んだ。文字が見えないのは、自分だけなのかもしれない。

黙って月彦の隣の席に腰かける。適当に本をひらいて、読むふりをした。

ボーン、ボーン、と長く尾を引く音が鳴り響いて、はっとした。

いつのまにかずいぶん時間がたっていたらしい。でも、時間の感覚がなかった。昨日からずっとそうだ。寝ても覚めても、時間が過ぎたのか過ぎていないのかよくわからない。ホテル内に時計がないように、ここには時間というものが存在しないように思える。唯一存在するのが、玄関ロビーにある大きな柱時計だ。

その時計が、大きく七つ鳴った。

「春希、食事に行こうか」

月彦はこのホテルのルールを了解しているようだった。おもむろに歩き出す人に混じって、一階のダイニングホールに行った。

広いダイニングホールに、ぱらぱらと人が集まってきている。でも、人の数より椅子の数の方がずっと多い。図書室のような棚がないぶん、よけいにがらんと広く感じた。テーブルの間を黒服のウエイターが影のように動き回っている。

「……康はどこへ行ったんだろう」

春希は人の中に康の姿を探した。月彦と再会した時に、彼の手を振りきってしまったままだ。見つからない。バスのほかの乗客もいなかった。人はそれなりにいるのに、なんだか客たちも全員、ウエイターと同じく存在感が薄い。

「春希？」

「あ…、はい」

月彦に促されてテーブルにつき、メニューを広げた。が、メニューもやっぱり真っ白だ。何も書かれていない。なのに月彦もほかの客も、なんの疑問も持たない顔で眺めている。

「あの……あまりお腹が減っていないので、コーヒーだけで」

「春希は小食だからなあ」

思い返すと、食事は昨日の昼に康とふもとのレストランで食べたきりだった。バスに乗る前のことだ。あれから丸一日以上がたっている。なのに、空腹感はまるでなかった。食欲も感じない。いくら小食でも、体が要求するはずなのに。

「じゃあ、スープとサラダはどう？　それくらいなら食べられるだろう」

「はい…」

ウエイターにオーダーすると、ほどなく春希の前にスープとサラダが運ばれてきた。スープはポタージュで、パセリとクルトンが浮いている。サラダはみずみずしそうな野菜が彩り鮮やかに盛られていた。

けれど、湯気の立つスープに顔を近づけても、匂いがまったくしなかった。紅茶と同じに。見た目は高級レストランの料理のようにおいしそうなのに。

「春希、食べないのかい」

「あ、は、はい」

月彦がオーダーしたのはビーフシチューだった。濃厚そうなデミグラスソースの中に、大ぶりの肉と野菜がたっぷり入っている。月彦はそれを、とてもおいしそうに食べた。彼は料理が上手いし、いつもおいしそうに食べる。その生前の姿とまったく変わらなかった。

春希はスプーンを手に取り、ポタージュをすくった。

とろりとしたクリーミィな質感。温かそうな湯気。ここに存在しているようにしか見えない。目の前に月彦が存在しているように。

スプーンを口に持っていき、ひと口含んだ。

やっぱり、味がしなかった。湯気を上げているのに、温度も感じない。サラダの野菜はどれも採れたてのように新鮮でドレッシングがかかっていたけれど、同じようになんの味もしなかった。

「……」

ふっと、目の前の食器やテーブルや、足をついている床の存在が揺らいだ気がした。

あらためて、ここはいったいなんなんだと思った。ここはどこで、自分の前で湯気を上げているこのスープはなんなんだろう。

そして目の前にいる彼は――

ごくりと、ポタージュが喉(のど)を通った。

（……でも、なんだっていい）

だって、彼が帰ってきたんだから。それだけで充分だ。

「おいしいです」

そう言って、春希は笑みを作った。


「今日は疲れたな。早く寝ることにするよ」

食べた気のしない食事を終え、ダイニングホールを出て二階の春希の部屋まで一緒に歩いた。

月彦は部屋の鍵を持っていた。同じフロアにある部屋だ。

「おやすみ。また明日」

春希の部屋のドアの前で、微笑んでそう言った。

また明日。

「あの」

春希は反射的に口をひらいた。

「あの……先生はいつまでここにいられるんですか」

月彦はにこりと笑った。

「春希が望むだけ」

——望むだけ？

「じゃあね。おやすみ。ゆっくり眠るといい」

春希が何も返さないうちに、月彦は背中を向けて歩み去っていった。少し離れた部屋のドアを開け、中に姿を消す。バタンとドアが閉まる音がした。

春希はあたりを見回した。まっすぐに長い廊下が続き、延々とドアが並んでいる。こんなにたくさん部屋があるのに、いまは人の姿は見えない。急に、ひどく心細くなった。

康の部屋はどこだろう。康はどこへ行ったんだろう。

「……康」

自分の部屋には入らず、春希はふらふらと歩き出した。

ダイニングホールで味も匂いもしない食事をしている間、春希はずっと、あの時と同じだ、と考えていた。月彦が死んだ時と。

あの時も、食欲がなかった。何を食べても味がしなかった。吐くこともあった。重くて冷たいものを体に詰め込まれているようで、時間の感覚がなく、現実感がなかった。現実から逃げていた。

（……でも、康が）

そうだった。思い出した。康がいたから——

容態が悪くなってからは月彦の姉が来ていたし、葬儀の前後は親戚や葬儀会社の人が出入りしていて、家の中はずっとざわついていた。春希には、その間の記憶があまりない。茫然としているうちに全部が過ぎていった。

ようやく人がいなくなってからも、春希は離れに閉じこもっていた。ピアノは弾かなかった。レコードもかけなかった。何もせず、考えず、何も感じないようにして、時間をやり過ごしていた。

そうしたら——突然、康が言い出したのだ。腹が減った、と。

「もうインスタントは飽きたんだよ。メシ作るから、手伝って」

宣言するように言って、康は春希を離れから連れ出した。ちょっと怖い顔をしていた。手を引かれ、半ば引きずられるように、春希は母屋の台所に連れていかれた。

台所のテーブルには肉や野菜がたくさん積まれていた。康が買い込んできたらしい。とりあえず目につくものをカゴに放り込んだという感じで、大量で脈絡のない食材の山だった。

それを見て、春希は目を瞬かせた。ぼんやりと現実感がなく薄暗い世界に、急にはっきりとした現実が入り込んできた気がした。カラフルな色がついて、しっかりとした質感を持った現実が。

「カレー作るから。俺はたまねぎ切るから、春希さんじゃがいもの皮剝いて」

カレーライスは、好き嫌いが多い春希と、がっつり食べたい康の、共通の好きな料理だった。月彦がよく作ってくれた。

「……俺はいらない」

春希はうつむいて首を振った。

「だめだ。春希さんろくに食ってないだろ。ちゃんと食わないと」

康は春希の手首をつかんで持ち上げ、手のひらにぽんとじゃがいもを載せた。

「ほら」

じゃがいもはごろんと大きく、しっかりと重かった。

「俺らは生きてるんだからさ」

「――」

康はいつでも正しいことを言う。まっすぐに。腹が立つほど清々しく。

ひどく重たいものを手に載せられた気がした。体に力が入らず、春希はすとんと椅子に腰を落とした。

冷えていた台所に火が入り、湯気が上がるのを眺めているのは変な気分だった。トン、トン、とぎこちなく響く包丁の音。ジャーと勢いよく炒める音。料理をしている背中。

康がカレーを煮込み始めると、台所いっぱいにスパイシーな匂いが立ち込めた。家の中のどこにいてもわかる、強い匂いだ。その匂いに刺激されて、春希の胃がキュウとかぼそく鳴った。

「――……」

涙が出た。

悲しくて、くやしくて。

こんなに理不尽なことはないと思った。食事を忘れていても、食べたくなくても、作る人がいなくなっても、体はおかまいなしに食べ物を要求する。あさましく、自分勝手だ。命を入れるためのただの入れ物なのに。

「…う…、っ…」

春希がうつむいて肩を震わせていても、康はかまわず料理を続けた。炊飯器からは白い蒸気が上がっている。

「できたよ」

康は春希の前にどんとカレーライスを置いた。大盛りだった。

「うーん？　ちょっと失敗したかな。まあいいか。今度はもっとうまく作るよ」

康が食べ始めても、春希は皿を見つめたまま動かなかった。すると康は椅子を立ち、春希のうしろにやってきた。背後から手を回して、春希の手にスプーンを握らせる。

「食べてくれよ」

「……」

「春希さん、食べて。お願いだから」

康らしくない懇願するような声音に、のろのろと手が動いた。

康が作ったカレーはやけに水っぽく、じゃがいもが煮崩れていて、肉が大きすぎた。月彦のカレーと比べるとおいしくない。

おいしくない、ということが、わかった。味がした。体中に、食べ物の味と熱が沁みわたった。

「――うっ……」

腹の底から、震えが湧き上がってきた。

吐くんじゃないかと思った。でも湧き上がってきたのは、涙だ。

康は黙々と食べている。山盛りだったカレーライスがどんどん康の体に消えていく。

「うっ、うっ、うあ、あっ」

子供のようにしゃくり上げて、春希は泣いた。泣きながらカレーを食べた。泣きながら食べると喉が渇いて、水をごくごく飲んだ。体中の水分が入れ替わる気がした。

二人が台所に立つようになったのは、あれからだ。掃除も洗濯も、手分けしてやるようになった。少しずつ、家の中のルールを作り上げていった。三人から二人になった家の。

康が大学を卒業して就職し、平日の夕飯は春希が、朝と休日の夜は康が作るというルールができあがる頃には、春希もなんとか料理をこなせるようになっていた。あいかわらず、生々しい肉や魚はさわれないけれど。康の方が食べるのが好きなので、料理は上手い。

あれから、五年。いつのまにか五年の月日がたった。自分はずいぶん変わった。料理ができるようになり、ピアノ教室を始め、子供たちに先生と呼ばれるようになった。

康だって変わった。生意気な大学生は立派な社会人になり、しっかりした男になった。

変わらないのは——月彦だけだ。

「……いない」

長く続く廊下をあてもなく歩いていると、玄関ロビーに出た。ロビーの上には本物のろうそくに見える大きなシャンデリアが灯っていて、ラウンジにぱらぱらと人がいるが、バスの乗客はいなかった。康も見つからない。

なんだかひどく疲れていた。春希はのろのろと自分の部屋に戻り、鍵を開けて中に入った。部屋はツインで、二つのベッドのうちのひとつを昨夜春希が使った。そのベッドは、綺麗にベッドメイクし直されている。

どさりとベッドに身を横たえた。考えなくちゃいけないことがたくさんある気がしたけれど、もう何も考えたくなくて、目を閉じた。

目を覚ますと、同じホテルの部屋だった。

美しく整えられたツインルーム。窓の外は明るい。やっぱり夢じゃなかったんだ、と身を起こした。

ずいぶん長く眠った気がするけど、どこにも時計がないので時間がわからない。ぼんやりとあたりを眺めてから、春希はベッドを出て、バスルームに入った。

バスルームには清潔なタオルとバスローブが置かれていた。熱いシャワーを浴び、バスローブをまとって出る。着替えを出すためにクローゼットに向かった時、ライティングテーブルの上に置いた楽譜ファイルが目に入った。

ゴムバンドで譜面を留めるタイプのファイルで、書きかけの楽譜が挟んである。昨日、月彦と続きを作曲したピアノソナタの楽譜だ。少し前までは、もう一度この曲の続きを書くことができるなんて、思いもしなかったのに。

春希はファイルを手に取った。それを立ったままひらく。

「――」

一瞬、思考が止まった。それから、重ねてある五線譜を忙しくめくった。

消えていた。昨日、月彦と一緒に作ったところが。

第一楽章と、二楽章の途中まではちゃんとある。月彦の生前に作った部分だ。まだ清書をしていなかったので手書きの粗い楽譜だが、月彦が書いた書き込みもちゃんと残っていた。大事にしまっていたので、インクも褪(あ)せていない。そのままだ。

でも、昨日新しく書き足した部分だけが消えていた。めくってもめくっても、五線の上には何も書かれていない。音がない。

「……どうして」

しばらく呆然と立ち尽くしてから、春希はクローゼットに向かった。中に置いていたボストンバッグから服を取り出して着替える。楽譜を挟んだファイルを持って、部屋を出た。

疲れていたせいで寝過ぎたらしく、朝食の時間は過ぎたようだった。でもあいかわらず食欲はない。ホテル内にいくつもあるラウンジやティールームにまばらに人がいた。お茶を飲んでいたり本を手にしたりしているが、何かをしているというよりも、ただぼんやりと存在しているだけに思える。ここにいる人はみんな、ホテルの付属品のように存在感がない。

昨日見つけた、グランドピアノのあるサロンのような部屋に行き着いた。誰もいない。春希はピアノの前の椅子に腰を下ろした。

急いで来たので、少し息が弾んでいた。呼吸を落ち着かせてから、春希はピアノを弾き始めた。

どのくらい弾いていたのか、気がつくと、鍵盤の上に自分のもの以外の腕があった。キャメルのジャケットに包まれた腕。鍵盤の上でなめらかに動く指。

「先生……！」

振り返ると、月彦がにこりと笑った。

よかった。ちゃんといる。消えていない。楽譜の上の音符のように彼も消えていたら、どうしようかと思った。

「先生、あの……」

言葉を探しながら見上げると、彼が言った。

「ただいま、春希」

「え…」

眼鏡の奥の優しい目。目尻に浮かぶやわらかい皺。

何ひとつ変わらない。生前の彼そのままだ。生きているとしか思えないその口をひらいて、月彦は言った。

「会いたかったよ。春希のことが一番心配だったから」

昨日と同じ台詞（せりふ）だった。

■

初めて春希に欲望を感じた日を覚えている。

それは月彦叔父が死んでちょうど一年がたった、一周忌の日だ。

俺は最低だと思った。

康は大学四年生で、就職先が決まってアルバイトをしながら卒業設計の制作をしていた。春希は音大を卒業していたが、就職はしていなかった。でも、音楽の仕事をしていた。

月彦は生前、たくさんの仕事を抱えていた。そのいくつかは未完成のまま亡くなってしまっている。春希はずっと月彦の仕事を手伝っていて、彼がキーボードにすらさわれなくなると、メロディーを口述で楽譜に起こしていた。

叔父の死後、春希は茫然としたようにしばらく何もせずにいたが、やがて月彦のやり残した仕事を形にする作業を始めた。レコード会社からはアルバム制作の話も出ていた。春希はそれらに没頭し、ようやく片がついたのが、一周忌を迎える頃だ。

法要は命日の前の休日に親戚を集めて行われていた。康の両親も静岡から来ていた。施主は康の母親で、春希は座敷の隅で控えるように静かに座っていた。

親戚の中には、月彦の死後も春希が下宿していることに渋い顔をしている者もいた。康たちは月彦の遺志だからとかばっていたが、春希は何も言葉を返さなかった。

命日の当日は、朝から静かな雨が降っていた。康と春希は、午前中に二人で墓参りに行った。波多野家の墓は、武蔵野の緑に囲まれた寺の中にある。雨に濡れた墓に、花と、出来上がったばかりのCDを供えた。ドラマや映画の音楽を数多く手がけていた月彦の代表作を集めた、メモリアルアルバムだ。春希はしゃがんで手を合わせ、長い間立ち上がらなかった。

墓参りのあとは、康は大学に行っていた。そして夕方に家に帰ると、離れからピアノの音が聞こえてきた。

（今日は命日だもんな）

遺作のCDにも収められている、月彦の曲だ。春希はピアノを弾いていると周りの音が聞こえなくなる。ドアに鍵がかかっていなかったので、康はそっと部屋に入って、ソファに腰を下ろした。

綺麗な曲だった。ヒットした映画のメインテーマで、雨の夜の印象的なシーンに使われている。メロディーも静かな雨を思わせた。春希の指先から流れ出てくる音が、叔父の墓を濡らしていた雨や、いま窓の外に降っている雨と重なる。

誰の上にも等しく降る、優しい雨。冷たくはない。静かにすべてを濡らし、心を慰め、傷を癒してくれる――

目を閉じて聴いていると、瞼の裏がじわりと滲んだ。

春希はふだんはあまり感情を表に出さず、愛想も悪い。月彦以外の人の前では鎧をまとうようなところがあった。

でも、音に全部が表れている。春希の音はとても素直で、感情豊かだ。楽しい時は笑っていて、悲しい時は泣いている。繊細すぎてはらはらとこぼれ落ちそうでも、芯はピンと強く張っている。

ふいに、ピアノを弾くその細い背中を抱きしめたくなった。

この人が笑ってくれたらいいのに。

いや、もっと泣いてくれたらいいのに。俺の目の前で。みっともなく泣きわめけばいいのに。

そうしたら――

「……なに、泣いてるんだよ」

曲が終わっていた。康は立てた片膝に顔を伏せていて、ピアノの音が消えても、しばらく顔を上げられなかった。

「俺は泣いてないよ。春希さんが泣いてるんだろ」

ジーンズの膝にひたいをあてたまま、康はくぐもった声で返した。

「泣いてない」

春希が椅子を立ってこちらに近づいてくる気配がした。

「……康」

　伏せた頭の上に、そっと手を置かれた。

「あのさ、俺……康がいてくれて、よかったよ」

「……」

　泣いていないのは本当だ。でも、顔が上げられなかった。心臓がやばい感じにドクドクと脈打っている。この感じは、まずいなと思う。

「康がここに下宿するって聞いた時は、本当はちょっと嫌だったんだ。俺、人見知りするから。馴染めなかったらどうしようって憂鬱だった」

　すぐ前に春希が膝をつく気配がした。頭の上に置かれた手はそのままだ。子供を慰めるみたいに。自分の方が、この人を慰めたいのに。

「でも、康といるの……楽しかった。康は思いもよらないことを言ったりしたりするし、俺の周りにはいないタイプで……俺、兄弟いないし、同年代の連中ともあんまり親しくしたことなかったから、最初は腹が立ったけど……康といると、先生といるのとは違う感じで怒ったり笑ったりできて、自分が自分じゃないみたいで、楽しかった」

　つっかえつっかえ、考えながら。口下手な春希がこんなに喋るのはめずらしかった。言葉を探して、がんばって喋っているのがわかる。心臓の鼓動がますます速くなった。

「それに康がいたから、先生がいなくなってもここまでやってこれたんだ。康がいなかったら、俺……」

頭に載せられていた手が、そっと離れていこうとした。

康はとっさにその手をつかんで、顔を上げた。

「——」

思ったよりも近くに春希の顔があって、目と目があった。

「春希さん」

春希は目を瞠（みは）っている。綺麗な目だった。

ピアノの音を聴いて、間近に顔を見て、その手首をつかんで、わかった。俺はこの人を——

その時、唐突に電子音が鳴り響いた。場違いに軽いメロディーだ。

「ッ、…」

心臓が胸の中で引っくり返り、康はあわてて手を放した。

「あ、お、俺の携帯」

春希がぎこちなく離れていった。

ソファの隅に置かれた春希のスマートフォンが鳴っていた。春希は電話に出て、言葉少なに会話を始めた。

（……うわ）

春希の手を放して空になった手で、康は自分の胸を押さえた。ドクドクと生々しく脈打っているのがわかる。体が、主張している。目が耳が心臓が。

俺はこの人を好きなんだ。

自覚した。自分の中の欲望を知った。

俺はこの人が欲しいんだ。この人に笑っていてほしいし、泣くなら自分のそばで泣いてほしい。みっともない泣き顔をさらしてほしい。ぐちゃぐちゃの、ぎりぎりの顔が見たい。そんな顔を見せてくれたら、優しくできるのに。優しくしたい。慰めたい。慰められるのが自分だけだったらいいのに——

「……はい、そうです。門から金木犀の木が見える家です。右側にある離れの方に来てください。母屋じゃなくて」

春希は康に背を向けて、スマートフォンに話している。

「じゃあ、よろしくお願いします」

通話を終えた背中に、声をかけた。

「誰か来るのか?」

「うん……。康、悪いけど母屋の方に行ってくれるか。今からここに業者の人が来るから」

「業者? なんの?」

少しだけためらう間があって、でも春希はあっさりと答えた。

「引っ越し」

「え」

　康は目を瞬かせた。

「見積もりを取ってもらうんだ。ピアノは専門の業者じゃないと運べないし、レコードも本も数が多いから」

　春希はピアノの前まで戻って、鍵盤の蓋を閉めた。半分だけ開けていた天板も、突上棒を外してそっと下ろす。

「――ちょっと待てよ」

　康はソファから立ち、大股で春希に近づいた。肩をつかんで、こちらを振り向かせる。

「ここから出ていくつもりなのか?」

「ああ」

「どうして」

「どうしてって……あたりまえだろう」

　目を逸らして、春希はピアノに手を置いた。

「先生がいないのに、いつまでも居候してられないよ。お姉さんにだって迷惑かけられないし。でも先生の残した仕事を終わらせるまではって思って……。やっとアルバムが出来上がったから」

「なんでだよ。うちのお袋はいいって言ってるだろ。それに離れを春希さんに遺すのは、叔父さんの遺言なんだから」

肩をつかんだ手に思わず力が入った。春希はそっと、さりげない仕草でその手をはずした。

「うん。すごくありがたいと思ってる。グランドピアノは高価だし、レコードのコレクションだって貴重なものだ。本当は赤の他人の俺が貰っちゃいけないと思う。でも、康の家の人はピアノを弾かないから……誰か知らない人のものになったり、弾かれずに置いておくくらいなら、やっぱり譲って欲しい。大切にするから」

一周忌の法要で口さがない親戚たちに文句を言われたことを、春希はやっぱり気にしていたんだろう。暗に、家賃も払っていないと責められていた。

「どこに持っていくつもりなんだよ」

「本当はピアノを置ける賃貸を借りたかったけど、俺、あんまりお金ないから。とりあえず実家に置かせてもらうことにしたんだ。でも、少しずつ作曲や伴奏の仕事を貰えるようになってるから、いずれ収入が安定したら、ちゃんとした部屋を探すよ」

春希の両親が再婚だという話は聞いていた。家は都内にあり、定期的に顔を出してはいたが、あまり実家という感じはしないと春希は言っていたはずだ。

「普通の家にグランドピアノなんて置くの大変だろ。重いし、防音だってされてないだろう」

「それはそうだけど、でもほかにないし……」

表で車のエンジン音がした。春希はぱっと窓の方を向いた。

バタンと車のドアが閉まる音がする。離れには呼び鈴がない。出ていこうとする春希の腕をつかんで引き戻し、康は自分が前に出た。

「康！」

離れの玄関から外に出ると、スーツ姿の男性が傘をさして門を入ってくるところだった。康を見て、「あっ、どうも」と頭を下げ、引っ越し会社の名を名乗る。

「見積もりに伺いましたー」

康は濡れるのもかまわず前に出て、業者の前に立った。

「わざわざ来てもらってすみません。でも、ちょっと事情が変わったんで。引っ越し取りやめになりました」

「えっ？」

「ちょっと、康。勝手に何言ってるんだよ」

春希がうしろから文句を言ってくる。康は振り返って、春希を睨みつけた。

「俺、お袋の代理だから。ここはゆくゆくは俺が継ぐんだし」

「あのー」

春希を片手で押しとどめて、戸惑った様子の業者に向き直る。

「まだ契約はしてないんですよね？」

「あ、はあ。見積もりだけですから」

「じゃあ、今日のところは帰ってもらえますか。ほんと、すみません」

康は深々と頭を下げた。

業者はわりとあっさり、「ではまたよろしくお願いします」と言って帰っていった。康は離れに戻った。春希は怒った顔でついてくる。

「なんで勝手に帰しちゃうんだよ」

「今は俺がここの家主だから。こんな広い家、下宿人くらいいてもらわないと困るだろ。それに離れなんて、ピアノ持っていかれたら使いようがないし」

「それは……誰かほかの人に貸すとか」

「春希さんはそれでいいの？」

「え」

「あの離れ、ずっと叔父さんが使ってたんだぜ。叔父さん、生まれ育ったこの家を愛してただろう。武蔵野は自然が豊かだし、こっちの方がインスピレーションが湧くからって、どれだけ仕事が忙しくても都内に部屋借りたりしなかったじゃないか。この家から、叔父さんの音楽が生まれたんだぜ」

「……」

「それに今日は叔父さんの命日だ。一周忌が過ぎたらさっさと出てくなんて、叔父さんがかわいそうだ」

「そんな……俺はそんなつもりは」

春希の心が揺れているのがわかる。本当は春希だって、ここを離れたくないはずだ。自分は卑怯だ。叔父への想いを人質に取って、春希をここに縛りつけようとしている。

でも、卑怯でよかった。離したくなかった。

「そうだ。俺、いま就職先の事務所でバイトさせてもらってるだろ。そこの社員で近くに住んでる人がいて、娘さんがピアノ習いたがってるって言ってたんだよ。春希さん、教えてあげたら？」

「え…」

「作曲の仕事とかは、そうすぐには増えないだろ。だったらここでピアノ教室やればいいよ。音大のピアノ科出てるんだし。で、生徒が増えたら、うちの母親に家賃払ってくれよ。古い家だから安くていいからさ。そうすれば、親戚連中も文句いわないだろ。離れを有効活用できて、うちも助かるし」

「……」

「それに前にも言ったけど、俺、春希さんのピアノの音好きだから。時々弾いて聴かせてくれよ。だいたい、叔父さんもいなくなってこんな広い家に一人で残されたら、寂しいじゃないか」

春希は黙ってうつむいていた。

「な？　春希さん、お願い」

近寄って顔を覗き込む。自分も濡れていたが、春希も雨に濡れていた。上から覗き込むと、伏し目になった睫毛に雨の雫がついている。唇が濡れていた。その濡れた睫毛に、唇に、触れたくなって手が動いた。

（……ほら見ろ）

俺はこんなに自分勝手だ。

ただ自分のために、この人を引きとめたがっている。叔父がかわいそうとか、部屋がもったいないとか、一人じゃ寂しいとか理由をつけて。春希の純粋な想いや未練や同情心を利用しようとしている。

……この人が俺を好きになってくれたらいいのに。

そうしたら、理由なんかつけずに一緒にいられるのに。優しくできるのに。笑わせることだって、きっとできるのに。

その伏せた目を上げて、俺を見てくれないだろうか。だって、もうこの家に二人きりなんだから。

叔父貴はもういないんだから、俺を見てくれたっていいじゃないか――

「……わかった」

うつむいたまま、顔を上げずに春希が言った。

その髪に触れようとしていた手を、康はぴたりと止めた。

「じゃあ、もうしばらくは……甘えさせてもらう。康、ありがとう」

そう言って、春希はそのまま頭を下げた。他人行儀に。

「――…」

康はゆっくりと手を下ろした。

「濡れたから……タオル持ってくるよ」

ぶっきらぼうに言って、春希から顔を背ける。部屋を出てドアを閉め、そのドアに背中をつけて、拳を握りしめた。

俺は汚い。

春希はあんなにも純粋なのに。

春希の月彦への想いは、恋よりもっと綺麗なものに思えた。もっと純度が高くて、硬くて傷つきにくくて、熱くも冷たくもない、そんなものだ。

『――先生』

高くて手の届かないものを見上げるみたいな、あの目。綺麗なピアノの音。

あんなに綺麗な片想いを見たことはない。綺麗すぎて、ぶち壊したくなるくらいだ。

もっと不純だったらいいのに、と思った。自分みたいに。

ぜんぜん綺麗じゃなくて、混じり気だらけで。優しくしたいけど、泣き顔も見たい。触れたい。どろどろに汚したい。自分だけを見てほしい。自分のものにしたい。

自分勝手で、熱くて、欲望にまみれていて——そんな、恋だったらよかったのに。

恋だったら、終わらせることもできるのに。

■

一枚のレコードを繰り返し再生するような日々だった。

目を覚ますと、窓の外が明るくなっている。でも太陽は見えず、雲もない。雨が降ることも風が吹くこともない。一日中ずっと好天で、昨日と変わらない。きっと明日も変わらない。毎日朝食の鐘が鳴るけれど、いつも食欲がないので、春希は何も食べなかった。ここでは何も食べなくてもお腹が減らない。喉も渇かない。

サロンに行ってピアノの前に座っていると、やがて月彦がやってくる。同じ笑顔、同じ声で、春希に「ただいま」と言う。

先生、と呼んで、春希も笑みを返す。それから鍵盤の前に楽譜を広げた。楽譜からは、昨日書いた部分が消えている。

楽譜から音符が消えているように、月彦の記憶も消えていた。昨日、一緒に作曲したことを覚えていない。いや、覚えていないんじゃない。だって書いたものも消えているんだから。ここには〝昨日〟が存在しないのだ。

「ここは主題を繰り返すんだね。でもこのままだと少し寂しいから、たとえばこういう和音を足してみたらどうかな」

ジャケットのポケットから愛用の万年筆を取り出して、月彦は譜面に音符を書く。明日には消えてしまう音を。ここには〝明日〟もない。

毎日、同じ一日。同じレコードを再生すると、同じ景色が蘇る。変わることも、音が足されることもない。

（……でも、ここにいる）

隣から伝わってくる息遣い、体温、鍵盤の上の指。少し顔を動かせば、顔を見ることができる。目が合う。にこりと微笑んでくれる。

胸がぎゅっと痛んだ。

こうやってもう一度一緒にピアノを弾く夢を、何度見たかわからない。すぐ隣に月彦がいる。夢や幻じゃない。ちゃんと実体がある。喋っている。ピアノを弾いている。

たとえ新しい一日を重ねることができなくたって、先生は先生だ。その指先から生まれる旋律は、やっぱり春希を魅了した。こんな音楽を作ることができるのは、彼だけだ。

（だったら）

だったら、いいんじゃないか。偽物なわけじゃない。本物の月彦だ。触れれば温かいし、話しかければ、彼らしい答えが返ってくる。笑いかけてくれる。写真や記憶じゃ、絶対に叶わない。

だから、このままでいい。このままここにいれば、彼が死んだことは忘れていられる。考えたくないことは考えなくていい――

演奏に疲れるとお茶を飲み、図書室に行った。それもいつも同じだ。そしてディナーの時報が鳴ったら、ダイニングホールに行く。空腹は感じないけれど、春希も適当に注文して一緒に食事をとった。月彦はいつもビーフシチューだった。

そして、話をする。月彦は自分がいなくなってから春希がどうしていたかを聞きたがった。心配していたんだ、と。だから春希はピアノ教室をやっていることや、作曲や伴奏の仕事をしていることを説明する。昨日も説明して、今日もした。別に苦には思わない。だって月彦が嬉しそうに聞いてくれるから。それだけで充分だ。

夜になると、そう言ってドアの前で別れた。また明日。

「じゃあ、おやすみ。また明日」

「おやすみなさい」

春希はドアを閉め、ベッドに横たわる。何も考えないように目を閉じる。

ある日――何日めなのかわからない。時間の感覚がないように、日にちの感覚もなくなっていた。

その夜、春希は夢を見た。迷路の夢だ。生け垣でできた迷路。歩いても歩いても緑の壁が続いている。春希は一人でさまよっている。どこへ行けばいいのかわからない。どうしたらいいのかわからない。怖い、怖い、怖い――

（先生）

すると迷路のどこかから、ピアノの音が聞こえてきた。懐かしい月彦の音だ。

春希は駆け出す。でも迷路は複雑に入り組んでいて、なかなか音の元にたどり着けない。すぐそこに音が聞こえた気がして角を曲がると、緑の壁が立ち塞がっている。泣きたくなった。

「先生……！」

見つけた。角を曲がると急に視界がひらけて、そこに泉があった。ホテルの迷路にある泉よりずっと大きく、ほとんど池だ。でも噴水はない。泉の真ん中に、グランドピアノがあった。まるで水面に浮いているように見える。ピアノの前に月彦が座っている。ピアノを弾いている。

「先生！」

春希は泉の縁に駆け寄る。水面を見て、息を呑んで立ち尽くした。

水は真っ赤だった。まるで血の池だ。

その赤い水を見て、思い出した。そうだ……赤い水の中で溺れる夢を見た。迷路で目を覚ます前だ。バスに乗っていて事故に遭って――溺れて、息ができなくて――そうしたら、月彦のピアノの音が聞こえてきたのだ。

「先生！」

春希は大きな声で月彦を呼ぶ。でもピアノに向かっている月彦は気づかない。赤い水は不透明で底が見えず、どのくらい深さがあるのかわからない。けれど月彦のいる場所に台などはなく、ピアノも椅子（いす）も水面に浮いているようにしか見えなかった。

　春希は思い切って水面に片足を乗せた。浮く。まるで水面下すぐに透明な板があるみたいに、水の上に立つことができた。

　水面を走って月彦の元へ向かった。バシャバシャと赤い水がしぶきを上げる。駆け寄りながら呼んでも、月彦はこちらを振り向かない。ピアノを弾き続けている。

「先生――」

　あともう少し。手が届く。月彦の横顔がすぐそこに見える。

「先…っ」

　その肩に手を触れようとした瞬間、急に世界の底が抜けた。

　今まで地面のように春希を支えてくれていた水が、急に裏切って水の姿に戻り、春希を引きずり込んだ。ピアノと月彦は水の上に浮かんだままだ。春希が水に落ちても、まったく気づかずピアノを弾いている。美しい旋律を奏で続けている。別の世界にいるみたいに。

「くは…ッ――」

　赤い水の中に沈む。苦しくて開いた口に、赤い水が入り込んできた。

　血のような水。見ひらいた視界が真っ赤になる。もう月彦の姿も見えない。口からゴボゴボと空気が逃げていく。体の中にどんどん赤い水が入ってくる。重くなる。沈んでいく。真っ赤な底に引きずり込まれていく――

「――ッ」

大きく息を吸って、目を開けた。

視界に見えるのは、天井だ。ホテルの部屋の白い天井。

「……」

しばらく目を見ひらいたまま天井を見ていて、それから月彦が死んで最初に眠った時のことを思い出した。あの時と同じだ。目を覚ますとまず最初に、先生はもういないんだ、と思った。あの絶望的な寂しさ。

「……先生」

春希はベッドから起き上がり、ふらふらと部屋を出た。長い廊下には等間隔に小さな明かりが灯っている。でも誰もいない。広いホテルは水の底に沈んだように静まり返っていた。

月彦の部屋に行き、ドアをノックした。返事はない。どんどん不安になってきて、叩く音が大きくなる。でも返事は返ってこない。泣きそうになった。

ノブをつかむと、鍵がかかっていなかった。彼が消えていたらどうしようと、春希は部屋の中に足を踏み入れた。

春希の部屋と同じ、ツインの部屋だ。その片方のベッドが人の形に盛り上がっている。近づくと、月彦が横たわっていた。

（……よかった）

ここにいる。消えたりしていない。もうあんな思いはしたくない。

カーテンが半分開いているので、ホテルの外灯の明かりで彼の顔が見えた。目を閉じている。こうして寝顔を見ていると、彼が入院していた時のことを思い出した。

「……先生？」

違和感を感じて、春希は月彦の顔を覗き込んだ。

月彦は目を覚まさない。あんなに強くノックをして、今は近くで呼んでいるのに。深く深く眠り込んで、微動だにしない。……いや、違う。眠っているんじゃない。息を――していない。

「先生」

春希は月彦の肩をつかんで揺すった。それでも月彦は目を覚まさない。睫毛ひとつ動かさない。

「……いやだ」

震える手を伸ばして、頬に触れた。

「…っ」

冷たい。体温がない。通夜の夜に棺の中の顔に触れてみた時と同じだ。氷のように冷たいわけじゃないのに、生きていない人の肌はどうしてこんなに冷たく感じるんだろう。

「先生、先生！」

春希は両手で月彦の肩をがくがくと揺さぶった。人形のように揺さぶられるまま、月彦は目を開けない。このまま二度と開けなかったらどうしよう。

「先生……っ」

「――春希さん？」

ドアの方で声がした。

振り返ると、開けたままだったドアの脇に康が立っていた。

「声が聞こえたから……どうしたんだ」

「……康」

泣き出す寸前のぐちゃぐちゃの顔で、康を見た。康はぎゅっと顔をしかめた。

康とはしばらく言葉を交わしていなかった。康が避けていたからだ。三人で食事をとったこともあったし、康が月彦と話しているのを見たこともあったけど、次第に自分たちと距離を置くようになった。康は一人でメモを手にホテルの中を歩き回ったり、滞在客と話をしたりしている。

「康、せ、先生が」

康は眉をひそめて部屋の中に入ってきた。

「い、息をしていないんだ。体も冷たくて……どうしよう。先生がもう目を覚まさなかったらどうしよう」

「……」

康はベッドの脇に立ち、横たわる月彦を静かに見下ろした。その横顔は無表情で、春希にはひどく冷たく映る。

「眠るとこうなるんだよ。……死んだ人は」

平板な口調で、そう言った。

「こうって…」

「見たとおりだ。眠りに落ちると、呼吸をしなくなって、体が冷たくなる。死体と同じになる」

「そんな」

「——春希さん」

康は振り返って春希を見た。少し怖い顔をしている。真剣な顔をすると、康はいつも少し怖い。

「この人は、もう亡くなってるんだよ」

そしてやっぱり、康はまっすぐに正しいことを言う。まっすぐで怖いことを。

「で、でも朝になればまた」

もう一度月彦に取りすがろうとした春希の肩を、康がつかんだ。

「それでも生き返ったわけじゃない。生きてるわけじゃない。だってこの人は新しい記憶を作れないだろう？　昨日話したことだって覚えていないはずだ。叔父さんの心は、死んだ時に止まっているんだから」

「…っ」

春希は短く息を吸った。

「それに春希さんは叔父さんと曲を作ってるけど、叔父さんはもう新しい曲は作れないはずだ。だって、もう亡くなってるんだから」

「やめてくれ！」

春希は肩をつかんだ康の手を振り払った。両手で頭を抱える。

「う、…っ」

嗚咽（おえつ）が湧（わ）き上がってきて、唇を噛んだ。でも康は目を逸らすことを許してくれない。両手首をつかまれ、顔を上げさせられた。すぐ近くで言葉を突きつけてくる。

「生きてるから、毎日心を動かして、想いを積み重ねて、何かを生み出すことができるんだよ。でも、叔父さんにはそれができない。生きて動いているように見えるけど、生きた心を持っていない。もう春希さんと新しい一日を作ってはくれないんだ。悲しいことだけど——どうしようもないことなんだよ」

こうやって、康は現実を突きつけてくる。弱い春希に。ずっとそうだった。月彦が亡くなってから、ずっと。

「う、あっ」

膝から力が抜けて、へたり込むようにその場に座り込んだ。康に腕をつかまれているので顔を覆うこともできず、涙がまっすぐに床に落ちる。カーペットに音もなく吸い込まれていった。

「春希さん、お願いだから、もう……」

康は春希の前に膝をついた。つかんでいた手を放して、両腕を背中に回してくる。ぎゅっと抱きしめられた。

「もう帰ろう」

「うあ、あ、ああ……」

康の体。康の熱。その熱は春希を包み、こじ開け、春希の中に入り込んでこようとする。月彦は優しくて春希を絶対に傷つけないけど、康は違う。いつだって、その熱や言葉で春希を傷つける。傷つけても、正面から向き合おうとする。

「お願いだ。お願いだから俺を」

背中に回された腕に痛いほどに力がこもった。熱と一緒に、康の心臓の鼓動が伝わってくる。

「俺を――……」

この熱を知っている。知っていて、ずっと見ないふりをしてきた。

だけどもう、限界だった。限界だって知っていたのだ。だって旅行に来る前に、康に突きつけられたから。

『この旅行から帰ったら、俺のことを考えてくれよ』

康はそう言った。休暇を取って旅行に出る直前のことだった。


月彦が亡くなって三年がたつ頃には、ピアノ教室の経営はなんとか軌道に乗っていた。近所に小学校や中学校があるので、生徒は少しずつ増えている。これまであまり子供と接したことがなかったから最初は不安だったが、意外に教えるのは楽しかった。作曲や演奏の仕事も順調に増えている。

『今日は夕飯作らなくていいよ。うまい店を教えてもらったから、一緒に行こう』

康からそんなメールが来たのは、街がクリスマスカラーに染まって師走の慌ただしさが本格的になり始めた、十二月初旬のことだ。

少し前に月彦の三回目の命日があり、一年前には三回忌の法要があった。亡くなってしばらくは法事も多いし、月彦の仕事の整理や、相続や曲の権利関係の手続きもあって忙しかった。だけど三回忌が終われば、法要はひとつの節目を迎える。二人での生活が本当に落ち着いたのは、それからだ。

葬儀は亡くなった人のためのものじゃなく、残された人のための儀式だとよく聞くけれど、たしかにそうかもしれないと春希は思う。亡くなってすぐはやることがいっぱいあって、とにかく動いていれば何も考えずにすむ。心を止めていられる。そうやって儀式をこなし、残されたものを片付けていくうちに、だんだん、その人がいないことに慣れていくのだ。いないことがあたりまえになっていく。〝日常〟になる。慣れる頃には整理も終わり、法要の間隔はあいていく。

怖いな、と春希は思った。怖くて——寂しい。そんなふうに回復していく、自分の心が。月彦が死んだ時はこの世の終わりのような気がしたけれど、実は世界はまったく終わっていなくて、地球は回り続けている。朝になると陽が昇り、お腹がすく。食べるためには仕事をしなくちゃいけない。仕事をするとそれなりに充実するし、疲れて眠ると、また次の朝にはお腹がすいている。

（だいたい康が）

康からのメールを、春希はむっとして眺めた。

（いつも強引なんだよな）

康は時々こんなふうにメールをよこして、春希を引っ張り出す。春希が出不精だからだ。それに、おいしい店を見つけると春希に食べさせたくなるんだという。

「春希さん偏食だからさ。ちょっと直した方がいいよ。世の中にはうまいものがたくさんあるんだから、もったいないだろ」

連れ出されるのは、たいていはごく庶民的な店だ。同僚とランチを食べた店や、仕事先の建築現場で地元の人に教えてもらった店や。

　だけどその日連れていかれたのは、思いがけず瀟洒(しょうしゃ)なフレンチレストランだった。静かな住宅街にあって、フランスの民家風のかわいらしい建物に目立たない看板が出ている。

「こんな小洒落(こじゃれ)た店でランチを食べてるのか？」

　顔をしかめて訊(き)くと、康は笑った。

「普段は定食屋とか蕎麦(そば)屋だけどね。でもここビストロだから、ランチはけっこう安いんだよ。仕事で知り合った人に教えてもらったんだ。ディナーはもっとおいしいっていうから、いっぺん食べてみたくて」

「ふうん。その人、女の人？」

「え、なんで？」

「だって女の子が好きそうな店だから」

「まあ、たしかに女の人だけど。でもその人肉好きで、よくうまい店を教えてくれるんだよ」

　その人と食べにいったのかな、とちらりと思った。言わなかったけど。

　康はきっともてるだろう。長身でけっこう二枚目だし、スポーツマンらしいさわやかな性格だ。仕事だって真面目に一生懸命やっているし。

　大学生の時には、彼女を家に連れてきたこともあった。月彦が喜んで歓迎していた。春希は挨拶(あいさつ)しただけだが、大人びた雰囲気の綺麗(きれい)な子で、法学部で弁護士を目指しているという才女だった。康の就職が決まり、そういえば彼女の司法試験はどうなったのかなと訊くと、とっくに別れたよとぶっきらぼうに言われた。

店の中に入ると、内装もセンスがよくお洒落だった。照明が抑えられていて、それぞれのテーブルに花と小さなランプが置かれている。とても雰囲気がよく、案の定、テーブルで向かい合っているのはカップルが多かった。もしくは女の子のグループか。

「ここ……男同士で来るような店じゃないだろ。彼女と来なよ」

尻込みして言うと、康はあっさり笑った。

「そんなことないだろ。彼女なんていないし」

康は会社帰りだからスーツだが、春希は家にいた時のセーターとジーンズにコートを着てきただけだ。気後れしながら、テーブルについた。

「ここ、肉がうまいんだよ。フレンチだからジビエもあるし。春希さん、猪なんてどう？」

「……無理」

「はは。でもせっかくだからワインは頼もう。俺は肉にするけど、春希さんは？　ワインは赤と白どっちがいい？　両方頼もうか」

康は楽しげにメニューを広げ、慣れた様子で店の人と相談している。スーツ姿でワインなんて選んでいると、なんだか知らない人みたいだ。春希は人見知りをするので、外で仕事をしても仕事相手の人と気軽に食事に行ったり飲みに行ったりはできない。年下の康の方がよっぽど世慣れていた。

「じゃあ、まずは乾杯しよう」

　ワインが注がれると、康はそう言ってグラスを掲げた。

「何に？」

「なんでもいいよ。気分いいから。乾杯」

「……乾杯」

　華奢なグラスを軽く合わせると、澄んだ綺麗な音がした。

　フロアの一角に、小さなクリスマスツリーが置かれていた。シルバー一色のオーナメントが品よく輝いている。それを眺めながら、春希は呟いた。

「どうせなら、クリスマスに女の子と来ればいいのに。俺なんかじゃなくて」

「だから、彼女なんていないって言ってるだろ」

　機嫌のよかった康がちょっとむっとして返すので、それ以上は言えなくなった。

　食事はおいしかった。外食は落ち着かなくて苦手だと思っていたけど、いつのまにか慣れてしまっている。康に引っぱり出されるからだ。家で食べる時と同じように、康が前に座っているからかもしれない。

「猪って初めて食べたけど、旨味が濃くておいしいな。春希さん、ひと口食べる？」

「え、いいよ」

「食べたことある？　ないんだろ。じゃあ試しにさ。そんなにクセないし、ボリュームあるから気軽にシェアしてくださいって店の人が言ってたぜ。あ、すみません、小皿ください」

康はさっさと店の人に小皿をもらい、切り分けた猪肉を春希のそばに置いた。公衆の面前でひと皿を分け合うなんて、カップルか女の子同士みたいだ。恥ずかしくなる。でも家では普通にやっていることだった。康はしょっちゅうこんなふうに、「おいしいから」と春希に食べさせたがる。

黒っぽいソースのかかった肉を顔をしかめて眺めてから、しかたなく口に含んだ。

「どう？」

「……けっこう食べやすい」

「だよな。よかった」

ほっとしたように康は笑った。

母親と二人暮らしだった頃は、猪の肉を食べるなんて想像したこともなかった。おいしいけれど噛みごたえがあって簡単には飲み込めない肉を噛んでいると、康が手を止めてじっと見ている。「なに」と少し引いた。

康はにっと笑った。

「春希さんが肉を食ってるの見ると、嬉しくてさ」

じんわりと滲むような笑顔だった。内側から温かいものがこぼれてくるような。

康の笑う顔は、いつも春希に光と熱を連れてくる。嬉しい時。楽しい時。おかしなことがあった時。心のままに笑う彼の中から、光と熱があふれてくる。

眩しくて、気恥ずかしくて、春希はうつむいて口元を手で隠した。

食事を終え、テーブルの上がきれいになった時だ。コーヒーを待っていると、「お待たせいたしました」と目の前に置かれたのは、ケーキの皿だった。

「え」

大きめの皿の真ん中にチョコレートケーキが置かれている。周りにフルーツやミントの葉が飾られ、ソースが美しい模様を描いていた。何層にも重なったケーキの上には、ろうそくが一本立っている。火がついていた。

「え、あの、俺、デザートは頼んでいないんですけど」

「春希さん、今日、誕生日だろ?」

向かいで康が言った。笑っている。

「……え」

春希は目を瞬かせた。

誕生日なんて忘れていた。正確には、朝にスケジュールを確認した時にちらりと「誕生日か」と思ったけど、それだけだった。そのあとはすっかり忘れていた。

月彦が生きていた頃は、CDや楽譜をプレゼントしてくれたり、夕食に春希の好きなものを作ってくれたりした。けれど春希の誕生日は、月彦の命日の二週間後だ。亡くなってすぐと一周忌がすむまでは、本当に忘れていた。思い出しもしなかった。自分に誕生日があることも、それが祝う日だということも。

「お誕生日おめでとうございます」

ケーキの皿を運んできた女性が、にこやかに言った。それを見た周りの客たちが、「お誕生日だって」「わー、いいな」「こういうサプライズって嬉しいよね」と好意的にさざめいている。

「……」

春希はじっと目の前の皿を見つめていた。美しく飾りつけられたケーキ。小さく暖かい光を作るろうそくの炎。よく見ると、ケーキの上に飾られた白い板チョコに文字が書かれていた。

Happy Birthday.

「春希さん、おめでとう」

「……」

「火、消しなよ」

春希は膝の上で拳を握った。

綺麗なケーキも、クリスマスツリーも、周りのテーブルで食事を楽しんでいる人たちも、目に映るもの全部が、幸福の象徴のような気がした。その〝しあわせ〟が、春希を打った。

「……康、俺」

口をひらきかけた時、「あれ、森崎さんじゃないですか」と声がした。若い女性の声だった。春希が顔を上げると、店に入ってきた女性三人のグループがこちらに近づいてくるところだった。先頭の一人が康に手を振っている。

「偶然ですね。ここ気に入ってくれたんだ。よかった。お友達ですか？」

康はにこやかに彼女と言葉を交わしてから、春希に向き直った。

「春希さん、ここ教えてくれた、仕事相手の岡崎さん。インテリアデザイナーなんだ」

「こんばんは」

女性はにこっと笑った。

「……どうも」

春希はぎこちなく頭を下げた。ショートボブとパンツスーツが似合う、快活そうな人だ。特別美人というわけじゃないけれど、感じがよくてきちんとしていて、場が明るくなるような空気を持っている。康にはきっと、こういう人が似合うだろう。

そう思ったら、太い針を刺されたみたいに胸が痛んだ。

（なんで）

自分のセーターの胸元を摑む。康は気安い様子で彼女と笑いあっている。春希の知らない、外にいる時の顔をして。

見たくない、と思った。自分が知らない康の顔を。そんなことを思ったことに驚いて——胸がぎゅうと苦しくなった。

「お祝いですか？　ひょっとしてお誕生日？　ケーキかわいい！　あ、早く吹き消さないとロウが垂れちゃいますよ」

「あーもう」

春希が動かないので、康が立ち上がって向かいからろうそくの火を吹き消した。女性たちが「おめでとうございまーす」と揃って手を叩いてくれる。

「ケーキでお祝いなんて、仲いいんですね。大学のお友達とか？」

康はさらっと答えた。

「あー、まあ、一緒に住んでるんで家族みたいなものですね」

「――」

春希は一瞬、呼吸を止めた。

家族。

「へえ。でもいいなあ。あたしも誰かにこんなふうにお祝いしてほしいですよー」

女の子たちは賑（にぎ）やかに笑いながら、「お邪魔しました」と離れていった。

「……」

春希は動けなかった。どうしたらいいのか、わからなかった。

康の顔が見られなくて、下を向く。下を向くと、Happy Birthdayの文字。泣きそうになった。

どうしたらいいのかわからなくて、でもここで康をおいて席を立つわけにもいかず、春希はフォークを手に取った。

美しい層になったケーキを崩すのは罪悪のような気がした。でもフォークで切り崩して、口に運ぶ。味はよくわからなかった。コーヒーで流し込んだ。

「おいしい？　春希さんって、けっこう甘いもの好きだよな」

康が笑う。その笑顔が痛かった。笑顔も、綺麗なケーキも、自分に差し出されるもの全部が、春希には無数の針のように痛かった。

どうにか食べ終え、春希は財布から一万円札を出してテーブルに置いた。椅子を立つ。

「ごめん。会計しておいてくれ」

「え、あ、春希さん？」

速足で出口に向かう。康が会計に手間取っている間に、店を出た。

十二月の街は、乾いた冷たい空気の中に、この時季特有の華やかさとせわしなさを潜ませていた。駅前からは離れた場所だが、それでもところどころで家のドアにリースが飾ってあったり、庭木に電飾が光ったりしている。駅に近づくにつれて賑やかな気配を感じて、春希はとっさに暗い方へ足を向けた。

暗い方へ。そちらには川があった。

「——春希さん！」

川岸をコンクリートで固められた、狭苦しい川だ。人通りはほとんどない。小さな橋の上で、追いついてきた康に腕をつかまれて振り向かされた。

「どうしたんだよ。気分でも悪い？　これ、いいよ。今日は俺が払うつもりで店を予約したんだからさ」

つかまれた手の中に、一万円札を押し込まれた。

「……………」

小声で呟いた声は届かなかった。康は「え？」と顔を近づけてくる。

「……誕生日なんて、祝わなくていい」

胸の中が冷たくて、だから冷たい声が出た。

「どうして」

「祝いたくない。おめでたくなんかない。俺の誕生日なんて……せ、先生がいなくなって、まだ三年なのに」

はっとしたように康の手が揺れて、春希の手から離れた。

「ついこの間が命日だったのに……この先ずっと先生がいないのに、た、誕生日なんて」

春希の手から一万円札が落ちる。康はかがんでそれを拾うと、皺を伸ばして畳み、春希のコートのポケットに入れた。

「……祝っていいんだよ」

体の横に垂れた春希の手を握る。熱い、力強い手だった。月彦の手とはまるで違う。病院のベッドで握った、痩せた手とは。

「祝っていいんだ。あたりまえのことなんだよ。たとえ誰かが亡くなっても」

静かな口調で話す康のうしろに、きらびやかな十二月の街の気配があった。康がそれを背負っているような気がした。光に満ちた世界を。

「死は悲しいことだけど……生まれたらいつか死ぬんだし、だからって生まれなければよかったなんて普通思わないだろ。だから……」

考え考え、言い慣れない言葉を一生懸命探すように、康は言葉を継ぐ。口をひらくごとに白い息が流れて、冷たい夜気に溶けて消えた。

「生まれることと死ぬことって、根っこは同じなんじゃないかな。うまく言えないけど」

春希はうつむいて唇を噛んでいた。

「春希さんは、叔父さんがこの世に生まれてよかったって思うだろ？　叔父さんに会えてよかったたって」

長身の康が身をかがめて覗き込んでくる。彼の吐く温かい息が、かすかに頬に触れた。

「俺は、春希さんが生まれてくれてよかったよ」

「……」

「春希さんに会えて、よかった」

握られた手から、康の熱が伝わってきた。

いつもそうだ。そばにいるだけで、康からは熱が伝わってくる。その熱は否応なしに肌に沁み込み、春希の冷えた胸を温める。

「だから、誕生日おめでとう」

「――」

胸が震えて、唇が震えた。

「……俺は」

触れているとどんどんつらくなる。苦しくなる。春希は康の手を振りほどいて、一歩うしろに下がった。

わかっていた。本当に嫌なのは、誕生日を祝ってもらうことじゃない。

嫌なのは、苦しいのは……月彦がいないことに慣れていくことだ。そうやって変わっていく自分だ。

教室で子供たちとピアノを弾き、新しい曲を作り、料理をしたり外食したりして、康と向かい合って食べて――そんなふうに変わっていくことだ。それなりに満たされて暮らしてしまうことだ。

先生はもういないのに。

ピアノも音楽も武蔵野（むさしの）の家も、ぜんぶ月彦が遺してくれたものなのに。彼だけを置き去りにして。

「俺は……康の家族じゃない」

近づいてこようとした康の足が、たじろいだように止まった。

「本当はあの家にいる理由なんてないんだ。一周忌が終わった時に出ていかなくちゃいけなかったのに」

「……だから、いいって言っただろ」

康の声が怒ったように低くなった。彼を傷つけたのかもしれないと思うと、胸が苦しくなった。

苦しい。康といると、どんどん苦しくなる。変わっていくことが苦しい。楽しいと思ってしまうことが苦しい。康といることがあたりまえになっている自分が——康がほかの誰かじゃなく自分といることを、ひそかに嬉しいと思ってしまう自分が——苦しくて苦しくてしかたがなかった。

(家族なんて)

理由をもらった気がした。あの家で、康と一緒にいるための。

「別にいいだろ。理由なんてなんだって。誰かに説明したり許可をもらわなくちゃいけないわけじゃない」

「俺は……康に甘えてるんだ」

「甘えればいいだろ！」

本気で怒った声で怒鳴られて、びくりと肩が浮いた。

康は大股で一歩を詰めてきて、両手で春希の二の腕をつかんだ。

「甘えてくれよ。何がいけないいんだよ」

痛いほどに腕をつかまれる。春希は首を振った。

「い、嫌なんだ。誕生日を祝ってもらったり、わ…笑ったり」

「笑うのがどうしてだめなんだ。俺は春希さんに笑ってほしいよ」

「笑いたくないいんだよ！」

「…っ」

声を荒らげると、康が喉の奥で短く息を吸った。

「笑いたくない。楽しいなんて思いたくない。何かを欲しがったりしたくない。しあわせになんてならなくていい」

「……なんでそんなこと言うんだよ」

二の腕をつかむ力がゆるんだ。でも離れてはいかない。腕をつかんだまま、康はうなだれるように頭を下げた。

「そんなの寂しすぎるだろ」

川面をわたって、冷たい風が吹きつけてくる。でも水の流れは見えない。水面はただただ真っ暗だ。見えないのに、かすかに水が流れる音だけがする。足の下の暗い底を川が流れていく。

「何かを欲しいと思うのなんて、あたりまえだろ。欲しがったり、与えたり、奪ったり、なくしたりして、そうやって生きていくんだろう」

「……」

「俺は」

康が顔を上げた。

真正面から見つめられる。康の瞳は川面と同じように黒いのに、そこには強い光があった。怖いと思うほどの。

怖いのに、目が離せない。

「俺は、春希さんを欲しいと思うよ」

「――」

「死んだ叔父貴から奪いたい」

引き寄せられて、抱きすくめられた。

「春希さんが好きだ」

「…っ」

強く抱きしめられると、全身に康を感じた。

体の底から震えが立ちのぼってくる。震えは嗚咽になって喉を震わせ、唇からこぼれ出てきた。

「う…っ」

康の体は熱い。抱きしめられると、熱に包まれる気がした。生きている熱さだ。

「う、…く…ッ」

「……まだ、叔父さんを忘れられない？」

春希は唇を噛み締めて目を閉じた。

知っている。本当はわかっている。忘れられないんじゃない。忘れたくないんだ。すがるようにして生きてきた大切なものが、きらきらした、綺麗なだけのはかない思い出に変わっていくようで――

「いいんだ。忘れなくても。俺だって叔父さんのことは好きだし、春希さんの中で叔父さんの存在がどんなに大きいか、わかってるつもりだから。でもさ……頼むから、しあわせになりたくないなんて言わないでくれよ」

康の声が苦しそうに歪(ゆが)んだ。

「俺をそばにいさせてくれよ」

閉じた目から涙が頬に流れ落ちる。夜気に冷えた頬に、とても熱く感じた。

その熱さは、春希の熱だ。どんなに心が冷えても、苦しくても、体の内側はエネルギーを燃やし続けている。

その熱が、苦しかった。苦しいのは康の熱さじゃない。自分の熱だ。

「…ッ」

体を包む腕をむりやり振りほどく。春希は康の両肩を押して、自分から引き剝がした。

「春希さん」

腕の長さ分の距離ができる。二人の間の地面に、涙がぼたぼたと落ちた。

「ごめん――」

しあわせになんてなりたくなかった。寂しいままでよかった。暗いところにいたかった。

しあわせになんてならなければ、ずっと先生を好きでいられるのに。

■

月彦叔父が亡くなって、五年だ。五年の歳月が過ぎた。

今年の命日は、旅先で迎えるはずだった。春希は最初のうち渋っていたけれど、結局は同意してくれた。途中からは乗り気だったくらいだ。

『山に行きたい。できるだけ、高い山に』

あれがどういう意味だったのか、知らなかった自分はおめでたいよなと、今になって康は思う。

でも、やっとここまで来たのだ。抜け殻のようだった春希が少しずつ立ち直り、自分の仕事を始め、笑うようになるまで。長いようであっという間だったなんて言わない。長い、長い五年間だった。

「この旅行から帰ったら、俺のことを考えてくれよ」

康はそう言った。旅行に出る前日の夜のことだ。春希は何も答えなかったが、嫌だとも言わなかった。

なのに今、この時になって。

――ただいま、春希。

誰かに試されている気がした。

神様か、それとも死神に。


何日たったのかわからない。時間の感覚がない。

時計もカレンダーもなく日付けがわからなくなるので、康は手帳のカレンダーのページに印をつけてみた。十一月のページには、休暇が矢印で示され、旅行の予定が書き込んである。けれど眠って目が覚めると、書いた印は消えていた。旅行に来る前に書いた部分は残っている。ページを折ってみたり、破ってみたりしても同じだった。朝になると、元に戻っている。

眠らないように努力もしてみたが、だめだった。大学生の時は課題で何度も徹夜したし、体力には自信があるのに、暴力的なほどの眠気に襲われていつのまにか眠ってしまっている。そして気がつくと、窓の外が明るくなっている。夜が明け、太陽のない空が広がっている。

また同じ一日。

でも康の記憶は消えるわけじゃない。眠る前にあったことは、ちゃんと覚えている。ただ、だんだんそれも曖昧になっていくように思えた。何日たったのか、記録はつけられなくても頭で覚えているはずなのに、ふと気づくとよくわからなくなっている。わからないことすらだんだんだんどうでもよくなるような気がして、ぞっとした。あの光也（みつや）という少年が言っていたとおりだ。いろんなことが、曖昧になっていく。

（……くそ）

曖昧になっていくのが怖くて、康は手帳に記録を取り始めた。やったこと、会話をした人、会話の内容などをとにかく書き記していく。ホテルの内部の地図も作り始めた。それも眠れば消えるのはわかっていたが、一度手を動かして文字や地図を書くと、少しでも頭に定着する気がする。

「やあ、康。ひさしぶりだね」

ホテルで会う叔父は、いつも同じことを言う。同じ笑顔、同じ声で。

「……叔父さん」

「なに？」

「……なんでもない」

外見は懐かしい叔父さんそのままだ。幽霊に直面しているような怖さは感じない。けれど、康は次第に叔父を避けるようになった。だって悲しすぎるからだ。そんな叔父と一緒にいる春希を見るのも、悲しい。

ここでの生活は単調だった。朝起きて、顔を洗う。いつもだったら髭を剃るけれど、どうやらここでは髭は伸びないらしい。それから、着替えをする。服は昨日脱いだものが洗濯されて戻っている。ランドリーボックスに放り込んでおくと、部屋に帰った時に洗濯済みの状態で畳まれて置いてあるのだ。部屋も清掃されて、ベッドメイクもされている。でも従業員の姿はあまり見かけない。書いたものが消えるように、いつのまにか元に戻っているのかもしれない。

部屋を出ると、とりあえずダイニングに行ってコーヒーを飲んだ。味も熱さも感じないから、ただ習慣を繰り返しているだけの行為だ。半ばむきになっている。何も食べなくても空腹は感じないが、気が向くと食事をしてみた。味も匂いもしない食事は、ひどくつまらなかった。

髭は伸びず、腹は減らず、味も匂いも感じない。生きている気がしない。

いや、ここではきっと自分も生きていないんだろう。生身の身体じゃない。

でも、心はまだ生きていた。心が動く。記憶を重ねられる。

だから早く帰らなくちゃいけない。

（絶対にここを出てやる）

ホテルの中や迷路を歩き回り、地図を作り、滞在客と話をして、康は元の世界に帰る方法を探していた。滞在客たちはみんなどこかぼんやりしていて、言うことも曖昧で、はっきりしない。自分もそのうち同じようになりそうで、怖かった。

「もう、パパったら、おんなじことばっか言うんだから。きのうそれ言ったじゃない」

ゲーム台やビリヤード台が置かれたプレイルームの前を通ると、紗彩の声が聞こえてきた。

「ごめんごめん」

幼い娘が苛立った様子を見せても、父親はにこにこと笑っている。母親の響子はそんな二人を静かに見守っていた。

「ねえママあ。さあや、もうここあきちゃった。おうちに帰ろうよ。パパと一緒に！」

「そうねえ」

響子は微笑んでおっとりと返す。なんだか会ったばかりの頃よりも間延びした喋り方に聞こえた。

「でも、もうちょっとだけいない？　ここならパパもママもお仕事がなくて、紗彩とずっと一緒にいられるよ」

「そうなの？　じゃあいいけど……でも、ここごはんがおいしくないんだもん」

「そうねえ」

「それに、なんだかすっごく眠いし……ここにいると、すぐに眠くなっちゃうの。変じゃない？」

「……」

響子は黙って微笑んでいる。なんだかいたたまれなくて、康は足早にプレイルームから離れた。

その足で、広瀬を探した。広瀬の姿をこのところ見ない気がする。少し前にバーで酒を飲んでいたのを見かけたが、あれはいつだっただろう。隣には、あの青いスカートの女性がいた。

広瀬の部屋へ行ってノックをしたが、返事がない。ノブを回すと、鍵がかかっていなかった。このホテルの客たちはみんなドアに鍵をかけない。必要ないんだろうし、そんなこともどうでもよくなっているんだろう。

部屋の中に姿は見えなかった。いくつかあるバーやティールームを覗いていくと、何番目かのバーで広瀬を見つけた。

外はまだ明るいが、バーには窓がなく照明も薄暗い。昼間から酔っているらしく、広瀬は壁際のソファに横になって目を閉じていた。

「広瀬さん」

横に立って声をかける。ワイシャツのボタンを三つめまで開け、だらしなくジャケットをはおり、ネクタイもベルトもしていない。有能そうなビジネスマンの面影はどこにもなかった。

「広瀬さん、起きてください」

昼間から酒を飲んで寝こけていることにだんだん腹が立ってきて、康は広瀬の肩をつかんで揺すった。広瀬は眉をひそめて低く呻いたが、まだ起きない。いったいどれだけ飲んだんだろう。ここでは酒も味がしないのに。だからかもしれない。水のようにするすると喉を通ってしまうくせに、酩酊感だけはあった。

「広瀬さん！　酒飲んでる場合じゃないですよ。出口を探しましょう。仕事があるんでしょう？　早くここを出ないと……じゃないと……」

言っているうちに、だんだん不安になってきた。けっこう乱暴に肩を揺すっているのに、広瀬はまったく起きる気配がない。かすかに身じろぎしたり呻いたりはする。乱れた前髪のかかった顔が、やけに白い気がした。

「広瀬さん？」

心配になって、康はつい広瀬の頰に触れてみた。温かい。まだ体温はある。まだ。でも。

「大丈夫ですか？　広瀬さん」

「——無駄よ」

背後から声が聞こえて、康ははっとして振り返った。

カウンターのスツールに女性がひとり座っていた。さっきまではいなかったのに。ここにいる人たちは、存在感がないだけじゃなく存在すらも曖昧だ。

最初の日にバーで会った女性だった。同じように黒いワンピースを着て、ショールをまとっている。三十年近く前に亡くなった女優だと広瀬が言っていた。

言われてみれば、女性の髪形も服装も少し古くさい。唇は真っ赤な口紅で彩られていた。その唇をほころばせて、女は笑った。

「その人、きっともう起きないわ。手遅れよ」

「手遅れ？」

女はハイスツールに足を組んで座り、ロックグラスを手にしている。グラスを持った手をこめかみにあてて、くすくすと笑った。

「そうなったら、もうずうっと眠っちゃうの。そのうちいなくなっちゃうの。無駄よ、無駄……」

女も酔っている。いや、この人はいつ見かけても酔っぱらっていた。

「いなくなるって……どういうことですか」

康は女性に詰め寄った。相手は康をまともに見ない。ホテルにいるほかの客たちと同じように、どこを見ているのかよくわからない茫洋とした目をしていた。

「だから手遅れなのよ、手遅れ……」

少し調子のはずれた声で、くすくすと甘く笑い続ける。埒があかない。広瀬を見ると、さっきと変わらず眠り続けている。ソファからだらりと片腕が落ちていた。

そういえば、さっき紗彩も言っていた。「ここにいると、すぐに眠くなっちゃうの。変じゃない？」

（どういうことだよ）

康はバーを出て、図書室へ向かった。だんだん速足になっていく。ばかばかしいほどにだだっ広い図書室だが、このホテルに図書室はひとつしかない。中に入り、書棚がずらりと林のように立ち並んでいる通路をしらみつぶしに探した。

いた。書棚の前に立って本を手にしている、学生服の少年。光也という子だ。この少年は、図書室か、それとも迷路の中にいることが多いようだった。

「君」

　息せき切って声をかけると、光也少年は顔を上げた。

「ここから帰る方法を教えてくれ」

　軽く息を弾ませている康を無表情に眺める。前と同じように、静かに言った。

「帰りたいと心の底から強く思えば、帰れます」

「じゃあ……思わなかったら……？」

　以前、少年は言った。ここは滞在する場所で、人は滞在を終えると帰っていく、と。でも、ずっとここにいたいと――死者と離れたくないと願ったら、どうなるんだろう？

「ほとんどの人は、死者としばらく過ごすと、元の場所へ帰っていきます。いつのまにかいなくなります」

　ひらいていた本をぱたんと閉じて、光也は言った。

「たぶん、その人がもう生きてはいないことを突きつけられるからだと思います。生きて動いて――そう見えるけど、やっぱり死者は死者だ。再会は叶うけれど、一緒に生きていくことはできない」

　だって生きることは、変わっていくことだからだ。日々を積み重ねることができず、ずっと変わらない人と一緒に過ごすのは、きっととても悲しい。

「そして死者と過ごすことで、人は現実の世界に残してきた大切なものに気づく。それだって、いつなくなるかわからない。だからみんな、帰りたいと望むんじゃないでしょうか。……でも、中には、それでもいいからずっと一緒にいたいと願う人がいます」

「そう願うと、どうなるんだ？」

書棚の方を向いて康には横顔を見せたまま、光也はちょっと黙った。言葉を探しているようにも見えるし、ためらっているようにも見える。

少しして、口をひらいた。

「願ったとおりになります」

「願ったとおり？」

「つまり、死者と同じになります。眠ってばかりになり、やがて目覚めなくなり……死者と一緒に姿を消します」

「そんな」

康は絶句した。

眠っていた月彦を思い出す。呼吸をしておらず、体は冷たく——そこには絶対的で圧倒的な〝死〟があった。大きく広く冷たい川のような。絶対に越えられない。

越えたいなら、川に入るしかない。

「それは……現実でも死ぬということか？」

「たぶんそうでしょう。死者と共にいたいと強く願う人ほど、進行が早まります」

「なんとかならないのか」

康は思わず光也の腕をつかんだ。光也は体をこちらに向け、康を見上げる。

「手遅れになる前に、帰らなくちゃいけません。死を納得して、受け入れて、心の底から帰りたいと願わないと。ここはたぶん、そういう場所でもあるんだと思います」

「……」

康は唇を嚙み締めた。納得して、受け入れて。春希にそれができるだろうか。生きていないとはいえ、今ここに月彦がいるのに。その手を離すことができるだろうか？

「でも」

表情を変えず、光也は静かに言った。

「強制的に帰る方法が、ひとつだけあります」


「春希さん」

肩を揺する。春希はライティングデスクの上に顔を伏せて眠っていた。デスクの上には書きかけの楽譜が広げられ、春希の手からペンがこぼれ落ちている。腕と髪の隙間に見える顔色が白かった。

「起きてくれ、春希さん！」

「ん……」

春希が身じろぎをする。しばらくして、ぼんやりと目を開けた。康はほっと息をついた。

「……康」

顔を上げ、ぼうっとしたまま瞬きする。康はデスクに手をついてその顔を覗き込んだ。

「春希さん、眠いの？」

「うん……なんだろう、最近やけに眠くて……楽譜を書いてたんだけど」

自分の言葉にはっとしたように、春希は手元の楽譜をばさばさとめくった。「消えていない」とほっとした様子で呟く。けれど朝になれば消えているだろう。

「春希さん」

康は春希の肩に手をおき、こちらを振り向かせた。

「もう帰ろう」

「でも」

「もうわかっただろう？　叔父さんは亡くなったんだよ。もう生きていない。ここにいる叔父さんは、春希さんの記憶の中にいるようなものなんだよ。記憶の中の人だから、変わらないし、歳を取らない。だけど思い出となら、家に帰ったってずっと一緒にいられるじゃないか」

春希は楽譜に目を落とす。指が走り書きの音符の上をなぞった。

「でも……思い出の中の先生は、一緒にピアノを弾いてくれない」

康は春希の肩をつかむ手に力をこめた。

「それでも春希さんは生きていかなくちゃいけないんだよ。叔父さんだってそう望んでいるはずだ」

「……」

指が音符から離れていかない。春希はうつむいて、康を見ない。

「ここにいちゃいけないんだよ！」

康は春希の肩を両手で揺さぶった。叱るとか説得するというよりも、懇願するような声音になった。

「早く帰らないと……じゃないと、このままここにいたら、春希さんも叔父さんに取り込まれる。叔父さんと一緒に——死ぬことになる」

「取り込まれる？」

顔を上げて、春希はぎこちなく唇を動かした。軽く笑うような形だった。

「そんな馬鹿な。先生がそんなことをするはずがない」

「でも現に」

「ここは天国なんだろう？　天国ホテルだ。痛みも苦しみもなく、さよならもない。ここにいれば、先生はもう病気で苦しむこともないし、ずっと一緒にいられる……」

「――」

瞳がどこか遠くを見るような色をしている。今ここにいる康を見ていない。手から力が抜けて、春希の肩をずるりと落ちた。

(だめだ)

唇を嚙んで、春希から後ずさった。

そのまま春希に背を向け、康は部屋を出た。廊下を進む。

「康?」

康はまっすぐに月彦の部屋へ向かった。それを見て、春希がいぶかしげな顔であとを追ってきた。

ノックもせず、鍵のかかっていないドアを開けて中に入る。叔父はもう眠っている時間だろう。思ったとおり、ツインの片方のベッドに月彦が横になっていた。瞼を固く閉じて、青白い顔をして。

「叔父さん――」

ベッドの横に立って、康は叔父の顔を見下ろした。

目を閉じて眠っている。いや、眠っているように見えるけれど、きっと触れれば冷たい。

いつも穏やかに笑っていた優しい叔父の顔を思い出した。同時に、花に囲まれ、棺の中に横たわっていた顔も。

「俺、叔父さんのこと好きだけど……亡くなったのはすごく悲しかったけど……でも、もうさよならしないといけないから」

言って、月彦の体にかかっている上掛けをめくった。

月彦はパジャマを着ていた。生きていた頃と同じものだ。背中の下に手を入れて、上体を起こす。腕を自分の肩に回して、ベッドから引きずり出そうとした。

「何をしてるんだ！」

体当たりするように春希がぶつかってきた。康はよろけて月彦から手を離した。月彦の体が中途半端な姿勢でベッドに放り出される。

ベッドと康の間に、春希が立ち塞がった。

「春希さん、どいて」

「先生をどこへ連れていくつもりなんだよ」

「帰すんだよ」

「え？」

「この人が行くべきところへ帰すんだ」

「行くべきところって……」

「どいてくれ」

春希の体を力ずくで押しのける。再び月彦の体を持ち上げようとした。

「待ってくれ！」

春希は康の腕をつかんで見上げてきた。

「先生をどうするつもりなんだ」

「……」

こんなに必死な春希の顔を見るのは、月彦が死んで以来なかったかもしれない。康は顔を背け、小さく息を吐いた。

「……沈めるんだよ」

「え？」

春希は虚を突かれたような顔をした。

「迷路の中の泉に沈めるんだ。あの学生服の子……光也って子が言っていたんだ。死者は泉からやってくる、って。泉に沈めれば、死者は元いたところに帰る。もうここへは現れない」

「そんな――」

「そうすれば、春希さんもあきらめがつくだろう？　じゃないと……いつまでも死者と一緒にいたいと願うと、その通りになってしまう。眠ってばかりで、目覚めなくなる。春希さん、眠気がするんだろう。手遅れになる前に、叔父さんを帰さないと」

呆然としている春希を無視して、月彦の体を抱え上げようとした。

「やめてくれ……！」

春希がしがみついてきた。春希は細身で、スポーツをやっていた自分の方がよっぽど力は強い。なのになかなか振りほどけなかった。

「俺だって、こんなことはしたくないんだ！」

康は顔を歪めて、腕にしがみついている春希を見下ろした。

「でもこの人がここにいる限り、春希さんはとらわれたままだ。現実に帰れなくなる」

「あと少し、少しだけ」

「手遅れになってからじゃ遅いんだよ！」

怒鳴ると、びくりと春希の腕がゆるんだ。康は春希の両肩をつかんで自分から引き剝がし、その顔を真正面から見据えた。

「殺すわけじゃない。この人はもう亡くなってるんだ」

「……っ」

春希の唇が泣きそうに震えた。

「春希さんだって本当はわかってるはずだ。息をしていないし、体も冷たい。だから、安らかに眠れるところに帰すんだよ」

春希は目を逸らしてうつむく。康の方が泣きそうになりながら訴えた。

「春希さん、お願いだ。俺を悪者にしていい。俺のことを憎んでもいい。でも、頼むから俺と一緒に帰ってくれ」

「……だけど」

うつむいたまま、春希は言った。

「だけどここにいる先生は、曲を作ることができる」

康はぎゅっと顔をしかめた。

「先生と作っているピアノソナタ——楽譜には残せないけど、俺の頭の中にある。もう第二楽章の終わりまで弾くことができる」

一歩後ずさって康の手から逃れて、春希はベッドの月彦の方を向いた。康に背中を向ける。

「だからせめて三楽章の終わりまで、曲が完成するまでは、ここにいたい」

(それじゃ間に合わないかもしれない)

手を上げて春希の肩に触れようとした。でも春希はこちらを見ない。康を見ない。うつむいて、月彦だけを見ている。

「曲が完成したら、きっと帰るから……」

触れようとした肩が震えていた。康は手を下ろして拳に握り、顔を背けた。

「だめだ——」

肩を揺さぶっていた手を離すと、広瀬の体は制御をなくした人形のようにだらりとソファに横たわった。康が何度も頰を叩いたせいで、眼鏡がずれている。その頰は冷たかった。死人のように。

呼吸も心音も消えていた。外には夕闇が降りているけれど、まだ夜じゃない。だけどきっと、広瀬は二度と目を覚まさないだろう。

（ちくしょう）

康はバーを出てプレイルームに向かった。藤枝親子はプレイルームにいることが多い。でも姿が見えず、次に響子たちの部屋へ向かった。

康は毎日、一日に何度も、春希やバスの乗客たちの生死を確かめていた。広瀬は一度も目を覚ますことなく、気づくと冷たくなっていた。でもそれも何度確認したのか、今が何日目なのか、わからなくなっている。昨日と今日の境がないように、ここでは生と死の境もひどく曖昧だ。自分もその中に飲み込まれそうで、怖かった。

「藤枝さん、藤枝さん！」

強くノックをする。少し間があって、中から「はい」と返事が聞こえて、康はほっとした。ドアを開けると、中は薄暗かった。明かりがついていない。ツインのベッドの片方に響子が座っていた。もう片方に、父親と紗彩が横になっている。

横向きになった紗彩は父親にくっつき、二人はなかよく寄り添って目を閉じていた。普通だったら、親子で昼寝している微笑ましい光景だ。でも康は紗彩に駆け寄り、体温があるのか、息をしているのかを確かめた。

「大丈夫。まだ生きてます」

ベッドに腰かけた響子が、静かに答えた。

「でも、そろそろ時間切れみたい……」

「藤枝さん、一刻も早く帰った方がいいです。俺が手伝いますから、旦那さんを泉に帰して——俺、何度も言いましたよね？　早く帰らないと手遅れになるって。なのにどうして」

「……だって、もう少しだけでいいから、家族三人でいたかったんだもの」

響子はどこか虚脱したような顔をしている。抑揚がない口調なのに、ひどく悲しく響いた。康は顔を歪めた。もう少しだけ。あと少しだけ。春希も彼女も、切ないほどに願っている。このホテルはその願いを叶えてくれる。だけど決して——天国じゃない。

「今ならまだ間に合いますから、早く」

康は父親の体をベッドから起こして抱きかかえようとした。すると響子が、すっとベッドから立ち上がった。

「その必要はありません」

響子はこちらに近づいてきた。横たわっている自分の夫を、じっと見下ろす。その視線にどんな想いが込められているのか、康にはわからなかった。

響子はかがんで夫の左手を取ると、薬指から、そっと指輪をはずした。

「それ…」

金色のシンプルな指輪だ。結婚指輪だろう。響子はそれをぎゅっと掌の中に握り込んだ。

「この人の結婚指輪です。亡くなったあと、チェーンに通してお守りにして、紗彩の首にかけていました。この人が守ってくれるように」

夫にくっついて眠る幼い娘の髪を、いとおしそうに撫でる。

「……死者が水の底からやってくるというのは、知っていました」

紗彩の顔を見つめながら、響子は言った。

「水に沈めれば、あの世に帰るというのも。ここから現実に戻ってきた人を捜しあてて聞いたんです。戻ってきた人は記憶が曖昧で、ホテルや迷路のこともはっきりとは覚えていなかったけど」

「じゃあもしかして、長くいたら帰れなくなるって知ってたんですか？」

「ええ」

「だったら早くしないと」

「……」

響子は康の言葉には答えず、しばらくの間、眠る夫と娘をじっと見つめていた。

ベッドの上に膝をついて、夫の上に覆い被さる。響子の髪がさらりと落ちて隠したけれど、彼女が夫にキスをしたのがわかった。

響子はゆっくりと身を起こした。肩がかすかに震えている。泣いているんだと思った。

それから、何かを断ち切るように、くるりとベッドに背を向けた。

「藤枝さん」

すたすたと部屋を出ていく。康は慌ててあとを追った。

玄関ロビーに着くと、響子はそのまま扉を開けて外に出た。外はもうかなり薄暗い。空には月も星もない。そのかわりのように、外灯がホテルの建物に沿って等間隔に立てられていた。乳白色の光が中庭に投げかけられている。

「待ってください、藤枝さん！」

響子がためらうことなく緑の迷路の中に入っていくので、康は声を上げた。響子はかまわず確信的な足取りで進んでいく。すぐに角を曲がって姿が見えなくなった。

康は迷路の前でためらった。外灯は建物と同じに四角く迷路を囲っていて、周辺のあたりは明かりが届いているが、中ほどは暗そうだ。でも響子を放っておくこともできず、迷路に足を踏み入れた。

「藤枝さん？」

声は届いているはずだ。でも返事はない。響子がどちらに行ったのかわからず、康はやみくもに角を曲がった。行き止まりに突きあたり、引き返し、また適当に角を曲がる。外灯の光は途切れ、だんだん暗くなってきた。でも自分を囲む生け垣はかろうじて見える。

「藤枝さん！」

響子が迷路の道筋を知っているとは思えない。だけどきっと目指しているのは真ん中にある泉だろう。光也が言っていたじゃないか。行き先が泉ならたどり着く、と。

やみくもに歩いているうちに、だんだん前方がうっすらと明るくなってきた。でも太陽や白熱灯のような暖かい色じゃない。ひんやりと冷たい色だ。光源なんてないはずなのに。

もうあと少しで、広いところに出る。そんな予感がした。この生け垣の向こうだ。

「――」

迷路が途切れた。噴水と泉のある場所に出て、康は足を止めた。

泉がぼんやりと青く光っていた。薄青い、冷ややかな光だ。周囲をうっすらと照らしている。水自体が光っているのではなく、深いところから光が滲み出ているように見えた。夜光虫が夜の海で放つような、静かで熱量を感じさせない、不思議な光だ。

中央の噴水からは、今も絶えることなく水が流れている。そして泉の縁の上に、響子が立っていた。

「藤枝さん！」

大きな声で呼ぶと、響子はゆっくりと振り向いた。

泉の縁は花崗岩（かこうがん）らしき石でできているが、幅はたいしてない。響子が少しでもふらついたら泉に落ちてしまうだろう。落ちたら――

康はふっと空恐ろしくなった。生きている人間がこの泉に落ちたら、どうなるんだ？

「……藤枝さん、何をしてるんですか。危ないですよ」

康は響子に近づいた。なんとなく、響子を刺激しないよう慎重な足取りになった。

「いいんです」

響子は縁の上で足を踏みかえてこちらを向く。泉の青い光でシルエットが縁取られた。もともと色白な人だったが、青い光のせいで肌がますます白く、人形のようだ。

「私、このために来たんだから」

「え？」

「私……あの人が死んで悲しくて、悲しくて悲しくて、どうしてって何度も思った。なんにも悪いことしてないのに」

どうして。きっと叔父も春希も思っただろう。どうして。どうして。康だって思った。叔父はまだ若く、才能のある作曲家だった。とてもいい人だった。

でもきっと、理由なんてない。康が生きていることにも。

「それでも紗彩がいるから、しっかりしなくちゃって思った。紗彩を守れるのは、もう私だけなんだからって。なのに……」

響子の顔が悲痛に歪んだ。白い頬に、つうっと涙が流れ落ちる。

その涙を手で拭い、一度深く呼吸してから、彼女は言った。

「私、癌なんです」

「え――」

「もって半年だと言われました。病院でそれを聞いて、私笑っちゃったわ。神様はなんて意地悪なんだろうって。笑って、泣いて泣いて……それから必死で考えました。紗彩のために何ができるだろうって」

　響子の頬にまた新しい涙が流れ落ちる。痛ましい涙だった。けれど目を逸らすこともできず、康は響子の顔を見つめていた。

「私や夫の両親に頼んだり、できるだけ思い出を残そうとしたり……でも、できることなんてたいしてなかった。そんな時に、天国ホテルの噂を聞いたんです。そうしてやっと、ここにたどり着いた。初めは半信半疑だったけど、本当だった。ここに来ることができた。あの人に会えた。これで紗彩を守ることができる」

　胸にあてた拳が、力を強く込めているせいでかすかに震えていた。

「……どういうことですか？」

　拳の中には夫の結婚指輪が握られているはずだ。手をひらき、指輪を見つめながら、響子は言った。

「天国ホテルに来るためには、遺品か体の一部を持ってこなくちゃいけない。だから、この指輪を持ってきたんです。そして」

いったん言葉を切って、響子はきゅっと拳を握り締めた。

「遺品を持って泉に入れば、自分の命を死者に与えることができる――」

「な――」

康は絶句した。

目を瞠って響子を見る。響子は笑っていた。

「よかった。神様はまだ私たちを見捨てていなかった。私がいなくなっても、あの人が帰ってきてくれれば、紗彩はひとりぼっちにならなくてすむ。あの人が紗彩を守ってくれる」

響子は嬉しそうに笑っている。笑いながら、泣いている。笑う頬にぼろぼろと涙がこぼれた。

殴られたようなショックを受けていた康は、我に返って口をひらいた。

「まさか――自分が死ぬ代わりに、亡くなった人が生き返るんですか？」

「そうよ」

「そんなまさか。嘘でしょう？　そんなことあるはずがない」

笑いたいような、怒りたいような、ぐちゃぐちゃに入り乱れた感情が湧き起こってきた。自分はいまどんな顔をしているんだろう。きっと半分笑って半分腹を立てている、変な顔をしているに違いない。

「私だって、まさかって思ったわ。でも現に天国ホテルはあったでしょう？　亡くなった人にも会えた」

涙に濡れて光る瞳で強く見据えられて、康は口を閉じた。

「家族三人で過ごせて、嬉しかった。できればもう少しだけ一緒にいたかったけど……でも、もう時間がないみたい。命があるうちに行かないと」

響子は白いスカートをはいていて、足元は低いヒールのパンプスだ。そのかかとが、少しだけうしろに動いた。うしろには、ぼんやりと青く発光している水がある。

「待ってください！」

康はよろけるように前に出た。

「そんな——だって、本当に旦那さんが生き返るかわからないじゃないですか。この泉だって、中がどうなってるのか」

「どうせあと半年の命なんだもの。放っておいたって私は死ぬのよ。だったらあの人に命を渡せる可能性がある方がいい。あの人に私の分まで生きてもらって、あの人にも紗彩にもしあわせになってほしい。たとえ一パーセントの可能性でも、〇・一パーセントでも」

「そんな」

康は手を伸ばしかけた。けれど、何を言ったらいいのかわからない。愛する人のしあわせを願う彼女を止める言葉を知らない。

伸ばした手は中途半端に中空で止まり、やがて力なく落ちた。

「そうだ、森崎さん。伝言をお願いできますか？」

にこりと笑って、響子は言った。

「……伝言？」

「ええ。ホテルに戻って、もしもあの人が生き返っていたら……今のあの人は覚えていられないし、手紙も残せないから」

「なんですか」

「来月はクリスマスでしょう？　紗彩にクリスマスプレゼントを用意していたの。手編みのマフラーと帽子。ほんとはセーターを編みたかったんだけど、体がつらくて、時間がなくて……。紗彩に見つからないように隠してあるの。寝室のクローゼットのバスケットの中。あの人に伝えてください。クリスマスに紗彩に渡してって。サンタさんからじゃなくてママからだよ、って」

響子は笑っている。泣いている。クリスマスプレゼント。手編みのマフラー。そんなしあわせな単語が、康には悲しすぎて重かった。

「……わかりました」

「よかった。ありがとうございます。じゃあ……私もう、行かなくちゃ」

またかかとがうしろに動く。

康は足を釘付けにされたように動けなかった。響子の足がじりじりと下がる。いま、縁の端まで来た。かかとが宙に浮く。

「さよなら。あなた。紗彩――」

響子が目を閉じた。

拳を握った右手を左手で包み、胸にあてている。そのままゆっくりと、うしろに体重をかけていった。

「藤枝さん……！」

康は反射的に手を伸ばした。

響子の体が斜めに倒れていく。髪がふわりと浮く。夜闇にも白いスカートが花のように広がった。

ゆっくりとスローモーションに見えたのは、康の錯覚だろう。心が、目で見ているものを受け入れられなかった。

「――ッ……！」

響子の体が水に落ちる。

人ひとりが落ちたのに、水音は意外に小さかった。まるでゼリーの中に落ちたみたいだ。水はやわらかく響子の体を受け止めた。

でも、水しぶきは大きく上がった。高く跳ね上がり、大きな雨粒のように地上に降り注いでくる。立ち尽くす康を濡らした。

雨のない世界に、激しい雨が降る。その雨が降りやんでから、康は我に返ったように泉に駆け寄った。縁に手をかけて水面を覗き込む。

「藤枝さん――」

響子の姿は見えなかった。水自体は透明で、ずっと底まで見通せそうなのに。でももう何も見えない。何もない。水は深まるにつれて濃い青のグラデーションになっていき、ずっと底の方はほの青く光っていた。

（そんな）

水面はまだ大きく揺れている。康は震える手を伸ばして、水に触れてみた。やっぱり透明だ。手を浸すと、水面から数センチ下の自分の手は普通に見える。水しぶきを浴びた体も、ただ水に濡れたようにしか見えなかった。

「……」

ふらふらとうしろによろけて、康は地面にどさりと尻餅をついた。行った。行ってしまった。さっきまでここにいたのに。生きていたのに。

もう彼女はどこにもいない。

「嘘だろ……」

呟いた時、背後から声が聞こえた。

「――本当です」

康ははじかれたように振り返った。

光也少年が立っていた。いつもと同じ詰め襟の学生服を着ている。いつもと同じ、落ち着いた無表情だった。

「遺品を持って泉に入ると死者と命を交換できるというのは、本当です。現実に戻ってからのことは、僕には確かめられないけれど」

「……君は」

康は立ち上がって光也に向き直った。

「君は何者なんだ？」

「……僕は」

光也は困惑したように視線を横に流した。そんなふうにすると、年相応の少年に見える。

「僕は……お父さんを——現実の世界に帰したかった」

少年らしい表情、少年らしい声で、光也は言った。

「ここに来た時、お父さんはまだ生きていたから。でも、だめだった。お父さんはゆっくりと生きるのをやめて、やがて命を手放してしまった。それでもまだお母さんを待ち続けている。いや、もう自分が何を待っているのか、どうしてここにいるのか、わかっていないのかもしれない。ここにずっといると、ホテルの一部になってしまうから」

「ホテルの一部に？」

「だんだんいろんなことが曖昧になって、やがてここに同化してしまう。ここの一部になる。

家具や、備品みたいに。あんまり長く待ちすぎて、僕たちはこのホテルの一部になってしまった。もうどこへも行けない」

まるで映画のエキストラのように、必要な時にだけ現れる存在感のない客たち。従業員たち。セットのようだと思ったことを康は思い出した。

目的も意味もなく、ただここにいる幽霊たち。

悲しい、と康は思った。それはとても悲しい存在だ。

「僕はそんな人たちをどうにかしたくて、この世界に迷い込む人たちを帰したくて……でも、それすらもここの意志の一部なのかもしれない。だって、世界には案内人が必要だから」

「意志って、誰の」

怒りを含んだ声で、康は訊き返した。実際、怒っていた。濡れた髪からしたたる水滴が涙のように頬をつたう。

康はその水を冷たく感じる。まだ生きているから。体が熱いから。

「わかりません。神の慈悲かもしれないし、死神の悪戯かもしれない」

「こんな場所、神がつくるはずがない」

「でも人はみんな望むでしょう？　死んだ人に会いたい、帰ってきてほしい、時を止めたいって」

せつないほどに。時には自分の命を投げ出すほどに。

「命をつくり、その命を死ぬようにつくったのが神なら、死を司る死神だってやっぱり神だ。いや、同じものだ。きっと、同じものの表と裏なんです。生の裏が死であるように」

「……」

怒りに握っていた拳をひらいて、康は自分の手を見つめた。

手首に太い血管が走っている。鼓動に合わせて、脈打っている。生きている。いまは、まだ。でもいつ死ぬのかなんてわからない。

たまたま叔父が死んで、たまたま康は生きている。それだけだ。理由はない。

理由がないからこそ、人は運命を変えたいと望んでしまう。

「それとも、僕は自分が父がつくり上げた幻なんじゃないかと思うこともあります。いや、このすべてが、誰かが——みんながつくり上げた幻想なのかもしれない」

たくさんの人の想い。未練。悲しみ。ここにはそんなものが詰まっている。行き場のないまま、閉じられた空間を迷路をさまようようにさまよっている。

「早く帰った方がいいです」

案内人らしい冷静な他人事(ひとごと)の声に戻って、光也は言った。

「あなたはまだ生きている。早く帰った方がいい。手遅れになる前に」

「でも……」

康はホテルの方に顔を向けた。今は生け垣に阻まれて建物は見えない。建物の中には、春希がいる。

反対側の泉を見た。ほの青く光る水面は、すでに何事もなかったように静まっている。響子を呑み込んだまま。浮かび上がってくる気配はない。

「伝言……」

呟いて、康はよろけるように足を生け垣の迷路に向けた。

「伝言を伝えないと」

ホテルに戻るために、迷路の中に足を踏み入れる。少年は何も言わず、静かに見送っていた。

「藤枝さん」

肩を揺さぶる。ベッドの上で、父親の体はゆさゆさと揺れた。ちょっと太り気味だ。健康のためには少しダイエットをして、運動をした方がいい。でもしあわせそうな太り方だ。奥さんはきっと料理上手だったんだろう。

「藤枝さん、起きてください」

康は泣きたくなってきた。頼むから目を覚ましてくれ。せっかく彼女が――でも、目を覚ましたらどうしよう。

どうしたらいいんだ。

「う…、ん」

父親が低く呻いて体を動かした。

起こしたのは自分なのに、康はぎょっとして手を離した。身を引いて、横たわる父親を凝視する。

父親はぎゅっと顔をしかめ、うーんと両腕を上げた。その左手の薬指に、指輪が嵌まっているのを康は見た。響子が握りしめて、一緒に泉に沈んだはずの結婚指輪。

太平楽に伸びをして、父親はぱかりと目を開けた。

「よく寝た」

「――」

康は目を瞠り、浅く呼吸をした。死者たちは夜になって眠りに落ちると、朝まで決して目を覚まさない。眠ると体は冷たくなり、呼吸もしなくなる。

でも、父親の体には体温があった。呼吸をしていた。

「あれ。君、誰」

人の良さそうな丸顔で、父親はきょとんと康を見た。

「……奥さんと、バスで一緒だった者です」

ベッドの脇に立った康は、うつむいて答えた。

「え？」

父親は目を瞬かせる。寝起きで、まだよくわかっていない顔をしていた。

「奥さんから伝言です。娘さんへのクリスマスプレゼント……クローゼットのバスケットの中に隠してあるそうです。クリスマスに、娘さんに渡してあげてください。ママからだよって」

「え」

父親はかたわらに眠る娘を見下ろした。紗彩はぐっすりと眠っている。横向きになって少し丸くなり、すうすうと健康そうな寝息をこぼしていた。

「……」

父親の顔に、何か理解のようなものがじわりと広がった。それを見届けて、康は一礼して踵(きびす)を返した。

部屋を出て、廊下を歩く。静かだった。廃墟の中を歩いているみたいだった。人っ子ひとり姿が見えない。誰も生きている人がいないみたいに。

月彦の部屋に行き、中に入った。明かりをつける。ベッドに月彦が眠っていた。いや、眠っているんじゃない。息をしていない。命がない。

康はその顔を見下ろして、ベッドの脇に立ち尽くした。

自分はどうしたらいいんだろう?

■

春希(はるき)はピアノを弾いていた。月彦(つきひこ)と作っているピアノソナタ。もう第三楽章の後半まで来た。あと少し。フィナーレを作れば終わりだ。

楽譜には残せないが、記憶することはできる。月彦に弾いて聴かせて、続きを作っていた。暗譜はそれほど得意じゃないけれど、この曲は覚えられる。音符や記号で表現できないディテールやニュアンスまで、指が覚えていた。体に沁み込んでいる。

楽しかった。彼は春希の音楽の土台を作った人だ。春希の長所も短所も癖もよく知っている。彼に導かれると、頭の中にある、うまく形にできなかったものがするすると音になって出てくる。音に羽が生える。色がつく。春希の周りを飛び跳ねる。

楽しかった。夢を見ているみたいだった。ずっと、彼とピアノを弾いていたかった。

でも、もうすぐ終わりだ。

今、月彦は眠っている時間だ。月彦が眠ってから、それまでの分をしっかりと覚えるために一人でピアノを弾くのが習慣になっていた。だけど今日は一人じゃない。サロンの椅子(いす)に座って、康(こう)が聴いていた。音楽を聴くと眠ってしまうことが多いのに、今はテーブルに頬杖をついて、じっとこちらを見ている。

康はこのところ毎日、春希と月彦が作曲するのを眺めていた。ずっと月彦を避けていたのに。一緒にお茶を飲んだり、食事をすることもあった。そんな時、康は笑っていた。冗談を言って笑い、月彦も笑う。楽しかった。昔に戻ったみたいだった。月彦が生きていた頃に。

でも、もうすぐ終わりだ。

この曲が完成したら――

「曲、あとどのくらいなんだ？」

鍵盤（けんばん）から指を下ろして小さく息をつくと、康が訊（き）いてきた。

「もうあと少し。たぶん、明日にはできあがると思う」

「そう…」

康は椅子を立ち、ゆっくりとこちらに近づいてきた。ピアノの横に立つ。

「春希さんはさ、このホテルのこと、旅行に来る前から知っていたんだろう？」

「え」

春希は口ごもった。月彦に会いに旅行に来たんだろうと言われている気がした。否定はできない。

この旅行から帰ったら、俺のことを考えてくれよ。康はそう言った。もちろん覚えている。忘れていない。

「……うん」

少しおいて小さく頷く。世間話のような口調で康は続けた。

「だったら、遺品か、何か叔父さんに関わりの深いものを持ってきてるんだよな。なに？」

「え……この楽譜だけど」

「ああ、楽譜か」

康は譜面台に置いてあった楽譜ファイルを手に取った。

「そうだよな。叔父さんと作ってる大切な曲だもんな」

ぱらぱらとめくる。ぱたんと閉じて、言った。

「これ、ちょっと貸してくれない？」

春希は驚いて立ち上がった。

「だめだよ。何言ってるんだ」

「うん、ごめん。形見だもんな。でも、あとで戻ってくるみたいだから」

「何を言ってるんだ」

「ちゃんと返すから。お願い」

「……」

年下だけど生意気で強引で、いつも春希を振り回す康に「お願い」と言われると、弱かった。いつもそうだ。結局のところ、自分は康に弱いと思う。押し切られる。引きずられる。巻き込まれる。それが……

「どうするんだ」

しかたなくファイルを渡すと、受け取って康はにこりと笑った。この笑顔にも弱いんだよな、と思う。康は社交性があるし、仕事でいろんな人と知り合うだろうし——あのインテリアデザイナーの女性とか——きっとこの笑顔に魅力を感じる人は多いだろう。

でも康の素の姿を一番知っているのは自分だ、と思う。一番の笑顔を向けられるのも。

「春希さん」

康は楽譜ファイルをいったんピアノの上に置いた。そして唇に笑みを残したまま、言った。

「キスしていい？」

「——は⁉」

春希は仰天(ぎょうてん)してのけぞった。

「な、何を言ってるんだ！」

かあああっと頬に血が昇る。でも康は真顔だ。真顔で一歩、近づいてきた。

「嫌？」

「い、嫌っていうか、だって、でも」

「嫌って言ってもやるけど。これが最後かもしれないから、キスくらいいいだろ」

「え——」

訊き返す前に、唇を塞がれた。

「んっ」

康の両腕が背中に回り、強く抱きすくめられる。一瞬パニックになって暴れたけど、康の腕はびくともしなかった。

抱きしめられると、康の熱さを感じる。この熱を知っている。いつも春希を翻弄（ほんろう）する。翻弄して、かき回して——そして春希を包み込む、熱だ。

「ん——…っ」

用意のなかった唇を割って舌が入り込んできて、ざわっと肌が沸き立った。

「ん、やっ」

ずっと現実感のない世界にいたのに、ぬるっとした質感に否応なく生身の体を感じさせられた。舌が口腔（こうこう）を侵してくる。春希の舌にからみついてくる。逃げようとしたって逃げ場なんてなくて、好き勝手に舐（な）め回された。口の中がこんなに敏感なんて、初めて知った。

「や、やめ…」

抵抗しようとしても、うまく手に力が入らなかった。足にも力が入らない。康に抱きしめられて立っているのがやっとだ。

「春希さん……好きだよ」

「はっ…」

キスの合い間に康が囁く。甘い、熱い声で。春希は息継ぎするので精一杯だった。

「前にも言ったけど、もう一回言わせてくれよ。俺、春希さんに会えて、よかった」

言って、また唇を塞がれる。

「ん――」

唇から直接、熱が流れ込んでくるみたいだった。それは春希の肌を沸き立たせ、春希の中をかき回す。春希の中の、熱をかき立てる。

こんなキスは知らない。反則だと思う。こんなキスをする男だったなんて。

「春希さん……」

「やっ、も…」

唇が離れて腕がゆるみ、春希はようやく康を押しのけた。

押し返した反動で自分の方がうしろによろけ、うつむいて片腕で顔を覆う。自分がどんな顔をしているかわからなかった。康に見られたくなかった。

「なんの、つもりだよ」

呟いた声は、自分でも弱々しく迫力がないと思った。

「春希さんってさ、ずっと叔父さんのこと好きだったんだよな」

混乱している春希に比べ、康は憎たらしいほど落ち着いた態度だった。春希は腕で口元を覆ったまま、康を睨みつけた。

「だったらひょっとして、今のがファーストキス？」

「は⁉」

睨んでも、康は意に介していない。頬を紅潮させて、春希は怒鳴った。

「ば、馬鹿にするな！　女の子とつきあったことくらいある」

「あ、そうなんだ。残念。でも叔父さんとしたことはないよな？」

「せ、先生とはそんな関係じゃ」

「なら男は俺が初めてだよな。よかった」

天真爛漫（てんしんらんまん）とも言えるさわやかな笑顔で、康はにこりと笑った。

「な、何言って」

「春希さん、もう寝た方がいいよ。ずいぶん長い時間弾いていただろう」

怒ろうとしたら、さらりとかわされた。康は楽譜ファイルを手に取った。

「明日も続きをやるんだろう？　明日また、叔父さんに会えるよ」

「え…、うん。いや、ちょっと待てよ、康。いったいどういうつもりで」

「約束したよな。この曲が完成したら、帰るって」

春希の抗議を遮って、康は言った。声の調子が変わっていた。顔つきも真剣なものになっている。

「心の底から帰りたいと願えば帰れるって、光也って子は言ってた。曲ができたら、春希さんは帰るんだ」

「……うん」

ふっと、不安を感じた。立っている足元が心許なくなるような。

「約束してくれよ。ここにどんな未練があっても、ちゃんと現実に帰るって」

まっすぐに春希を見つめて、康は言った。

どうしてかわからない。なぜか、胸を衝かれた。とても重いことを言われているような。

「わかった」

気圧されるように、春希は頷いた。

「うん。よかった。……じゃあ、俺ももう寝るよ」

康は目をやわらげて微笑った。

「おやすみ」

楽譜ファイルを持って、背中を向ける。春希を待たずに先に歩いて、サロンを出ていった。

「……」

取り残された春希は、のろのろと鍵盤の蓋を閉めた。たしかに長時間ピアノを弾いていて、疲れてはいた。でも、あまり眠くない。このところは根をつめて作曲していて、強い眠気は感じなかった。

春希は窓辺に立って外を眺めた。空は真っ暗だ。月も星もない。眼下には生け垣で作られた巨大な迷路が広がっている。その迷路を囲むように、外灯が等間隔で灯っていた。反対側の明かりは遠く、小さな点にしか見えない。

不思議な場所だ、とあらためて思う。今は意識ははっきりしているけど、現実に帰ったらどのくらい覚えていられるんだろう。インターネットで調べた情報では、天国ホテルから帰ってきた人は、夢を見ていたように記憶が曖昧になると書かれていた。この不思議な建物のことも、迷路でバスの乗客たちと迷ったことも、曖昧になってしまうんだろうか。

死んだはずの月彦と再会したことも。

(……でも、曲がある)

頭の中には、月彦と作曲したピアノソナタがある。あの曲があれば……

「あれ」

ぼんやりと外を眺めていた春希は、目の下で動くものを見つけて瞬きした。外灯の明かりでシルエットしかわからないが、人だ。迷路に近づいていき、その前で立ち止まる。

目を凝らす。康に見えた。

(何をしてるんだ。こんな夜中に)

「康!」

大きな声を出して呼んだ。人影はちらりとこちらを振り仰ぐ。やっぱり康だ。手に楽譜ファイルを持っている。

が、康は春希に応えることなく、さっと身を翻して迷路の中に入った。

「康!?」

春希は窓から身を乗り出した。けれど生け垣は高く、あっという間に姿が見えなくなる。外灯の明かりが届くのは迷路のほんの周辺だけだ。ここからは見えない中心部は、森のように真っ暗なのに。

「なんで……」

わずかの間呆然としてから、春希は窓を離れて走り出した。

人影のないホテルの廊下を走る。誰もいないロビーを駆け抜けて、玄関から外に出た。

目の前に迷路が立ち塞がった。夜に見ると、本当に森のようだ。でも風が吹いて木の葉が揺れることはないし、鳥の声も小動物の気配もない。

「康!」

出入り口から呼んでみた。返事はない。ずっと奥まで進んでしまったのか、足音も聞こえなかった。

「……」

迷路の前で、春希はためらった。暗く、巨大な迷路だ。真夜中に入るようなところじゃない。

けれどさっき康と話した時の不安が、黒い雲のように胸中に広がってくる。いてもたってもいられなくなって、春希は迷路に足を踏み入れた。

「康！」

名前を呼びながら、やみくもに走る。道はわからない。おまけにどんどん暗くなってくる。そのうち走ることはできなくなってきて、手探りで進んだ。

「康？」

呼んでも呼んでも、返事はない。夜に迷路で迷っていることよりも、康の返事がないことの方が怖かった。

今まで、そんなことはなかった。康はいつもそばにいた。月彦が発症し、不安に押しつぶされそうになりながら病院に通っていた時も。彼が亡くなって、暗闇の中で呆然としていた時も。葬儀で親戚たちに嫌味を言われた時も、康がかばってくれた。ずっとそばにいた。悲嘆の泥の中から這いずり出て、まともに生活できるようになったのは、康がいたからだ。あのおいしくないカレーライス。二人で家事を分担するようになると、肉ばかりリクエストされた。しかたなく、春希も肉を食べるようになった。

春希さんのピアノの音、好きだから。そう言って弾いてくれとねだっては、聴いているうちにいつも眠ってしまった。その寝顔を見下ろして、何度笑い出しそうになっただろう。

食事をすることも、笑うことも、康がいたからできたのに。

——春希さんに会えて、よかった。

(俺……俺は)

道もわからず歩いているうちに、ぼんやりと前方が明るくなってきた。春希は足を速めた。外灯の明かりじゃない。なんだかひんやりとした冷たい光だ。ここは気温がずっと変わらないのに、気のせいか空気まで冷たく感じた。

「――」

急に目の前がひらけて、春希はつんのめるように立ち止まった。

広い空間だ。中央に噴水のある泉がある。その泉に、春希は目を奪われた。

「なんだ……これ」

泉がぼんやりと青く光っていた。底にライトを沈めたみたいに。ごく薄い光なのに、周囲を淡く冷たく照らし出している。

泉の前に、康が立っていた。

「康!」

春希の声に、康はゆっくりと振り返った。

「なんで来たんだよ」

冷たい声で、康は言った。無表情に春希を見る。少し前までは笑っていて、春希にキスをしてきたのに。聞いたこともない冷ややかな声に、近づこうとしていた足が止まった。

「何しているんだ。こんなところで」

「春希さん、来ちゃだめだよ。こっちに来ないで」

青い泉を背にして、康の体は薄青い光に縁取られていた。逆光ではっきりと表情が見えない。怒っているようにも、苦しんでいるようにも見えた。

「俺、ちょっとやることがあるんだ。だからここを出てホテルに帰ってくれよ」

「やることって……いったい何を」

「いいから、早く！」

声を荒らげられて、びくりと肩が跳ねた。

「早く行ってくれよ。ホテルに戻るんだ。この迷路は、ホテルに行こうと思えばちゃんと出られる。迷うことはない。だから早く行ってくれ。それでベッドに潜り込んで寝ちまってくれよ。そうすれば、目覚めた時には全部が終わっているから」

春希は目を瞠っていた。康は取り乱しているように見える。康は感情が豊かだけどメンタルは強くて、起伏が激しかったり人にあたったりするようなことはないのに。月彦が死んだ時も、年下の康の方がしっかりしていたのに。

「全部が終わるって……何をするつもりなんだ」

「いいから早く」

「勝手なことを言うな！」

春希は怒鳴った。訳がわからなくて、だんだん腹が立ってくる。

「いったい何をするつもりなんだ。言わないと、ここから離れない」

「春希さん」

康はくしゃりと顔を歪(ゆが)めた。同時に声音も崩れるように弱くなる。

「お願いだ。お願いだから、行ってくれよ」

「……康」

よく見えない康の顔がなんだか泣いているように見えて、春希は無意識に数歩、前に出た。

「来るなよ！」

怒鳴って、康は泉に駆け寄った。身軽に縁の上に飛び乗る。

「何してるんだ！」

春希は驚いてまた近寄ったが、また康に制止される。石でできた縁は大人の腰ほどの高さがあり、幅は人ひとり立つのがやっとだ。無理に近づいたら背後の泉に落ちてしまいそうで、背中がすっと冷えた。

「やめろ、康。危ないだろ」

「……」

康は縁の上にこちらを向いて立つ。首をひねって、自分のすぐうしろの水面を見た。

近づいたので、さっきより顔がはっきり見える。ほの青い光のせいか、ひどく悲しげに見えた。

「叔父さんは、この泉から来た」

泉の水面に目を据えたまま、康が言った。落ち着いているように聞こえるけれど、その声の表面が小さく波打っている気がした。コップの水が地震で波打つみたいに。

「でも、春希さんは叔父さんをここに帰すことはできないんだろう？」

康を見つめたまま、春希は何も言えずにいた。

「だったら俺が、ここに入る」

「な――」

最初、康が何を言っているのかわからなかった。

言葉通りの意味を頭が理解した瞬間、背筋の悪寒がざあっと全身に広がった。

「何を言ってるんだ！」

康は表情を変えない。感情をむりやり押し込めて蓋をしているような顔だ。でも、滲み出てくる。コップの水が震える。

「遺品を持ってここに入ると、死者と命を交換できる――藤枝さんが言っていたんだ。あの光也って子も」

「そんな」

春希は目を大きく見ひらいた。

「そんなまさか。そんなことあるはずがない」

「俺だって最初は信じなかった。でもここはあるはずがないことばかりだ。そもそも叔父さんに会えたことがあり得ないんだ。だったら、どんなことでも起きるのかもしれないだろう？」

「——」

「少し前に、藤枝さんがここに入った。旦那さんの結婚指輪を持って。そうしたら、旦那さんは帰ってきたんだ。紗彩ちゃんのもとに」

「……嘘だろ」

春希は胸を上下させて浅く呼吸をした。息がうまくできなくて、喉が苦しかった。

「藤枝さんは病気で余命少なくて……だから自分の命を旦那さんに託したんだ。旦那さんは紗彩ちゃんと一緒に現実に帰った。もうここにはいない。広瀬さんもいなくなった」

康の目から、すうっと一滴、涙が流れた。

信じられないものを見る思いで、春希はその涙を見た。

康が泣いている。月彦が死んだ時も、眠っている月彦を泉に帰せなかった時も、泣いていたのは春希だったのに。どれだけ泣いても、康が受け止めてくれたのに。

「康」

その涙に触れたくて、ふらりと一歩、春希は前に出た。

すると康が半歩うしろに下がる。かかとのすぐうしろは得体の知れない青い泉だ。春希は固まったように足を止めた。

「春希さんは帰るって約束してくれたけど、叔父さんに会ったら——動いて、笑って、一緒にピアノを弾いてくれる叔父さんといたら、心の底から帰りたいなんて思えないだろう？　頭では帰らなくちゃいけないってわかっていても、きっと心が拒否する」

「そんな……」

瞬きをすると、自分の横でピアノを弾いている月彦が脳裏に浮かんだ。顔を向けると目が合って、目が合うと笑ってくれる、あの優しい顔。

懐かしかった。とても大切だった。なくしたくなかった。

でも今は——目の前で泣いている康の涙を、止めたかった。

「それじゃだめなんだよ。きっと取り返しがつかないことになる。そうなる前に、俺は春希さんに現実に戻ってほしいんだよ。現実で生きてほしいんだよ」

生きて。

「違うんだ……康」

春希は小さく呟（つぶや）いた。でも康には届かない。康は顔を背け、またちらりと水面に目をやった。

泉はほの青く光っている。水は透明なはずなのに、そこに闇が溜まっているように春希には思えた。闇の底に、青白い炎が燃えている。

「春希さんはここにいちゃだめだ。ここには痛みも苦しみもない。さよならもない。まるで天国だよな。でもやっぱり、生きてる人間は天国へ来ちゃいけないんだよ。痛みも苦しみもないなら、生きていないってことだ。死がないなら、生がないってことだ。俺は春希さんに生きてほしいんだよ」

「康……待ってくれ」

康はだんだん早口になる。泣き笑いをしているみたいに表情が歪む。

「叔父さんに会ったら伝えてくれよ。俺の分までしっかり生きてくれって。俺さ、葬式とかで、その人の分まで生きるって残された人が言うの、気持ちはわかるけど綺麗事だよなってちょっと思ってた。命はその人だけのもので、誰もかわりに生きたりできない、だからかけがえがないんだって。でもここだとそれがありなんだよな。笑っちゃうよな」

康は笑っていなかった。頬を涙が流れ落ちる。

「待ってくれ！」

「春希さん、お願いだから！」

喉から絞り出すようにして、康は叫んだ。その叫び声は春希の胸を底から震わせる。康の頬を止めようもなく涙が流れる。

誰かの涙を見て、こんなに胸が苦しいと思ったことはなかった。こんなに誰かをこの手につかまえたいと思ったことも。

「お願いだから、もう行ってくれよ。俺、弱いから、春希さんの顔を見ると泉に入りたくなくなる。俺だって死にたくないんだよ。生きたいんだよ。でもここで春希さんが死んだら、きっと後悔で死にたくなるから」

「だめだ、やめてくれ、康！」

春希は走った。「来るな！」と康が止める。止められても、かまわず走った。

「違う、違うんだ。やめてくれ、康」

そんなに遠い距離じゃないはずなのに、走っても走っても、前に進んでいる気がしなかった。夢の中みたいに。ここは本当に夢の中なのかもしれない。そうだったらどんなにいいだろう。大事なものを追いかける時ほど、足は重く、空気も重くまとわりつく。間に合わなかったらどうしよう。心臓が胸の中で暴れる。張り裂けそうになる。

「行かないでくれ。俺は康と――」

康の足がすっと下がった。体が斜めに傾いだ。

「康と一緒に――」

かかとが縁から落ち、爪先が浮く。

「さよなら、春希さん」

ようやく泉にたどり着いた。春希は手を伸ばした。

伸ばした手の指先を、康のブルゾンがかすめる。届かない。康の体がうしろに倒れていく。

「康！」

春希は無我夢中で泉の縁に駆け上がった。倒れていく康の体を追って、身を乗り出す。

康は楽譜ファイルを持っていた。それが康の手を離れ、ふわりと浮く。

大切な楽譜だった。月彦の形見だった。けれど今は目に入らない。必死で手を伸ばした。指先が康の腕に触れる。春希の爪先が縁から離れ、二人の体が一瞬、宙に浮いた。

康が春希を見て、目を見ひらいた。

その一瞬後、春希は康と一緒に青い水の中に落下した。

■

赤。赤い水が渦を巻いている。血みたいな水だ。

康は息を止めて目を瞠(みは)った。視界は真っ赤だ。ねっとりとした血のような重い水の中を沈んでいる。この光景は知っている。覚えている。バスがガードレールに激突して、紅葉が燃える谷に落下した、あの事故。あれは何日前のことだ？

あの時、赤い水で溺(おぼ)れる夢を見た。それから緑の迷路で目を覚まして――城のようなホテル。学生服の少年。そうして叔父が――月彦叔父が現れて――

『康！』

春希の声が聞こえて、康はびくっと水の中で体を跳ねさせた。頭の中に直接響くような声だった。

反射的に口を開けてしまい、ゴボッと空気が泡になって出ていく。ゴボゴボと大きな泡がいくつも口から逃げて上昇していった。

あの時の夢では空気を吐くと逆に呼吸が楽になったのに、今度は苦しくなった。苦しい。息ができない。逃げた空気をつかもうと指が水を掻(か)く。

（春希さん）

赤い視界の中に、春希の顔が見えた。落ちていく康を追いかけて、手を伸ばしている。自分と春希の周りを、風に舞うように何枚もの楽譜が舞っていた。

楽譜。そうだ。楽譜を持って、迷路の中の泉に入った。自分は青く光る水に落ちたはずなのに――どうしてか、視界は赤い。真っ赤な血みたいな水の中を底へ底へと沈んでいく。息が苦しくてもがいたが、もがけばもがくほど、体は重く沈んでいった。

『康』

春希が康の腕をつかんだ。

康はその手を振り払おうとした。だめだ。春希は来ちゃいけない。必死で手を動かすけれど、水はねっとりと重く、思うように動かない。二人の周りを何枚も何枚も、白い鳥のように楽譜が舞う。

（だめだ）

苦しい。息ができなくて、頭が朦朧（もうろう）としてくる。

『康』

腕をつかんだ春希が、康の体を強く引き寄せた。もう振り払うことはできず、赤い水の中で体が重なる。腕が背中に回り、抱きしめられた。

（春希さん――……）

康の体を片腕で抱きしめたまま、春希はもう片方の腕で水をかいた。上に向かって必死に浮き上がろうとしている。両足が水を蹴る。

でも康はもう動けなかった。視界の赤がどんどん濃くなっていく。暗赤色に。暗い青の混じった紫に。もう沈んでいるのか、浮き上がっているのか、よくわからない。紫が黒に近づいていき、さらに深く、暗くなっていく。暗闇のように。

苦しい、息ができない——誰か、助けてくれ——春希さんを——せめて春希さんを——

意識が薄れる。視界が暗く、黒くなる。もう何も見えない。わからない。

その時ふっと、どこか遠いところ、それとも近いところで、声がした。

——康

懐かしい叔父さんの声だ。笑みをたたえていそうな、のんびりとした声。どんなに苦しい時も、大変な時も、叔父は笑顔を浮かべていた。思い出すのは笑顔ばかりだ。

——康　春希

近く聞こえるような遠く聞こえるような不思議な声で、叔父は言った。

——会えて嬉しかった　ありがとう　さよなら

「ツ……——」

大きく息を吸うのと、目を開けたのが同時だった。

「っ、は」

息ができなくて苦しかった喉に、一気に空気が流れ込んできた。

康は無我夢中で息を吸い込み、むせて咳き込んだ。横向きになって激しく咳き込んでいると、誰かの手が肩に触れた。

「康」

「ぐ、ゴホッ」

咳き込みすぎて涙が滲んでくる。まともに呼吸ができるようになるまで、しばらくかかった。その間、手はずっと背中に触れていた。

「康、大丈夫か?」

「……」

ようやく咳が収まり、康は目を開けた。

滲んだ視界に、クリーム色の天井が見える。装飾のない、なんの変哲もない天井だ。ごく普通の。そして普通の蛍光灯がついている。ミルクガラスのシェードのついたアンティークなライトじゃない。

「ッ…!」

がばりと上体を起こした瞬間、背中に痛みが走って、康は今度は前かがみになって呻いた。

「うっ、いてて」

「康」

重い痛みだが、激痛というほどじゃない。何度か呼吸をして目を開けると、春希の顔がすぐ間近にあった。

立っている。康を見ている。生きている。康を見つめている目が、ふっと潤んだ。

「よかった——」

首に腕がからみついてきて、春希が抱きついてきた。強く抱きしめられたわけじゃない。でも、生きている体の温かみ、重みをはっきりと感じた。

「春希さん……ここは？」

春希の肩に手をおいて、康はあたりを見回した。

すぐにわかった。病院だ。クリーム色の天井。クリーム色の壁。自分がいるのは白いベッドで、枕元にはナースコールの装置があり、コンパクトな棚が置かれている。機能的で、清潔で、現実的な物の数々。

それらを見て、はっきりと目が覚めた。いま、目が覚めた気がした。ずいぶん長い間、眠っていたような。

「俺……」

自分の体を見下ろすと、病院のものらしい水色の上下の服を着ていた。春希も同じものを着ている。

病室は二人部屋らしく、康は窓側のベッドにいた。仕切りのカーテンは開けられていて、隣のベッドに人はいない。枕元の棚に春希のバッグが見えたので、隣は春希のベッドらしい。

「春希さん、大丈夫？　怪我は？」

さっき見た時、春希のこめかみには医療用の白いシートが貼られていた。自分の肩口にある顔を覗き込んで言うと、春希は身を離して顔を上げた。

「康の方が怪我してるんだろ……」

怒った顔をしているけど、目の縁が赤い。瞳が涙で潤んでいた。康はとっさに頬に手を伸ばした。だって、泣いているから。その動きで背中が痛んで、わずかに眉をひそめた。

「っつ…」

「バカ」

しかめ面で言って、春希は顔を近づけてきた。

「――」

唇が重なった。

康は驚いて目を開けたままだった。春希が自分にキスをしている。しかめ面でバカと言われたけど。とまどいながらその髪に触れると、腕が背中に回された。

自分が怪我をしているからか、ゆるく抱きしめられる。その体温と唇の感触を実感しながら、康は目を閉じた。

「ん……」

ごく軽い、舌や唾液よりも互いの息をからませるようなキスだった。唇も体もぴったりとはくっついていない。でも、心を交わしている感じがした。春希の心が流れ込んでくる。しかめ面や、かわいげのない言葉の裏側の。

「――康は本当にバカだ」

唇を離すと、春希はまた康の肩口に顔を伏せてしまった。

「俺はちゃんと帰るつもりだったんだ。曲が完成したら。そう言っただろう。そりゃ先生と別れるのはつらいけど……でも、先生はもう五年も前に亡くなってるんだから。ちゃんとわかってたんだ。だから康と一緒に帰るつもりだったのに。康と一緒に……」

「春希さん」

「一緒に、生きたいと思ったのに」

声が震えていた。首筋にも震える息を感じる。

「なのにあんな――あんなこと、バカにもほどがある。絶対に許さない」

「許さないって」

背中がこまかく震えている。春希が泣いている。

「ごめん」

「ごめんじゃすまない」

「うん……ごめん」

「許さないって言ってるだろ」

「ごめん。春希さん、好きだよ」

「——アホ」

冷たい声で言うと、春希は鼻をすすった。顔を伏せたままぐいぐいと腕で目元を拭い、ようやく顔を上げる。そっぽを向いたが、目元が真っ赤になっていた。

「そうだ。医者を呼ばないと」

枕元のコールボタンを押そうとする手を、康は止めた。

「ちょっと待って。ここはどこ？　今はいつなんだ？　バスの事故は」

「それが」

春希は真顔になった。

「俺が目を覚ましたのは三時間くらい前なんだけど……バスが事故を起こしたのは昨日のことだって言われたんだ」

「昨日？」

春希は頷いて、ベッドの横のパイプ椅子に腰を下ろした。

康は窓の外に目をやった。高い建物があまりないゆったりとした町並みが広がり、すぐ背後に山が連なっている。ふもとの町だろう。少し傾いた午後の陽が差していた。

「嘘だろ。だってあれから……」

あれから何日がたったのか、康にははっきりとはわからなかった。あの場所には、昨日も明日もなかったから。でも、何日も過ごしたことは確かだ。

「俺の記憶では、バスはガードレールにぶつかって、そのまま谷に落ちた気がしたんだけど」

春希が言って、康も頷いた。

「俺もそう思った」

「でも、落下なんてしていないって言うんだ。運転手が発作を起こしたのは確かだけど、バスは急転回して、ガードレールじゃなくて山肌にぶつかったって」

「そんなバカな」

「警察の人が言っていたんだ。実際、救急が駆けつけた時はバスは山にぶつかって停まっていたらしいし。さいわいほかの車が走っていなかったから、二次被害はなかったみたいだけど。運転手は重傷だけど、命に別状はなくて、意識もあるって」

「ここは?」

「一番近くの救急指定病院。怪我をした人はみんなここに運ばれたらしい。でも、ほとんどの人は軽傷だったって。割れたガラスで切ったり、どこかにぶつけたり……康は背中を強く打ちつけたらしい。骨には異状ないみたいでよかったけど」

たしかに背中がズキズキするが、湿布が貼られているだけで、固定されている様子はない。ほかにも小さな傷がいくつかあり、医療用の白いシートが貼られていた。

「春希さんの手首は？」

春希のひたいに貼られたシートは大きなものではないが、よく見ると手首に包帯を巻いていた。ほかにも小さな傷がいくつかある。

「捻挫(ねんざ)。あとの傷はたいしたことない。ただ、俺も康も丸一日目を覚まさなかったから、頭を打ったんだろうってことで検査入院しなくちゃいけないみたいなんだけど」

「……」

もしもバスが谷に落ちていたら、この程度の怪我ではすまなかっただろう。けれど目の前にガードレールが迫ってきた時の恐怖は、まだ脳裡(のうり)に残っているのに。

「じゃあ、亡くなった人はいないんだ？」

「それが……」

春希は顔を曇らせた。

「広瀬さんが」

「えっ」

「事故で亡くなったのは広瀬さん一人で……リゾート会社の社員だっていうから、間違いないと思う。大きな外傷はないけど、頭を強く打ったらしくて、ほぼ即死だって」

「即死?」

康は思わず大きな声を上げた。

「そんな。だって——広瀬さんとは迷路で会って……生きていたのに。普通に話して、酒を飲んで……何日かわからないけど、生きていたのに」

「……」

春希は神妙な顔で黙っている。康は混乱して、自分の頭に手をやった。髪に手を突っ込むと手に包帯が触れて、初めて頭に包帯を巻かれていることに気づいた。

「頭皮をガラスで切ってるんだ。傷は深くないけど血がけっこう出て、康は血だらけだったって」

包帯の上から触れると、少し痛む。痛い。体が痛みを感じる。生きている。

ひょっとして、自分と春希は同じ夢を見ていたんじゃないか。蛍光灯に照らされた明るい病室や、窓の外ののどかな眺めを見ていると、じわじわとそんな考えが浮かんできた。だって、いまここで思い出そうとすると、あまりにも現実離れした日々だったから。

だけど——広瀬は死んだのだ。ホテルの中で冷たくなったのと同じように。

事故が昨日だったというなら、ここととあそこは時間の流れ方がまるで違うんだろう。なのに広瀬の死は、死なのだ。冷たく、厳然とした。

バーのソファに横たわっていた広瀬の頬の冷たさを思い出して、康は小さく身を震わせた。

「そうだ、藤枝さんは？　藤枝さん親子は」

　はっとして、春希に訊いた。春希は眉根を寄せて困惑した顔を作る。

「無事だった、けど……紗彩ちゃんはほとんど無傷だって。親が覆いかぶさってかばったんだろうって。それはよかったけど」

「お母さんは？」

　訊きながら、康の目の裏には白いスカートが広がっていた。薄青い光を背景に、花のように広がったスカート。落ちていく響子。

　けれどその光景も、現実的でクリーンな病室で思い出すと、ひどく嘘くさく、頼りない。あの泉も、迷路も、ホテルも。横たわって冷たくなっていた広瀬も。今はまだ思い出せるけれど、こんな明るい蛍光灯の下では、光に溶けてしまいそうだ。

「……警察が言うには、藤枝さんはお父さんと娘の二人連れだって」

「──」

　春希の言葉に一瞬呼吸を止めて、ああ、と康は息を吐いた。

　ああ、そうか、と思った。もう驚きはしなかった。それなら──よかった。よかったと思った。あの場所は、やっぱり夢や幻じゃなかったのだ。響子の願いは叶ったのだ。でも。

「二人はやっぱり意識がなかったらしいんだけど……でも俺、警察に紗彩ちゃんはお母さんと一緒だったって言ったんだ。そしたら、そんなはずないって。ほかの乗客も、子供はお父さんに連れられていたって話してるって」

「……どういうことなんだ？」

春希は首を振る。康は顔をしかめて、ベッドから出ようとした。

「藤枝さんたちもこの病院に運ばれたんだろう？　会いに…あ、つっ」

背中が痛んで、思わず前かがみになった。春希が椅子から身を乗り出した。

「バカ。とにかく医者に診てもらってからだ。呼ぶよ」

春希がナースコールで意識が戻ったことを告げると、すぐに医師と看護師がやってきた。体温や脈を測られ、目玉を覗き込まれ、問診を受ける。中年の男性医師は、背中の打撲よりも頭を打っていることを重く見ているようだった。眩暈や吐き気はないかと訊かれ、これからいくつか検査をするという。

「事故に遭った時のことや、バスに乗る前のことは覚えていますか？　思い出せない部分はありませんか」

「思い出せる……と思いますけど。あの、乗客たちの中で、記憶がはっきりしていない人がいるんですか」

医師の目がちらりと、隣のベッドに腰掛けている春希の方に動いた。きっと辻褄の合わないことを言ったんだろう。何しろ自分たちにとっては、バスの事故は何日も前のことなのだ。

「頭を強く打つと、一時的に記憶の混乱や欠落が起こることがあります。何しろ人間の脳は精密にできていますからね。精密機器に衝撃を与えると誤動作を起こすことがあるでしょう？　それと同じです」

安心させるように、医師は軽く微笑んだ。

「たいていの場合は徐々に回復します。警察が事故の状況を聞きたいと言っているので、体調に問題がないようならお話しして、もし記憶に曖昧な部分があったら教えてください」

曖昧な部分。今となっては、全部が曖昧になっていく気がする。それでもとりあえず、康は「わかりました」と頷いた。

それから脳波やＭＲＩを撮られ、血まで採られ、げっそりしているところに警察がやってきた。こういう時でも警察官は二人組で行動するらしい。てきぱきした中年の女性と若い男の二人連れで、主に女性警官の方が質問をした。

康はあたりさわりのないことだけを話した。事故に遭ったあとに迷路で目覚めたとか、ホテルで何日も過ごしたとか、そういうことはいっさい言わなかった。そんなことを話したら、いつまでも病院から出られないかもしれない。

事故の原因自体は、運転手の発作ということで片はついているらしい。質問は状況の確認だけだった。

「あなたともう一人の男性のおかげで助かったって、乗客のみなさんが言ってましたよ。バスの方向を変えてくれたおかげで、崖に落ちなくてすんだって」

「でも……広瀬さんは」

「あら。お知り合いだったんですか?」

「あ。いや。バスの中でちょっとだけ話して」

「そうですか。亡くなった方は、たいへんお気の毒でした。でも最後にたくさんの人の命を救われたんですから。立派だったと思いますよ。あなたもね」

「……」

質問を終えると、ご協力ありがとうございました、と警官たちは帰っていった。

「藤枝さんに会いにいこう」

警察官がいなくなってすぐ、康はベッドから出ようとした。春希が止める。

「検査以外は安静にしているようにって医者が言ってただろ」

「同じ病院にいるんだから、検査で移動するのと同じだろ」

背中は少し痛んだが、かまわずバッグから着替えのパーカを出して、水色の検査衣の上から着る。春希はしかたなさそうな顔をしてついてきた。

看護師に訊くと、藤枝親子は四人部屋に入っていた。でも紗彩の姿は見えない。四つのうちのベッドのひとつでは高齢の男性がうつらうつらと眠っていて、もうひとつのベッドの主は不在だった。

「……あなたは」

紗彩の父親は、ベッドに座ってぼうっとした顔で窓の外を眺めていた。康が近づいていくと、はっとしたように目を瞠った。

「あの……奥さんと、バスで一緒だった者です」

どう言ったらいいのかわからず、結局ホテルの部屋で会った時と同じ説明をした。父親は丸顔の中の少し垂れ気味の目でじっと康を見る。それから、深くため息を吐いた。

「そう……やっぱり、そうなんですよね。夢じゃなかったんですよね。紗彩もママがいないって泣いてるし」

「紗彩ちゃんは？」

「うちの母親――あの子の祖母が田舎から駆けつけてくれて、もう退院しました。紗彩はほとんど怪我はなかったし、頭の方も異状はないようだったので。あの子は夜中に目を覚ましたんですが、ママがいないと泣くので、うちの母親がホテルに連れていって寝かせています」

康と春希は窓を背にして立ち、父親と向かい合った。

「あの……あの子のお母さんは、現実ではどういうことになってるんですか？」

自分でも変な質問だと思いながら、康は訊いた。

父親は垂れ気味の優しそうな目をますます下げる。そのまま流れていきそうだ。

「うちの母親が言うには、バイクの事故で亡くなったのは響子(きょうこ)の方だって言うんです。それから僕と紗彩の二人暮らしだったって。そんなバカなって思ったんだけど、そう言われるとそんなような気もしてきて……」

父親は自分の左手を持ち上げ、じっと見つめた。その手の薬指には、金色の指輪が嵌まっている。

「バスの事故のことがニュースで流れたらしくて、同僚や上司が電話やメールをくれたんですが、僕は妻が亡くなったあと、仕事しながら一人で紗彩を育てていたらしいです。そんな記憶があるような、ないような……」

こめかみに手をやり、頭を軽く振る。彼もいくつか小さな怪我をしていたが、大きな傷はないようだった。

「でもあのホテルでは、たしかに僕は死者だった。死者として、響子と紗彩と過ごした。今はそう思えるんです。でも時間がたつにつれて、それも曖昧になってきて……なんだかどんどん、いろんなことがよくわからなくなってくるんです。自分がどこにいたのか、今どこにいるのか、それすらも」

「でも、奥さんはいましたよ」

立ったまま父親を見据えて、康は言った。

「俺は覚えています。奥さんはあそこにいて、あなたと紗彩ちゃんのしあわせを願っていた。本当に、ただそれだけを願っていたんです。俺は知っている。だから……これから先、もしもホテルのことを忘れても、それだけは忘れないであげてください。俺がお願いすることじゃないですが」

「そう……そうですよね。響子はいたんだ、たしかに。そして僕と紗彩に大切なものをくれた」

父親は左手をぎゅっと握り、右手で包んだ。

「俺が言った奥さんからの伝言、覚えていますか?」

父親は顔を上げて康を見て、しっかりと頷いた。

「覚えています。クローゼットのバスケットの中。なんだろう。クリスマスまで紗彩に見つからないようにしなくちゃな。そして天国のママからだよってプレゼントするんだ。紗彩、喜ぶだろうな」

垂れ目をぎゅっとつぶる。その目から、ぼたぼたと涙が流れ落ちた。

「い、いつか……いつかまた、響子に会えますかね?　僕があのホテルに行けば……」

康は春希と顔を見合わせた。春希は眉をひそめ、悲しそうな顔をしている。

「わからないけど……それを願わないようにするのは難しいかもしれないけど、でも、まずは生きることを考えるべきだと思いますよ。紗彩ちゃんのためにも。奥さんが一番望んでいたことなんだから」

「そう……ですよね……僕は生きなくちゃ。響子がくれた命なんだから……」

涙がとめどなく流れ落ちる。ベッドの上で身を折って、父親は泣いた。水色の検査衣の背中が丸まって震えている。康より年上の男だが、格好悪いとは思わなかった。

康は春希と目を見合わせて、「失礼します」と頭を下げて、その場からそっと離れた。

「……響子……」

明るい病室に、咽び泣く声が静かに響く。病室のドアを閉めても、耳の底に残る気がした。


結局病院には二日入院し、その後三日、地元のホテルに滞在した。康の背中の打撲がなるべく安静にした方がいいことと、バス会社との補償の話があったからだ。バス会社の社員は、親会社であるリゾート会社の社員と連れだってやってきて、康たちに謝罪と、大事故を防いでくれたことへの感謝を繰り返し述べた。

康はできれば広瀬の葬儀に出たかったのだが、広瀬の遺体は両親が引き取って郷里へ連れ帰ったという。葬儀もそちらで行われるということなので、時間的にも距離的にも参列するのは無理そうだった。九州なのだ。暖かい土地の人だったんだなと、少し意外に思った。

いつか近くへ行くことがあったら線香をあげにいこうと、康は広瀬の実家の連絡先を聞いておいた。

そして東京へ戻ると、街は晩秋から冬へとがらりと姿を変えていた。

十一月までは秋の終わりのどこか物寂しい空気をまとっていたのに、十二月に入ったとたん、街は一変する。クリスマスの音楽が流れ、街全体がツリーのようにカラフルに彩られ、イルミネーションが輝く。

「誕生日おめでとう、春希さん」

苺（いちご）の飾られたデコレーションケーキにろうそくを立て、ジャーンとテーブルの上に出すと、春希はしかめ面をした。

切り傷を覆っていた医療用シートも、康の包帯や湿布ももう取り払われている。後遺症もないので、二人ともすでに仕事に戻っていた。

「だから子供じゃないんだから、ケーキにろうそくとか、そういうのはいいんだよ」

春希の誕生日なので、夕飯は康が作った。奮発してステーキだ。いい肉なら、家で素人が焼いてもうまい。ちゃんと料理本を見てミディアムレアに焼き、ワインも用意して豪勢なディナーにした。

「春希さん、実はけっこう甘いもの好きだろう。でも子供じゃないから、ろうそくは一本だけな。ほら、早く吹き消して」

「要するに康の方がこういうのやりたいだけなんじゃないのか？」

「いいだろ。好きな人の誕生日を祝うのは楽しいよ。生まれてくれなかったら、会えなかったんだからさ」

「……」

春希はますますしかめ面をする。けれど目の縁がうっすら赤かった。ワインのせいかもしれない。

「ほら、吹き消して。あっ、待って。電気消すから」

武蔵野（むさしの）の家は古い日本家屋なので、ダイニングは板張りといってもワインやケーキはあまり似あわない。それでも部屋の明かりを消してろうそくの炎だけにすると、それなりにロマンティックな雰囲気だと言えなくもない。

しかたないなと呟いて、春希は椅子を立ってテーブルの中央のケーキに向かって身をかがめた。テーブルは四人掛けなのでそこそこ大きい。康はその向かいに立った。

春希がケーキに顔を近づけると、ひとつだけの小さな炎にぽっと顔が浮かび上がる。温かみを感じるオレンジ色の光だ。その中で、唇をすぼめて火を吹き消そうとしている顔は、真剣なようにも、子供のようにも見えた。

春希がフッと息を吹く。炎が揺らいで、消える。とたんに暗闇が落ちた。

「…っ」

火を消すためにすぼめていた唇に、康はとっさに口づけた。だって、すごくかわいい顔をしていたから。

「んっ」

手を伸ばして、春希の頭を引き寄せる。不自由な体勢で、テーブル越しにキスを交わした。

明かりを落とした暗い中に、かすかな息遣いと、春希が足を動かしているらしく椅子がガタッと鳴る音がする。

「ん、…康…っ」

テーブル越しに上体をかがめているので、さすがに苦しくなってくる。春希の頭のうしろを手で押さえたまま、康はテーブルを回り込んで春希のそばに立った。やっと普通に抱きしめられる。

「ちょ、待…っ、おまえ、見境ないだろ…っ」

春希におまえと呼ばれたのは、初めてだった。なんだか嬉しくて、康はにやにやと笑った。

「だってろうそくを吹き消す春希さんの顔、かわいかったからさ」

言って、また口を塞ぐ。チュッ、チュッ、と角度を変えて何度も吸った。

「ア、アホかっ。こういう時は誰でも間抜けな顔になるんだ！」

「だからかわいかったって」

抱きしめてさらに深く唇を重ねようとするが、春希は逃げ腰で足のうしろで椅子がガタガタと揺れる。結局、背後にあった食器棚まで追いつめた。

「春希さん、誕生日おめでとう」

「もう…」

さらに文句を言おうとする唇を塞ぐ。濡れた唇をひらかせて、中に舌を差し入れた。春希の舌はびくりと引っ込み、あまり積極的には動かない。かまわず、康は目を閉じて春希の口の中を味わった。

「ん……ふ、っ」

ずっとこんなふうに触れたかった。長い片想いだった。でも、春希の片想いの長さには敵わない。春希がどんなに叔父を好きだったか知っている。

それでも、今は俺のものだ――

「ん、あ、康……っ」

一度唇を離し、でも抱きしめた腕は離さずに、そのまま首筋に口づけた。春希が首をすくめる。敏感そうな肌を唇と舌でたどっていくと、くすぐったいのか、腕の中の体がぶるっと震えた。

「ちょ、…っと…」

シャツのボタンをはずして、鎖骨に唇を這わせる。開いたシャツの合わせから指を差し入れると、春希が驚いたように身を引いて食器棚のガラスがカシャンと鳴った。

「ま、待て、よ……康…っ」

抗議を無視して、腰をかがめて薄っぺらい胸に口づけた。春希の心臓がドクドクと脈打っているのが唇でわかる。

「春希さん……」

「待てって！」

さらに下に移動しようとすると、ぐいと両肩を押された。

「ケ、ケーキ！　ケーキをまだ食べてない！」

暗くてわからないが、たぶん春希は真っ赤な顔をしているんだろう。見たい、と思った。いままで我慢してきたぶん、そろそろ抑えがきかなそうだ。

「春希さん、やっぱり甘党なんだ」

「俺の誕生日ケーキだろ！　食べてやらないとケーキがかわいそうじゃないか」

「まあ、せっかく買ってきたんだから、食べてほしいけど」

康は春希の前から離れた。手探りで電灯のスイッチのところまで行き、明かりをつける。

明るくなって見ると、春希はやっぱり頬を紅潮させていた。目の縁がますます赤くなっている。それに、唇も赤い。自分が濡らして吸ったからだ。

欲しいな、と強く思う。この人が欲しい。

「……なんで苺のケーキなんだよ」

欲しいと願う相手は、ケーキを前にぶつぶつ文句を言っている。しかめ面を作っても、顔が上気しているせいで怒られている気がしなかった。

「真っ白なケーキって綺麗だし、真冬に苺も贅沢（ぜいたく）だろ」

「別にいいけど。チョコペンで〝おたんじょうびおめでとう〟とか書いてなけりゃ」

「あー、それ、迷ったんだけど、さすがにどうかなって」

椅子に座った春希の前で、ケーキをカットする。小さめのホールケーキだが、さすがに男二人だと持て余しそうだ。

「はい」

四分の一にカットしたケーキに一本だけのろうそくを立てて、春希の前に置く。自分の分も皿に載せて、向かいに座った。

「どうぞ」

促すと、春希は神妙な顔でフォークでケーキを切り取り、口に運んだ。

「どう？」

「……おいしい」

「よかった。見た目はシンプルだけど、けっこう有名な店のケーキなんだぜ。クリスマスは今から予約で一杯なんだって」

「……」

飲み込む春希の喉が、こくりと上下した。

「……女の子に教えてもらったのか？」

「え？　いやまあ、スイーツは女の子に聞いた方が間違いないからさ。俺、そっちの方面は詳しくないし」

「ふうん」

興味なさそうに鼻を鳴らして、春希はフォークでざくざくとケーキを刻む。伏せた睫毛の下の目尻がほんのり赤くて、康はちらりと唇を舐めた。

「春希さん、ひょっとして嫉妬してる？」

「なっ」

春希は眉を吊り上げたが、やっぱり怒っているようには見えない。その顔を眺めながら、康は言った。

「前にさ、春希さんの誕生日にビストロで夕飯食べた時――俺が春希さんに告白した日」

春希はうつむいて黙々とケーキを食べている。

「仕事相手の人と偶然会っただろ。インテリアデザイナーの女の人。覚えてる？」

「……」

「あの時、春希さん少しは嫉妬した？」

「……してない」

春希は仏頂面で答える。仏頂面やしかめ面をされればされるほど、かわいいなと思う。

「そっか。残念。俺は叔父さんにずっと嫉妬してたけどね。今でもしてるし」

春希はケーキを食べる手を止めない。いくら甘いもの好きでもステーキを食べたあとだし、ちょっと苦しそうだ。康の方は胸やけがしそうで、早々にフォークを置いていた。

「ほっぺたにクリームついてる」

「嘘つけ。そんな手に乗るか」

うつむいたままの顔がさっきより赤い。康は立ち上がって春希のそばに立った。

「ほんとだって」

「嘘だ」

そう言いつつ、春希は手の甲でぐいぐいと頬を拭う。綺麗な顔をしている人なのに、わりと色気のない仕種だ。

（でもそこが）

かわいいんだよなと思う。愛想は悪いけど繊細で、年上だけど意外に子供っぽいところがあって、好き嫌いが多くて。だけど奏でる音楽は極上に美しい。

「そこじゃなくて、もうちょっとこのへん」

言って、康は指で春希の顎（あご）を持ち上げた。かがんで、口の端ぎりぎりのところをぺろりと舐める。

「康…っ」

もちろんそのまま口づけた。すぐに舌を入れる。ケーキを食べていた春希の口の中は、とろけるように甘かった。

「あ、っ……」

体勢が苦しいので、春希の脇に腕を入れて立たせた。抱きすくめて、唇を貪る。互いの息が口の端から漏れる。春希の体温が上がっているのが、密着している部分から伝わってきた。

「俺、嫉妬してるからさ。もうずっと嫉妬して、我慢してきたんだ。だから……」

春希さんが欲しい、と耳元で囁いた。

「……で、でも……俺、男としたことないし……」

「俺だってないよ。男で好きになったの、春希さんが初めてだもの」

「……」

お願い、と囁くと、ぶるっと春希が震え上がった。

「え？」

「おまえ……卑怯だ…っ」

「その『お願い』っていうのやめろ！」

春希は怒った顔をしている。でも耳まで赤い。試しに赤くなった耳に口づけると、びくっと腕の中で跳ねた。そのまま耳の形を舌でたどり、薄い耳たぶを口に含む。もう一度「お願い」と言ってみた。

「や……もう」

春希は逃げるようにしゃがみ込んでしまった。顔を両腕に埋めて隠してしまう。

「俺の誕生日なんだぞ」

「じゃあ、かわりに俺の誕生日の時は、春希さんの欲しいものをあげるから」

「……」

「お願い」

隠してしまったので顔が見えない。しゃがんだ春希の前に膝をついて言うと、不機嫌そうな声がぼそりとひとこと、返ってきた。

「――卑怯だ」

■

思い返すと、もうずいぶん長い間一緒に暮らしているのに、春希は康の部屋に入ったことがあまりなかった。

母屋の方は基本的に和室だが、春希が居候している部屋は洋間だ。アップライトのピアノを置くので、板張りの部屋を借りていた。康が同居することになった時、部屋を移った方がいいかと訊いたけれど、康は和室でいいと返してきた。その方が部屋を広く使えるから、と。

康の部屋は二階で、広さは春希の部屋と同じだが、ピアノもベッドもないのですがすがしいほどがらんとしていた。本棚がひとつと、隅に小さな文机がひとつ。もう少し大きめの座卓が、今は脚を畳んで壁に立てかけてあった。家具はそれだけだ。服は押入れの中らしい。

仕事を家に持ち帰るのが嫌だからと、康はパソコンも置いていない。ただたまに模型を作るので、部屋を広く使える方がいいんだそうだ。畳に寝転がるのが気持ちいいとも言っていた。

「ちょ…っと、待てって……風呂、風呂に入ってから」

その部屋に連れ込まれ、早々に畳に押し倒され、春希は康の胸を押し返した。

「いいよ、あとで。ケーキ食べたから、春希さん甘い匂いがするし」

「……康は肉の匂いがする」

「あー、俺、ステーキ焼いたから」

覆い被さった康は、にやりと笑う。

「うまそうな匂いがするだろ?」

「……アホ」

毒づいた唇を、また塞がれる。春希は恋愛経験が少ない方だが、ここ数日で、これまでの人生の何倍もキスをした気がする。

「ん……」

舌で舌をまさぐられているのに、手は服の下の肌をまさぐってくる。混乱して、どう抵抗したらいいのか、抵抗しなくてもいいのか、わからなくなってくる。ワインの酔いも、いっそう回ってきた気がした。

「あー、くそ。ちょっと待って。布団敷くから」

康は身軽に起き上がると、エアコンと文机の上の小さなライトをつけて、押入れから敷布団を出した。すばやく敷いたその上に引っぱり込まれる。康の布団は、康の匂いがした。明るい、ひなたの匂いだ。

「春希さん、ちょっと細すぎるんじゃない? やっぱりもっと肉を食べないと」

引っぱり込まれてすぐ、セーターを脱がされた。シャツの下に手を這わせながら、康が言う。

部屋はまだ暖まっていなくて、康の大きな手が少し冷たくてくすぐったくて、春希はぎゅっと身を縮めた。ゾクッと小さな震えが駆け上ってくる。

「お、俺は基本的に家で仕事してるから、康ほど食べなくていいんだよ…っ」

「にしたってさ。あばら出てるし」

「うわっ」

いつの間にかシャツのボタンを全部はずされていて、上半身を露わにされた。覆いかぶさった康の下で、自分の貧弱な体をさらされる。康はさわりと脇腹を撫でて、胸に顔を寄せてきた。

「んっ」

胸の上——乳首をぬるりと舐められて、ざわっと肌が粟立った。

「へ、変なことするなっ」

「変じゃないだろ。普通」

「で、でも、女の子じゃないんだから」

「関係ないだろ。俺がしたいんだよ」

最初はただ舌で舐めていただけなのに、だんだん大胆に舌で転がしたり、前歯で軽く噛んだりしてくる。そのたびに、ぞくぞくと小さな、でもいたたまれない刺激が身の内を走った。

「俺……ずっと春希さんにこういうことしたいって、欲情してた」

執拗に乳首を弄りながら、康の手は全身をまさぐってくる。背中を撫で、布団の上で反り返った背筋に指を這わせ、ジーンズの腰の上で動く。

「春希さんは、叔父さんとこういうことしたいって考えたりした?」

「なっ、そ、そんなこと、いま訊くなっ」

「でも、こういう時じゃないと訊けないし。別にそれならそれであたりまえなんだけど、気になるからさ。訊いておかないと、たぶんこの先ずっと気になるし」

「……」

春希は拳で目元を隠して顔を背けた。背けても、康の顔が近い。赤くなった頬や耳を見られている。

「先生……先生のことは好きだけど……でも、彼女がいたこともあったし」

「ああ、いたらしいね。婚約寸前だったとか」

「綺麗な人だったし、クラリネットやってる人で、先生と話も合うし……結婚したら祝福しようと思ってた。でも……先生を取られるみたいで、本当は寂しかった」

「……」

康は胸から唇を下ろして、チュ、チュ、と小さく口づけていく。そうしながら、ジーンズのボタンをはずしてファスナーを下ろした。

「……俺は、たぶん先生の家族になりたかったんだ。大事な、近いところにいられる家族。死ぬまで繋(つな)がっていられるような。だって俺の大部分は、先生が作ってくれたんだから。だから……もし俺が女だったら結婚したいって思っただろうけど、先生が誰かと結婚しても、近くにいられたら、それでよかったんだ」

「……じゃあ」

康の声がちょっと低くなった。ずるりとジーンズを下ろされ、春希はびくっと体を跳ねさせた。

康は仕事から帰ってきた時に上着とネクタイだけ取っていて、そのまま料理をしていた。だから今もワイシャツにスラックスだ。康がそんな格好なのに自分だけいつのまにか下着一枚にさせられていて、恥ずかしくて、腹が立った。

「こ、康も脱げ、よ…っ」

「うん。春希さんが脱がせて。ねえ、じゃあさ、俺とこういうことしたいって、ちょっとは思ってくれた?」

「あっ」

下着の上からゆるりと股間(こかん)を揉(も)まれて、膝が跳ね上がった。その足の間に、康の体が割り入ってくる。

「んっ、んっ、…あっ」

下着の上から揉む指は、次第に強く、容赦なくなってくる。誰かにこんなふうにされたことはない。噛み締める唇を割って声が漏れた。

「ねえ、答えてくれよ。あと俺の服も脱がせて」

「そんないっぺんにできるか…っ」

腕で顔を隠したまま怒って答えると、手首をつかまれて顔からはずされた。康の顔が近づいてくる。

たぶん自分は真っ赤になっていて、涙を滲ませてぐちゃぐちゃの顔をしている。そんな顔を見られている。でも康の目は怖いくらい真剣で、ゆっくりと、深く口づけられた。

「ん……」

キスは不思議だと思う。いったい誰が考えたんだろう。本能だろうか。本能的に相手の深いところに触れたくて、人は互いの体を探り合う。生きている、熱い体。

「春希さん、好きだよ。俺のこと……好き?」

「……好き」

唇を触れ合わせながらだと、正気じゃ言えないようなこともするりと言えるから、やっぱりキスは不思議だ。

「好きだ……。こ、康のことは、誰にも取られたくない。俺のものにしたい」

「……嬉しい」

康が本当に嬉しそうに、とろけそうに笑うから、ああもう、と思った。ああもういいや。どうにでもしてくれ。

「俺は春希さんのものだから。だから春希さんも、俺のものになってよ」

「あっ……——」

下着を半ばずり降ろされて性器に直接触れられて、止めようもなく声が出た。

「あ、ま、待っ…あ、あ」

「春希さん……俺にも……俺にもさわって。お願い」

こんなことをしながら、よくそんなお願いが言えるよなと思う。それに応えたいと思う自分もどうかしている。

康の指が動くたびにびくびくと腰を跳ねさせながら、どうにかベルトを外した。スラックスのファスナーを下ろす。ワイシャツは着たままだ。康の下着の中に手を差し入れた。

「……は」

康の息の熱が上がった。同時にざわっと体温が上がるのもわかる。声が低くなって、色気が増した気がした。

「春希さん……」

「こ、康……ちょっと、お、大きく、ないか…？」

「だって春希さんの体さわって、興奮したから。大丈夫、そっと入れるようにするから……」

「い、入れる？」

ぎょっとして指が離れた。

「入れ、る…のか？」

「だめ？　嫌だ？」

康の目が潤んでいる。眉がひそめられていて、ちょっと悲しそうな顔に見えた。

やっぱりこの男は卑怯だ、と思う。わかってやっているにしろ、そうじゃないにしろ。そんな相手にほだされてしまう自分にも腹が立つ。

「んっ——あ、ま、や…っ」

指の動きが速くなった。腹が立っているのに、熱くなる自分の体を止められない。まさぐられ、撫で回されて、声が上がる。慣れない刺激におかしくなりそうで、康の片腕をつかんだ。

「待っ、待って……やだ、あ、お、俺だけ…っ」

「うん、いいよ。先にいって」

激しく弄られて体の中も頭の中もぐちゃぐちゃで、もう康に愛撫なんてできなくなる。かまわず、康は指の動きをエスカレートさせた。そうしながら、キスを落としてくる。ひたいに。涙の滲んだ目元に。

「や、やだ、あ、あっ……！」

康の指の中で、あっけなく春希は達した。

瞬間的に体温が上がって、体が溶けたような錯覚をする。室内は充分にエアコンがきいていて、十二月なのに全身に汗が浮いていた。体が熱い。心臓が激しく脈打っている。これ以上のことをしたら、本当に溶けるんじゃないかと思う。

「は、はあ…」

自分だけ先にいかされたのが恥ずかしくて、春希は顔を背けて荒い息を吐いた。

康が自分の手をティッシュで拭いているらしい音がする。それから立ち上がって、ワイシャツやスラックスを脱いだ。

「一応、ドラッグストアで使えそうなもの探したんだけどさ」

言って、再び布団の上に来る。その時になってようやく、春希は目を開けた。

全裸の康が自分の上に覆い被さってくる。何かを言う前に、唇を塞がれた。

「ん…っ――」

いったん収まっていた熱と鼓動が、また激しくなる。少し静まっていた体の中が、またかき回される。

春希は自分の中に、冷たくて熱い水が潜んでいるような気がした。普段は上の方は澄んでいて、ひんやりと静まっている。でもその底には沸騰するほどの熱があって、欲望や嫉妬や、いろんなものが渦巻いている。綺麗なものだけじゃなくて、汚いものもいっしょくたに。熱い泥になって沈んでいる。康はそこに手を突っ込んでかき回す。かき立てる。

「んっ…！」

ぬるりと濡れた感触を感じて、春希は全身を跳ねさせた。

さっきさんざん弄られた場所よりもさらに奥、自分ですら触れたことのない場所に指が伸びてくる。何かクリームのようなぬるぬるしたものを塗られて、ざっと鳥肌が立った。だけど体温ですぐにとろけて、同じ温度になる。

「あ、なに、待っ、あ、あぁ…っ!」

クリームの滑りに助けられて、康の指が入ってくる。春希の中に。全身が粟立ち、そこを起点にがくがくと震え、体の制御がいっさいきかなくなった。

「春希さん、いや? 痛い? でもお願い。感じてもらえるようにするから……」

「…あ、…康…っ」

涙の滲んだ目を開けると、康が自分を覗き込んでいた。

苦しそうな、自分を気遣うような、でも欲情がこぼれている顔を見ると、じわりと胸の中が熱くなった。強引にかき回されているのとは別の熱が、じわじわと湧き上がってくる。

「康……」

康の首に腕を回す。自分から引き寄せて、抱きしめた。

「春希さん……」

「あ、あっ、…あっ」

康がひたいに口づけてくる。指が増やされ、動かされる。もう声を抑えるのも忘れて、春希は目を閉じて体が勝手に動くのにまかせた。

「んっ」

　ぬるりと指が抜かれる。康の身体が離れていく。

　待ってくれ、と思った。離れるのが嫌で、もっと深く繋がりたくて、必死で自分から引き寄せた。

「康、康……もう、い、いから、早く」

　うん、と康が頷く気配がした。

「春希さん、大好き」

　唇に深いキスが下りてくる。

　脚を抱え上げられて内股に空気が触れると、ざわっと震えが背筋を走った。

　怖い、と思う。自分の世界に閉じこもりがちな春希にとって、世界は怖いものばかりだ。綺麗なものもたくさんあるけれど、怖いものもたくさんある。音楽と月彦は、その世界と春希を繋いでくれるものだった。

　でも康は、春希の殻を壊してくる。勝手にずかずかと入り込んでくる。それが怖くて……でも、嫌じゃなかった。

「あ――」

　壊される。入ってくる。

　少しの間息ができなくて、ぎゅっとつぶった瞼の裏に赤い火花が散った。

「あ、うあ、あ――ッ…」

熱い。こんなに熱かったら、本当に自分は死ぬんじゃないかと思った。でもこれが康の熱さだ。生きている熱さ。

「あ、こ、康…ッ、あ、あっ」

揺さぶられるままに声が出る。身体の中心が痛くて、熱くて、本当にそこで繋がっている実感がした。

涙が出た。

「春希さん……」

康の目にも涙が滲んでいた。苦しそうに頰が上気している。愛おしくて、手を伸ばした。もっと繋がりたくて、自分から引き寄せた。

「康、康……――」

涙が出る。こんなに春希を熱くしてくれるのは康だけだ。離したくなかった。ずっと一緒にいたかった。

だけどいつか、離れる時は来るだろう。だって、生きているから。生きることは、変わっていくことだ。たとえそれが心変わりでも、忘却でも、死でも。

それでも、会えてよかった。よかったと思った。いまここに、康といられてよかった。

「ん、春希さん……ッ」

康の体が自分の中で熱く高まっていくのがわかる。震えるほどに、嬉しかった。熱い体を抱きしめて、全身に康を感じながら、春希は目を閉じた。

最後の音を弾き終えて、春希は鍵盤から指を上げた。

充分に余韻を響かせてから、ペダルから足を離す。部屋中に広がっていた音が、すうっと空気に溶けるように消えていく。ふうと息を吐いた。

「できた……」

月彦と作っていた、初めてのピアノソナタ。いま、最後の音にたどり着いた。

旅行に持っていき、泉に落ちたはずの楽譜は、帰ってくると離れの棚の元の場所にきちんとしまわれていた。ずっと出したことがなかったように。ひらいてみると、月彦が生きていた時に二人で作曲した部分だけが残っていた。

春希はそこに音符を足した。二人で、あの天国ホテルで作曲した部分。

日がたつにつれ、あの場所の記憶はどんどん曖昧になっていった。本当にあった出来事なのか、やっぱり夢だったのか、次第にわからなくなっている。もう建物の姿すらよく思い出せなかった。

でも、指が覚えていた。ピアノの前に座れば、記憶にはない音も自然に弾くことができた。

だからあれは、間違いなく自分の身に起きたことなんだと思える。

春希はその音を今度こそしっかりと楽譜に記し、さらに先を作り始めた。今度は一人で。作曲を始めた時は、ソナタなんてまだ一人では作れないと思っていたのに。先生がいなくちゃできない、と。

だけど弾くべき音は、春希の中から流れ出てきた。最初から埋まっていたものを掘り起こすみたいに。その音しかないという音を、選ぶことができた。

春希はペンを手に取り、いま生み出した音を楽譜に書きつけた。一音、一音、丁寧に。

本当は終わるのが寂しかった。ずっと作っていたかった。このソナタを作曲している間は、月彦の生徒でいられる気がしたから。いつまでも弾いていたかった。

でも、終わらせないといけない。終わらないと、新しい曲も作れないから。

「先生……」

五線譜に、最後の音符を書きつける。終わりの印に、終止符を打つ。

「……ありがとうございました」

そっと呟いて、春希は楽譜を閉じた。

あとがき

こんにちは。高遠琉加(たかとおるか)です。『さよならのない国で』、お手に取っていただきありがとうございました。こちらはソフトカバーの単行本で出版されたものの文庫版になります。文庫化にあたり、少しだけ文章に手を加えました。

グランドホテル……憧れです。特に図書室や遊戯室があるような、長期滞在型の大型ホテル。日本にはあまりないですよね。映画『グランド・ブダペスト・ホテル』はとにかく映像が綺麗でスタイリッシュで、インテリアもファッションもスイーツも美しく、見ているだけで脳内がトリップしました。

でも、グランドホテルという言葉で私が最初に思い浮かべるのは、作中にも出てくる『シャイニング』のホテルなんですよね。雪に閉ざされた閉鎖中の大型ホテル。ホテルの中を三輪車で走る少年の目線を追うカメラ。これ、家で観ていた時、エレベーターから血があふれてくるシーンで地震が起きて、めちゃくちゃ怖い思いをしました。半泣きでいったん停止して、続きを観るまで三日くらいかかった、とても怖い思い出のある映画です。

同じキング原作の『ペット・セメタリー』も怖くて怖くて、私にとっては「生き返る」ってすごく怖いことなんですよね。死は怖いことだけど、死なないことはもっと怖いです。

そんなわけで、ファンタジー要素ありのラブストーリーのつもりだったんですが、微妙にホラーテイストになりました。読んでくれた方にはどうなんだろう。よかったら感想を教えていただけると嬉しいです。

葛西（かさい）リカコ先生の繊細なイラストが本当に素敵で、康の生命力があふれる感じ、春希の血が薄そうな感じ、きらめく木漏れ日や風、ひんやりしていそうなホテルの空気――などが物語に色を添えてくれました。単行本の方のあとがきにも、イラストのおかげでかろうじてホラーにならずにラブストーリーに見える気がする、と書いてました。葛西先生、ありがとうございました。そして関係者の方々、読んでくれた皆様、本当にありがとうございました。

ファンタジー要素にはまた挑戦してみたいです。また別の本でお目にかかれることができたら嬉しいです。

高遠琉加

この本を読んでのご意見、ご感想を編集部までお寄せください。

《あて先》〒141－8202　東京都品川区上大崎3－1－1　徳間書店　キャラ編集部気付
「さよならのない国で」係

【読者アンケートフォーム】
QRコードより作品の感想・アンケートをお送り頂けます。
Chara公式サイト http://www.chara-info.net/

■初出一覧

本書は2015年6月に書籍化された作品を、文庫化にあたり加筆したものです。

Chara

さよならのない国で……………………【キャラ文庫】

2020年5月31日　初刷

著者　高遠琉加

発行者　松下俊也
発行所　株式会社徳間書店
〒141-8202　東京都品川区上大崎3-1-1
電話　049-293-5521（販売部）
　　　03-5403-4348（編集部）
振替　00140-0-44392

印刷・製本　株式会社廣済堂
カバー・口絵
デザイン　百足屋ユウコ（ムシカゴグラフィクス）

ISBN978-4-19-900992-1

高遠琉加の本

好評発売中

［天使と悪魔の一週間］

イラスト✦麻々原絵里依

自転車と接触事故を起こして意識不明の重体!! 朦朧とする七塚(ななつか)に囁いたのは、なんと天使と悪魔――!? 「あなたが望むなら、彼と魂を交換してあげましょう」それって恋敵の体に俺が入るってこと!? 提案に強く心揺さぶられる七塚。なぜなら体の持ち主・高峰(たかみね)は、七塚が片想いしている級友の幼なじみで、同居中の相手だからだ。高峰をずっと羨んでいた七塚は、誘惑に負けてつい承諾してしまい…!?

高遠琉加の本

好評発売中

［神様も知らない］

イラスト✦高階 佑

若い女性モデルが謎の転落死!?　捜査に明け暮れていた新人刑事の慧介。忙しい彼が深夜、息抜きに通うのは花屋の青年・司の庭だ。自分を語りたがらず謎めいた雰囲気を纏う司。刑事の身分を隠し二人で過ごす時間は、慧介の密かな愉しみだった。けれどある日、事件と司の意外な接点が明らかに!!　しかも「もう来ないで下さい」と告げられ!?　隠された罪を巡る男達の数奇な運命の物語が始まる!!